afgeschreven

HET KLEINE GELUK BIJNA VERLOST TE ZIJN

Chiara Valerio

Het kleine geluk
bijna verlost te zijn

WERELDBIBLIOTHEEK · AMSTERDAM

Uit het Italiaans vertaald door Philip Supèr

Omslagontwerp Karin van der Meer
Omslagillustratie © Rachael Burton

Oorspronkelijke titel *La gioia piccola d'esser quasi salvi*
© 2009 nottetempo srl, Rome
© 2010 Nederlandse vertaling Philip Supèr en
Uitgeverij Wereldbibliotheek bv
Spuistraat 283 · 1012 VR Amsterdam

www.wereldbibliotheek.nl

ISBN 978 90 284 2368 8

Voor Elisabetta

[...] En
in dit smelten van onze houdingen
wordt het park omgekeerd, wordt
de geur van het bos verstomd, en uit alles
stroomt nog steeds het kleine geluk
bijna verlost te zijn.

Amelia Rosselli, 'Zoete chaos'

I

DE EERSTE AVOND

Giulia zweet en beseft dat het te lang heeft geduurd. Stel je voor dat, toen ze nog een klein meisje was, Agata háár drie maanden alleen zou hebben gelaten. Dan zou ze van honger en verveling omgekomen zijn. Ze loopt met haar gezicht naar de grond. Giulia voelt zich net zo ijl als de schaduw die de volle zon rond haar voeten werpt. Een klein donker aureool dat het negatief aangeeft van goed gedrag. Die drie maanden lijken haar nu alle tijd die er kan bestaan. Het is warm, ze houdt haar pas in. Boven haar hoofd praten twee mensen heel hard. Ze heeft de neiging naar boven te roepen dat ze moeten ophouden. Ze probeert het, en net als in een nachtmerrie lijkt haar stem niet te werken. Maar ze is wakker, en heeft haar integraalhelm nog op. Dat was het dus. Ze doet hem af, maar die twee daar boven zijn al stil geworden, omdat ze naar haar staan te kijken. De man probeert een beleefd glimlachje, maar Giulia heeft haar blik alweer op de grond gericht. Niemand heeft haar er ooit op gewezen dat ze haar hoofd omhoog moet houden. Agata heeft het haar niet aangeleerd. Giulia heeft een hekel aan balkons. Als ze haar ogen had gericht op het balkon ernaast, had ze een groen gordijn, een vergeelde plastic stoel en een afgedragen hemdje gezien. Als ze dat had gedaan, had ze zich kunnen afvragen waarom het per se nodig is om alle spullen te steriliseren en gescheiden te houden, waar al die haast toch vandaan komt. Dat ze twee treden tegelijk neemt geeft haar echt niet het recht eerder weg te gaan. Maar in elk geval staat ze nu voor de deur, met zweet tussen haar vingers en op haar hoofdhuid. Haar aanbellen wordt onmiddellijk beantwoord door het geluid van voetstappen. Degene die gaat opendoen draagt slippers, waarschijnlijk van plastic en met een of ander bloemmotief erop.

Alle plastic slippers zijn hetzelfde.

Daarom loopt Giulia liever op blote voeten. Ze heeft even overwogen zonder schoenen te komen. Maar na die kilometer asfalt zouden haar voeten geheel en al verbrand zijn geweest. Dan had ze opnieuw, in berusting, haar hoofd in de eeuwige sneeuw moeten houden. De deur gaat open en op de slippers zijn, als een ongunstig voorteken, geen bloemen te zien. Het enige wat Giulia weet, is dat de vrouw zonder bloemen al drie maanden bij haar oma woont.

Dag mevrouw, ik ben Giulia, de kleindochter van Agata.

De vrouw lacht naar haar, ze ziet er vrolijk uit. Ze heeft welgevormde kuiten en een gebruinde huid. Het is een mooie vrouw maar ze praat niet. Giulia voelt even of ze niet per ongeluk haar helm weer heeft opgezet, en zegt het dan nog een keer.

Dag mevrouw, ik ben Giulia, de kleindochter van Agata.

Ja, ik weet, niet doof, ik foto gezien.

De foto is van opzij genomen. Ik houd mijn hoofd naar beneden, ben acht jaar en kijk stuurs. Mijn moeder heeft hem genomen. Van later heb ik alleen pasfoto's en klassenfoto's, waarop ik te wijde truien aanheb, omdat mijn oma geen fototoestel meer in huis wilde. Alsof de lens mama had opgezogen. Gek oud mens. Mama heeft het lint asfalt van de straat voor het huis naar zich toe zien vliegen, en toen was ze echt niet bezig een foto te maken. Ik was erbij.

Giulia, ik moet nu weg, papa staat beneden, je weet dat hij boos wordt als mama hem laat wachten. Maar dat is een beetje gespeeld, net als bij toneel. Toneel vind je toch leuk, schatje?

Mama, kunnen we ook een keer naar het circus?

We gaan naar alles wat jij wilt, maar nu moet je hier op me wachten, liefje.

Giulia rende het balkon op. Haar moeder gaf haar een kus op haar hoofd en ging schrijlings over het balkonhek zitten. Ze schudde haar hoofd heen en weer alsof ze last had van haar haar in haar ogen, en ze stampte met haar voet op de grond, als om te zeggen: Kom hier, ga hier zitten.

Oké, goed zo.

Mama, mag ik ook met mijn beentjes naar buiten zitten?

Hoezo, beentjes? Kijk eens hoe groot je al bent, dat zijn reuzenbenen, lekkere reuzenbenen om in te bijten, en jij bent mijn zonnetje. Wees lief, doe wat oma zegt, loop rechtop en eet niet te veel chocoladerepen, daar krijg je buikpijn van. Oma komt zo en dan neemt ze je mee naar haar huis.

Hoi, dan slaap ik vanavond bij oma!

Ja, maar maak het niet te laat voor haar.

Mama, wanneer kom je dan weer terug?

Heel gauw, maar ga nu maar naar binnen want als mama steeds naar je kijkt, wil ze niet meer weg en dan wordt papa boos.

Mama?

Ja, wat is er, schat?

Waar is papa eigenlijk?

Die staat om de hoek te wachten, lieverdje. Nu moet je naar binnen.

Mama, ik hou heel veel van je.

Ga naar binnen, schatje.

Goed, mama.

Jij bent mijn gehoorzame soldaatje.

Ik hou heel veel van je, mama.

Giulia haalde een been naar binnen. Door de kapotte verf-laag had ze een rode plek op haar huid gekregen, maar ze zei er niets over. En voor de allereerste keer leek haar moeder niets te merken. Ze schudde nog steeds met haar hoofd, als-of haar haar in haar ogen prikte. Giulia had een schoen ver-loren, maar toen ze keek waar hij was gevallen, zag ze hem niet. En geluid was er niet te horen geweest. Mama keek haar glimlachend aan.

Maakt niet uit, die pakt mama wel. Ga maar naar binnen, lief engeltje van me.

En dus draaide ze zich om en struikelde – misschien door die ontbrekende schoen of misschien omdat ze zo haastig was – over de drempel van het balkon. Ze moest huilen. Niet om die schaafwond op haar knie, daar was ze wel aan gewend, maar omdat ze, terwijl ze haar ogen zo stijf dichtkneep dat ze van die lichtrupsen ging zien, een soort gefluit had ge-hoord, als van een stevige wind langs de grond, en daarna een vochtig geluid, alsof iemand een trap gaf tegen een zak ver-rot fruit.

Toen ze haar ogen weer opendeed, zat ze op de bank en stonden er veel mensen om haar heen. Nog nooit had Giu-lia zoveel petten bij elkaar gezien, maar ze was niet nieuws-gierig naar hoe dat zat. Ze hadden broeken aan met prachti-ge rode strepen erop, en ook zag ze lichtgevende oranje overalls. Oma had gewone kleren aan, maar ze zag er wel vies uit. Ze had een grijze lok in haar haar geverfd, en haar blou-se, die Giulia zich herinnerde als groen, was roestbruin.

Mooie kleur, roestbruin.

Haar oma, ook al had ze nog zoveel boeken gelezen, wist geen woord tegen haar te zeggen. Giulia deed haar ogen weer dicht, in de hoop dat er iemand zou zijn die geloofde dat ze zomaar in slaap was gevallen. Ze voelde zich onbenullig en kon met moeite haar tranen binnenhouden. Omdat ze wist dat ze zich niet had moeten omdraaien, dat als ze op het balkon was gebleven, als ze haar schoen niet had verloren, ze nu veel meer echte foto's zou hebben. Maar die hadden dan niet echt nut gehad, want de vrouw die bij haar oma woonde, had haar desondanks toch herkend.

Het is niet waar dat verdriet je gezicht vervormt.

Als ze haar schoen niet had verloren, dan had ze nu een moeder gehad aan wie ze iets kon vragen, die haar zou kunnen uitleggen waarom je van verdriet niet doodgaat, terwijl iedereen dat toch altijd maar blijft beweren.

Jij binnenkomen, alsteblieft, mevrouw Agata blij.

Sinds die dag van het balkon weet Giulia dat blijdschap en haar oma ver van elkaar verwijderde plaatsen zijn, zonder treinverbinding, zonder vliegtuigen, zonder zelfs maar buizenpost. Als de deur dichtvalt, moet Giulia hoesten. Ze ziet er kennelijk zo benauwd uit dat de vrouw haar een glas water aangeeft. Giulia heeft geen idee waar ze dat zo snel vandaan haalt. Meer uit beleefdheid dan omdat ze dorst heeft pakt ze het aan, en moet dan opnieuw hoesten.

Jij drinken.

Ik drinken, ja, momentje.

Giulia kijkt om zich heen in de voorkamer. Die is kaal en de vloertegels glanzen. Achterin staat een klein kastje met drie draagplanken, dat ze nog nooit heeft gezien. Het lijkt van spaanplaat. Op die draagplanken liggen gekleurde blokken, metalen hoorntjes, puntig als tanden, en vuistgrote gele ballen. Op de grond een legpuzzel van zes felgekleurde stukken. Giulia ziet een kind voor zich, maar in het huis hoort ze geen andere stemmen dan die van de twee buren. Van dat stel op het balkon. Toen ze haar helm nog ophad, klonken die stemmen al hard, nu zijn ze echt onverdraaglijk. Giulia kijkt even naar de glanzende vloer en schiet dan de kamer met het balkon in. Ze is kwaad, maar loopt niet naar buiten. Ze haalt diep adem en vraagt aan de vrouw wie die twee zijn die hun longen uit hun lijf staan te schreeuwen, en hoe ze die moet aanspreken, met mevrouw en meneer of met hun namen en zo ja, hoe die dan wel luiden. Maar als ze zich omdraait, ziet ze niet de vrouw met de mooie kuiten en de slippers, maar haar oma.

Agata zit op een stoeltje van hout en riet. Een heel gewoon stoeltje, waarvan Giulia zich ook al niet herinnert het ooit eerder gezien te hebben. Een wit, zacht hoofd. Misschien is het nog steeds hetzelfde mooie hoofd, maar dan op een lichaam dat in drie maanden een rietstengel is geworden. Dun en groen. Giulia bedenkt dat ze nu eigenlijk haar helm en tas op de grond moet laten vallen, neerknielen en haar hoofd tegen haar oma's knieën leggen. En dan zeggen: Het spijt me, er was geen enkele reden om niet elke maand even terug te komen, het heeft te lang geduurd. Jij bent alles wat ik nog heb, ik ben alles wat jij nog hebt, als jij niet meer naar me omkijkt, wie kan ik dan nog wat vragen?

Maar in plaats daarvan blijft ze haar helm stevig vasthouden – alsof het een loden kogel is waarmee ze de keuken gaat slopen, om zo haar onmachtige woede op die buren te koelen. Die zich nu echter stilhouden als in slaap gevallen kinderen. Onmachtige woede. Ontijdige woede. Preventieve woede. *Dit is de Tijgerman die strijdt tegen het kwaad.* Giulia leeft op, omdat ze begrijpt dat de oplossing ligt in preventief optreden. Zeggen dat je heel even weg moet, de deur uit

gaan, aankloppen bij de deur aan de andere kant van de over-
loop, je de slippers van de vrouw en de sandalen van de man
voor de geest halen, je daarmee weer vergissen, vriendelijk
lachen tegen degene die opendoet, je rechterarm heffen, een
keiharde dreun uitdelen, die persoon zijn kaak zo aan dig-
gelen slaan dat hij de volgende drie maanden niet kan praten. Altijd drie maanden, nachtmerries duren drie maanden.
Vragen of je er even langs mag, over hem heen stappen, toe
lopen op degene van de twee die op de achtergrond is gebleven, nog een keer vriendelijk lachen, toezien hoe die persoon, als teken van ontzetting of als aankondiging van gegil,
haar handen tegen haar wangen legt, je rechterarm heffen,
nog een dreun uitdelen, weer tegen de kaak, de deur achter
je dichttrekken, ze achterlaten om onverstaanbare woorden
te kakelen tegen de telefoniste van de ambulancedienst, na
een uur weer teruggaan. Niet meer dan één keer aanbellen,
kijken naar de verbijstering en hun door angst vergrote pupillen, naar binnen stappen, toekijken hoe ze zich opsluiten
in de balkonkamer, de telefoon pakken en de ambulancedienst bellen, en dan verdwijnen. Niemand zal ooit komen
zoeken in de woning ernaast, waar twee vrouwen wonen van
wie er één geen Italiaans begrijpt en de ander überhaupt niets
meer begrijpt. Maar in plaats daarvan legt ze haar helm op
de grond en loopt ze naar haar oma, die daar onbeweeglijk
zit. Altijd is ze hooghartig geweest en had ze over alles haar
oordeel klaar, nu is ze zo grijs dat het allemaal wijsheid en
autoriteit lijkt.

Gek oud mens zonder fototoestellen, nog even en je hangt
doeken voor de spiegels.

Hoe is het met je, oma?

Haar oma lijkt haar eindelijk in beeld te hebben. Met dat
licht van achteren lijkt het ook inderdaad wel een verhoor.
Ze weet zeker dat Agata dat ook heeft gedacht, want die heeft

detectives altijd de fijnste boeken gevonden. Op Homerus na dan. Giulia heeft een hekel aan detectives. In detectives worden mensen altijd vermoord, ook mensen die zich van een balkon laten vallen. Ze worden vermoord, en dan kun je ze met geen mogelijkheid meer levend maken. Wat heeft het dan voor nut te zoeken naar een moordenaar?

Hoe is het met je, oma?

Haar oma glimlacht. Omdat die glimlach nog onbeschadigd is, doet Giulia nu haar schoudertas af. Ze kijkt naar alle glimlachjes van oma samen, en haar laatste.

Ben jij een engel?

Nee, ik ben een centaur – nee, ik ben Giulia, en ik kon niet eerder terugkomen, ik had heel veel werk te doen, en tussen Londen en hier ligt ook nog eens een zee.

Ben jij een engel? Ik heb groene vleugels van licht gezien en jij bent heel mooi.

Oma, dat is het gordijn. Waarom heb je dat gordijn genomen?

Vleugels van licht en tongen van vuur. Ben je gekomen om me te halen?

Nee, ik ben alleen maar naar huis teruggekomen.

Giulia draait zich om, alsof er iets zou kunnen zijn dat ze nog niet heeft opgemerkt. Ze doet een stap naar achteren en met haar hoofd gedraaid kijkt ze naar het groene gordijn, dan naar de poot van een vergeelde plastic stoel, zo'n tuinstoel, en naar een afgedragen wollen hemdje. Voorbij dat hemdje is er lucht en dan het huis aan de overkant. De raamluiken die ze kan zien, zijn dichtgetrokken. Het is dan ook heel warm. Over een van de randen van het balkon aan de overkant komt een waterval van dieprode geraniums naar beneden. Giulia houdt van rode bloemen. Ze houdt veel van rood, ook al heeft ze in die kleur niet meer dan één shirtje met korte mouwen, dat ze nooit draagt omdat ze bang is dat het dan lelijk wordt. Giulia weet dat ze van dingen houdt die ze niet kan hebben.

Hoe gaat het allemaal hier, oma?

Maar in het korte moment dat ze zich terugdraait en haar hoofd weer recht op haar lichaam komt te staan, kijkt haar oma al niet meer naar haar. Giulia bewondert haar scherpe profiel. Haar oma roept de vrouw. Mevrouw, mevrouw! roept ze. Het klinkt alsof ze zich tot Onze-Lieve-Heer richt. De vrouw aait haar over het hoofd en legt haar hand weer terug in haar schoot.

Wat is, lieve mevrouw Agata?

Deze prachtige engel is hier gekomen om mij op te halen. Je moet me mijn sandalen aandoen, ik ga niet zonder schoenen naar de eeuwige vader, ik heb altijd een hekel gehad aan mensen die rondlopen zonder schoenen, zelfs paarden hebben hoeven.

Nee mevrouw Agata, is niet engel van Christus de Vader, is kleindochter, is Giulia.

Alsof ze dagenlang haar adem heeft moeten inhouden, zo diep haalt Giulia een paar teugen lucht naar binnen. Haar oma maakt aanstalten om op te staan, maar blijft toch zitten. Maar de arm die de vrouw op haar benen heeft gelegd, valt naast haar lichaam – lang, ontwricht en onbruikbaar. Ze brengt haar hoofd naar voren om zo dichtbij mogelijk te komen. Giulia kijkt naar haar oma's ogen, die alle kleur verloren hebben. Ze zijn doorschijnend, donker of licht afhankelijk van waarop ze gericht zijn. Nu ze zo goed als groen zijn, begrijpt Giulia dat haar oma haar eindelijk aankijkt. Giulia heeft groene ogen.

Jij bent geen engel.

Nee, oma, ik ben Giulia.

Welke Giulia?

Je kleindochter, de dochter van Lucia.

Lucia is doodgegaan zonder kinderen.

En ik dan?

Als jij geen engel bent, dan ben je een duivel die me in verleiding wil brengen, een valserik. Ik wil je niet hier bij me hebben. Je moet weggaan. Ga weg!

Maar ik ben voor jou gekomen.

Ja, dat weet ik, en daarom moet je juist weg. Je bent alles vies aan het maken. Mijn dochter is twintig jaar geleden doodgegaan, mijn dochter heeft niks achtergelaten, laat staan een klein schepsel.

Giulia huivert, want schepsel is echt een term van haar oma, niemand gebruikt het woord schepsel op zo'n manier. Giulia beeft, want de vrouw die ze daar voor zich ziet, blauwig van de aderen die drijven op armen en benen, de vrouw die haar niet herkent, is toch echt Agata.

Toen ze op de bank haar ogen weer had dichtgedaan in de hoop dat iedereen zou denken dat ze sliep, kwam haar oma naar haar toe en trok, voor ze haar in haar armen nam, haar jasje en blouse uit. Giulia herinnert zich nog goed het vertrouwde geluid van stof die over stof glijdt, de zorgvuldige, niet-gehaaste gebaren en het feit dat ze even later had gezien hoe keurig dat jasje en die blouse waren opgevouwen – alsof ze in de kast moesten worden gelegd.

Giulia, kom eens hier.

Waar is mama?

Beneden. Giulia, deze meneer wil je iets vragen.

Waarom, oma?

Hij zoekt uit hoe mama daar beneden is terechtgekomen.

Mama zei dat papa om de hoek stond te wachten en dat ik vannacht bij jou mocht slapen. Mag ik ook morgen bij jou slapen?

Natuurlijk, lieverd, je mag zo vaak bij oma slapen als je wilt.

Mama zei dat we het niet laat mochten maken, waarom gaan we dan niet?

Eerst moet deze meneer met die mooie pet je een paar dingen vragen. Je bent toch oma's lief klein schepseltje?

Ja, ja.

Giulia klom op haar schoot. De man boog naar voren, om haar recht in de ogen te kunnen kijken. Hij glimlachte naar haar, en zij naar hem, ook al was ze niet blij hem te zien en ook niet nieuwsgierig te weten wie hij was. Hij had een heel dikke blonde snor, het leek wel een zeeleeuw.

Je lijkt op een zeeleeuw.

Wat is dat dan, een zeeleeuw?

Een heel grote zeehond, een mannetje, geloof ik.

O, dat klinkt leuk. Is deze van jou?

Giulia ging recht zitten om te zien wat hij in zijn hand had. Misschien wilde die zeeleeuw wel een spelletje spelen. Maar de man draaide zich om en ging weer rechtop staan. Aan een andere man, met net zo'n pet op, vroeg hij om hem bewijsstuk nummer vijf aan te geven.

Oma, wie zijn dat?

Dat zijn carabinieri, liefje.

Wat betekent dat, bewijsstuk?

Iets wat ze hebben gevonden.

Is de schat van de piraten dan een bewijsstuk?

Ja hoor, je hoeft hem alleen maar te vinden.

Nou, mama en ik vinden hem wel. Wist je dat papa hem is gaan zoeken? Mama heeft me verteld dat papa de schat van de Sargassozee-piraten is gaan zoeken, en dat als hij hem vindt we een boot kopen, en dat we dan de hele wereld gaan rondvaren. Ik heb gevraagd of jij ook mee mag, oma, en mama zei ja. Oma, wanneer komt mama terug?

Dat weet ik niet.

Dan zal die schat wel heel groot zijn.

De carabiniere hurkte weer bij haar neer om haar recht aan
te kijken.

Is dit schoentje van jou?

Ja, dat is van mij, dat ben ik verloren toen ik met mijn benen buiten het balkon zat.

Je weet toch wel dat dat gevaarlijk is?

Dat weet ik, maar mama zei dat het mocht.

Wilde je mama je soms meenemen naar beneden, wilde ze
je leren vliegen?

Dat kan toch helemaal niet, mensen kunnen toch niet vliegen! Mama ging naar papa!

Ze probeerde dus niet je van het balkon af te trekken?

Nee, mama ging op het hek van het balkon zitten. Ze zei
dat ik naar binnen moest gaan om op oma te wachten. En nu
is oma hier, dus waarom ben jij hier?

Ik wil weten hoe je schoen naar beneden is gevallen.

Ik deed wat mama vroeg en ik wilde naar binnen gaan.
Maar toen ging mijn schoen uit. Die doe ik nooit vast, dat
vind ik niet lekker zitten. Mama zei dat zij mijn schoen wel
zou pakken. Waarom heeft ze hem aan jou gegeven?

Giulia kijkt naar haar oma's ogen, die zwart als teer zijn, zo
zwart als de motorhelm die nu midden in haar pupillen staat.
Haar oma probeert op te staan, de stoel wankelt. Giulia pakt
haar bij de knieën om haar te verankeren aan die kleine, vier-
potige basis van riet.

Het rieten huisje van de drie kleine biggetjes begeeft het al
als de wolf één keer heeft geblazen.

De stoel staat weer stil. Haar oma stamelt iets dat Giulia niet
verstaat. Dan voelt ze een hand op haar hoofd en kijkt ze haar
oma aan. Zeegroen zijn haar ogen nu. Haar oma glimlacht.

Agata, ik ben het, Giulia.

Haar oma huilt en aait over haar hoofd, ze huilt en aait over haar hoofd.

Ik dacht dat ik je nooit meer zou zien.

Maar hier ben ik.

Dan valt het snikken stil. Terwijl de hand op haar hoofd lichter wordt, neemt haar oma's lichaamstemperatuur toe. Het warmer worden is duidelijk voelbaar, en even denkt Giulia dat er een vlaag hete lucht voorbijkomt. Daar komt de vrouw met de witte slippers aangerend. Voortdurend glimlachend helpt ze eerst haar en daarna haar oma om op te staan.

Och, mevrouw zo blij dat ze vergeten is zeggen: moet naar wc. Niet erg, kleindochter Giulia, wij heel heel snel doen, hè, mevrouw? Wij heel snel, altijd heel snel doen.

Haar oma's ogen zijn wit. Als marmer. Een kort moment kijken Giulia, Agata en de vrouw met de verpleegstersslippers samen naar de grond, alsof ze een schroefje van een bril kwijt zijn. Dan klampt haar oma zich opeens vast aan de vrouw. Giulia is bang dat ze onwel is geworden en springt op haar toe. Maar haar oma blijkt alleen maar speeksel en woorden in haar mond te hebben. Geen gekokhals, geen pijn.

Jij bent geen engel, jij bent gekomen om me heel diep het bloed in te slepen, zoals je ook met mijn dochter hebt gedaan. Dat heeft de heilige Petrus me verteld.

Oma, ik ben het, Giulia ben ik.

Welke Giulia?

Je kleindochter, de dochter van Lucia.

Mijn dochter heeft niks achtergelaten, laat staan een klein schepsel. Mevrouw, ik heb je gezegd dat je altijd de balkondeur moet dichtdoen, zie je niet wat er kan binnenkomen?

Kom maar mee, mooi mevrouw Agata, gaan even in andere kamer.

Giulia stapt het balkon op en kijkt naar de rode bloemen aan de overkant. Dan draait ze zich naar links en ziet ze die twee op het balkon naast haar. Elk met twee brillen op zijn ze bezig het etiket van een potje pillen te lezen. Giulia heeft een hekel aan medicijnen.

De vrouw die bij Agata woont heet Marina. Ze is een jaar of vijftig. Ze heeft blond haar dat tot wit is uitgebleekt. Marina heeft Giulia verteld wat er zoal gaande is, wat er wanneer is gebeurd. Ook heeft ze gezegd dat ze blij is dat Giulia weer terug is in het dorp en heeft besloten om in het huis van haar oma te blijven slapen. Want mensen raken de kluts kwijt als ze de dingen moeten missen die ze hun hele leven om zich heen hebben gehad. Vooral de dingen waar ze veel van hebben gehouden.

Ik een keer vertellen over mijn oma.

Marina zegt dat mevrouw Agata een paar grote liefdes heeft gekend in haar leven, en dat Giulia de grootste is. Dat verzint ze heus niet, en ze vindt het jammer dat ze niet de woorden heeft om door te geven wat mevrouw Agata haar heeft verteld. Een dag na dat vliegtuig naar Londen is mevrouw Agata naar de bar van het dorp gegaan. Daar heeft ze gevraagd waar ze een thuishulp zou kunnen vinden. De eigenaar van de bar, die nog steeds een beetje gek op haar is, kwam over de toog leunen en streek zijn sikje glad.

Agata, ik heb je hier al zeker in geen tien jaar meer alleen zien binnenkomen. Je krijgt een kopje koffie van me.

Augusto, lieve man, ik heb geen tijd, ik moet een thuishulp zoeken.

Waar zijn we toch mee bezig in dit rotland, lieve Agata. Iedereen heeft altijd maar haast.

Ik weet niet hoe het met anderen gesteld is, maar ik herinner me geen woord meer van *Gloria Patri*.

Alsof je dat ooit wel hebt gekend.

Iedereen in de bar moest toen lachen. De jongen die Augusto af en toe helpt zei tegen mevrouw Agata dat op zondagmiddag in het park veel buitenlandse vrouwen elkaar kwamen opzoeken. Die zaten daar dan een beetje gezellig bij elkaar op de bankjes. Ze aten wat op het gras, babbelden met die keelklanken van ze en af en toe dronken ze bier. Thuishulpen moest je op zondag gaan zoeken, want op andere dagen zorgden ze voor oude mensen of voor wie dan ook die het alleen niet redde.

De jongen van de bar kent die gewoontes zo goed omdat hij, toen Leni was gekomen, op slag verliefd op haar is geworden. Maar Leni werkt niet als thuishulp, en 's zondags ligt ze de hele dag te slapen. Mevrouw Agata bedankte hem, en na een paar keer de verkeerde straat te hebben genomen vond ze de weg naar huis. Mevrouw Agata is slim en dus had ze, terwijl ze zo ronddoolde, een tandenborstel en een klos blauwe katoen gekocht. Die spullen had ze niet nodig, maar zo had ze geen last van dorpsgenoten die haar vragen gingen stellen.

Gloria Patri is één ding, de weg naar huis iets heel anders.

Omdat Agata zo'n intelligente en ordelijke vrouw was, had ze vanaf Giulia's vertrek een schrift bijgehouden waarin ze alles noteerde wat ze op een dag deed, en misschien ook wel andere dingen. Marina kon niet goed Italiaans lezen en mevrouw Agata waakte streng over dat schrift. Wat ze 's middags had gegeten stond er misschien ook in, en wat ze 's avonds wilde koken. En daarna controleerde ze of ze zich had gehouden aan haar voornemens. Mevrouw Agata had ook even overwogen om haar kleine verzameling boeken te verkopen, want die zorgden nu meer voor stof dan voor aangenaam gezelschap. Maar ze had toch besloten om ze te bewaren voor Giulia, die een huis had met niets erin. Alleen maar meubels die bedekt waren met stof en lakens. Dat huis was leeg omdat het later door niemand meer was gebruikt. Het was maar een klein dorp en na Lucia's dood had niemand er meer willen wonen, zeker de pasgetrouwde stellen niet. De mensen zijn erg bijgelovig en mevrouw Agata had nog geluk gehad dat ze het in de zomer af en toe een paar maanden kon verhuren.

Daarover was mevrouw Agata heel tevreden. Niet om het geld, maar omdat huizen die voor een vakantie worden gebruikt elke bijzondere gevoelswaarde kwijtraken. De spoken verdwijnen, en nemen de slechte voortekens met zich mee. Het levende bloed wast het bloed dat er is gevloeid weg, en ook andere dingen. Mevrouw Agata was geobsedeerd door bloed, meer nog dan een vroedvrouw. Hoe dan ook, ze had geluk gehad, want nu waren die muren gewoon alleen maar muren en waren ze niet anders dan die van alle huizen, huisjes en villa's die in het zomerseizoen worden verhuurd. Giulia wilde er nooit meer naar binnen en woonde in een kamertje boven de garage waar haar motor stond. Mevrouw Agata had vaak tegen haar gezegd dat ze de meubels had afgedekt met lakens zodat de houtwormen en het stof niet alles zouden aanvreten; de tijd staat tenslotte niet stil en je weet dus maar nooit.

De zondag na Giulia's vertrek naar Londen was mevrouw Agata piekfijn gekleed in het park verschenen en had ze met nogal luide stem gevraagd wie er belangstelling had voor een goed betaald baantje bij iemand die ook nog eenvoudige lessen Italiaanse taal kon geven. En terwijl de anderen aan het beraadslagen waren, had Marina de pot zoute augurken gepakt en geroepen: Ik. Toen had mevrouw Agata iemand gezocht die dezelfde taal sprak als die vrouw en uitgelegd dat ze geen oude moeder had en ook geen kind en ook geen ziek kleinkind.

Die thuishulp is voor mijzelf, en ik zal u zo goed mogelijk Italiaanse les geven. Ik ben de namen van de dingen aan het kwijtraken. Dat moet dan maar, het maakt me niet veel uit, die namen zijn gebleven zolang ze konden en nu is het genoeg. Nu bent u er, Marina, en ik voel me meteen al blij.

Om even jou te zeggen wie ben ik. Ik vijfenvijftig jaar en praat beetje Italiaans, maar wel goed. Ik ben uit Bulgarije gekomen, omdat mijn dochter ingenieur verdient 250 euro in maand en ik hier bij mevrouw wonen verdien 650 en nog extra's. Als mijn familie later komen, ik kan geld geven van mijn pensioen. Ik altijd andere wereld willen zien dan mijn dorp, maar mijn man veel gereisd met schip, en toen dood, van plank boeken gevallen op mijn oude werk. Ik boekwinkel. Ik vind lekker mosselen en courgettes en ook taart chocolade en room. Jullie paprika's te groot en bitter, maar ik toch koken. Ik ben goeie vrouw, ik altijd krulspelden, haren met krullen. Met krullen makkelijker man vinden. Ik weet.

Giulia hoort dat Marina in drie maanden zoveel Italiaans heeft geleerd dat ze haar alles gedetailleerd kan vertellen. Ze is blij dat haar oma die drie maanden iets omhanden heeft gehad. Ze had die overplaatsing naar het kantoor in Londen geaccepteerd omdat het niet voor lang was. Om tijdtechnische redenen had ze die dus gekozen, en haar oma vond het een prima idee. Ze had gezegd dat ze Giulia zou komen opzoeken, dat een reisje haar goed zou doen, dat dingen vergeten ook betekent je angsten vergeten. Voel je niet bezwaard dus, en goede reis. Ze was bijvoorbeeld vergeten dat ze altijd bang was geweest voor gesloten ruimtes, en dus voor vliegtuigen. Giulia moest een beetje lachen om dat vergeten van haar oma; het leek weer een van haar verwaande trekjes. Voor Giulia op reis ging, had Agata nog gezegd dat ze blij was dat ze nu eens kon ervaren hoe lichtzinnigheid voelde. Jammer alleen dat er geen man meer was die belangstelling voor haar had.

Oud en lichtzinnig is iets anders dan jong en lichtzinnig.

Maar zijzelf zou ook geen man in huis willen hebben.

Een oude vent in huis, wat een nachtmerrie.

Giulia was vertrokken omdat drie maanden haar een korte tijd leken.

Ze herinnert zich dat ze een paar maanden geleden op een zondagmiddag bij haar oma langsging en haar toen als verstijfd bij het fornuis had aangetroffen. In haar handen had ze een pannetje met heet water en de bus met gemalen koffie.

Oma, wat doe je?

Ik weet niet meer hoe je koffie moet zetten.

Met het koffiepotje.

O ja, dat is ook zo.

Oma, wat heb je?

De dokter zegt dat ik oud aan het worden ben.

Nou, dat is toch geen ziekte?

Heel soms wel, en wij zijn een familie van bijzondere gevallen.

Giulia schoot in de lach en gaf haar oma een zoen.

Marina woont bij haar oma sinds de maandag volgend op haar vertrek naar Londen. Ze heeft heel snel Italiaans geleerd en weet Giulia te vertellen dat die verslechtering iets van de laatste weken is, dat de tijd waarin ze weer terugklimt naar een zekere helderheid langer is geworden. Mevrouw Agata had al gezegd dat dit zou gebeuren en dat niets ertegen zou helpen, ook niet een medisch wonder. En dat ze niet moest schrikken of zich ergeren als ze dingen twee keer moest zeggen. Mevrouw Agata zag het positief in, omdat ze allebei voordeel konden halen uit deze situatie. Marina kon Italiaans leren en zijzelf zou het idee hebben dat ze elke dag iemand anders leerde kennen. Door haar vroegere leven te vergeten zou ze, behalve haar angst, ook haar liefde voor Lucia vergeten, en met die liefde het verlies. Over Giulia maakte ze zich geen zorgen, want Giulia zou terugkomen en dan alles begrijpen en uitleggen. Ze zouden nog heel veel samen kunnen doen.

Giulia beseft dat ze eigenlijk een vampier zou moeten zijn. En waarom ze dat verlangen heeft, is haar duidelijk. Agata heeft gelijk als ze tegen iedereen zegt dat Giulia alles begrijpt en kan uitleggen. Als ze een vampier was kon ze Marina naar de hals springen en haar bloed opzuigen. Haar spierwit op de grond laten vallen, als een Bulgaarse lap vodden van de vlooienmarkt, en haar eigen lichaam voelen volstromen met dat bloed zo vol herinneringen. Giulia voelt even aan haar mond, maar op haar hoektanden zit gewoon nog glazuur en plak, en ze hebben nog steeds dezelfde afmetingen. Ze zijn wel een beetje puntig, maar niet echt scherp. Alsof Marina opeens een ijzergeur in haar neus heeft gekregen, laat ze nog een keer weten dat het enige probleem dat bloed is. Dat twee weken geleden mevrouw Agata op het balkon zomaar was gaan schreeuwen tegen de buren. Ze stond op uit de stoel waarin ze zat te lezen en lachte vriendelijk tegen de man, die teruggroette door zijn hoedje af te nemen.

Zo, mevrouw Agata, hoe gaat het met u vandaag?

Mevrouw Agata begon tegen hem te krijsen en smeet haar krant weg. Haar stoel ging onderuit en viel op de marmeren vloer van het balkon. De buurman rende naar hun huisdeur en belde heel hard aan. Hij dacht dat het zijn schuld was, dat hij mevrouw Agata had afgeleid en dat ze daardoor was gevallen en het op een schreeuwen had gezet. Maar Marina wist zeker dat ze eerst het gekrijs had gehoord en daarna had gezien hoe de stoel omkieperde en achteroverviel. Mevrouw Agata lag met een van pijn vertrokken gezicht op de grond en ze kon niet meer overeind komen. In plaats van naar de deur te rennen, stapte Marina het balkon op om mevrouw Agata te helpen op te staan, maar dat bleek onmogelijk, omdat mevrouw niet meewerkte. Ze kon niets anders doen dan afwachten en hopen. Mevrouw Agata schreeuwde maar door en sloeg een hand voor haar ogen. Ze had Marina ook nog een heel harde klap gegeven. Ze gebruikte woorden die Marina niet kende en die ze dus niet kon herhalen, maar Agata zei dat die man op het balkon zijn hele gezicht onder het bloed had, dat er ook bloed uit zijn oren en mond kwam, en dat hij had geprobeerd haar vast te pakken en haar mee te slepen naar de hel. Want bloed kan alleen maar uit de hel komen; in het paradijs hebben ze allemaal bloedarmoede. En dat zij naar het paradijs wilde. Marina was helemaal verbouwereerd, want ze had mevrouw Agata nog nooit horen praten over hel en paradijs. Gelukkig maar dat ze in Bulgarije in een boekwinkel had gewerkt en wist dat hel en paradijs twee van de drie boeken zijn van Dante Alighieri, en dat ze wist waar ze over gingen, omdat ze ze had gelezen.

Louteringsberg?

Louteringsberg.

Giulia bedenkt dat als Marina en haar oma een contactadvertentie in de krant of op een van die kennismakingssites hadden gezet, ze elkaar nooit zouden hebben gevonden. Maar op een zondag zijn ze elkaar gewoon in het park tegengekomen en nu voelen ze elkaar aan alsof ze elkaar al hun hele le-

ven kennen. Giulia weet dat het voor haar oma een hele op-
gave is om iemand in huis te hebben. Maar waar ze dat bloed
vandaan heeft, begrijpt ze niet.

Ze heeft de neiging haar oma bij de schouders te grijpen,
haar door elkaar te schudden en aan haar te vragen om zich
samen met haar kleindochter de dingen in herinnering te
brengen. En niet bang te zijn. Samen al het bloed benoemen
dat ze in haar eerdere leven heeft vermeden en dat nu wordt
overgegoten in haar huidige leven. Waarvan haar ogen nu
overstromen. Te beginnen met het bloed van alle vissen die
ze niet heeft schoongemaakt. En dan het bloed dat is wegge-
vloeid in de put, het gekke bloed van Lucia, het blauwe bloed
van opa. Giulia weet zeker dat als ze al het bloed zou kennen
dat verloren of vermeden is, zij haar oma zou kunnen helpen.
Sommige dingen weet ze omdat ze erbij was, andere omdat
die haar zijn verteld, maar het meeste is zo ver van haar verwijderd dat ze niet eens zou weten wat ze het best zou kunnen vragen.

Aan wie kan ik iets vragen?

Marina zegt dat het paradijs en de hel haar niks kunnen
schelen, dat ze uit een familie van communisten en echtschei-
dingen komt. En als ze een leuk jong Italiaantje tegenkomt,
hapt ze meteen toe en trouwt ze met hem. Haar kinderen in
Bulgarije zijn toch al groot, ze heeft zelfs al een kleinzoontje
van vijf jaar. Die lijkt trouwens veel op haar.

Het is Giulia niet meteen duidelijk op wie het kleinzoontje met de onuitsprekelijke naam lijkt, maar als ze de foto
heeft aangepakt, glimlacht ze en bedankt ze Marina voor haar
vriendelijkheid. Giulia en het onuitsprekelijke jongetje hebben dezelfde ogen, die strak gericht staan op iets dat zich lager bevindt dan de onderrand van de foto. Giulia loopt terug
naar haar oma in de keuken, die haar toelacht.

Vanavond eten we andijvieschotel met gekookte eieren, en

mijn schrift ligt in de boekenkast, ergens in de boekenkast, maar geef me nou maar eens een zoen.

Giulia kust haar oma en voelt dat haar huid ijskoud is. Met een ijl stemmetje roept haar oma Marina, omdat ze naar de wc moet. Als ze wc zegt, slaat ze haar ogen neer naar haar schoenen. Giulia weet bijna zeker dat ze heeft gehoord: Die zijn nog vuil van het bloed.

Toen de carabiniere met de blonde snor haar de schoen in het plastic zakje had laten zien, en dat schoentje roestbruin bleek te zijn, net als de blouse van haar oma, begreep Giulia alles. Ze kwam heel vaak te vallen, want ze was altijd maar aan het rennen en springen, en als ze dan haar ellebogen of knieën schaafde, of als ze zich prikte aan de doorns bij het bramen zoeken, dan zat er op haar schoenen, haar broek of haar mouwen altijd maar een klein beetje bloed als ze thuiskwam.

Oma, heeft mama zich pijn gedaan?

Giulia, mama, oma, mama, jij, ik.

Oma had niet eens geprobeerd om haar tranen in te houden. Giulia weet nog dat ze het zakje uit de handen van de carabiniere rukte, razendsnel, alsof het een spelletje op straat was. Ze weet nog dat de man schreeuwde dat ze niet mocht wegrennen, en dat ze op één schoen juist zo hard ze kon naar de deur holde. Ze was helemaal niet gestruikeld, maar had juist een duikvlucht genomen, alsof ze een ekster was die het aandurft van een vensterbank een glimmend asbakje weg te pikken waarin iemand net een sigaret aan het doven is. Zo had ze het gedaan. Ze dook tussen de oranje benen van de ambulancebroeders door, tussen de rode van de brandweermannen en tussen de andersgekleurde of blote benen van alle buren.

De buurvrouw van beneden probeerde haar tegen te houden door haar om haar middel te pakken, maar Giulia beet in haar pols. Misschien had ze haar ook wel een schop gegeven – met de voet waaraan ze nog een schoen had, om haar nog meer pijn te doen. De ficus viel ook nog om en de afgebroken bladeren lagen er in flarden omheen. De straat stond vol mensen die ze niet kende en niemand probeerde haar tegen te houden. Misschien had alleen de loopjongen van de groenteman naar de mensen geroepen: Dat is d'r dochtertje! Maar niemand luisterde naar hem. Giulia's wanhoop ging over in nieuwsgierigheid. Waar kijken jullie naar? Waar kijken jullie naar? vroeg ze, maar niemand gaf antwoord. Behalve Marco.

Marco woonde in hetzelfde huis, maar dan op de hoogste etage. Hij mocht nooit na schooltijd buiten spelen, omdat het op straat heel gevaarlijk was en omdat er toch geen andere kinderen buiten waren dan dat ene kleine meisje.

Er is een vrouw dood, van het balkon gevallen, misschien wel gesprongen, ze lijkt op jouw moeder.

Waar is ze dan?

Op de grond, ze hebben een doek over haar gezicht gelegd omdat ze zo snel is gevallen dat ze geen tijd heeft gehad om haar ogen dicht te doen. Dat zeggen ze hier allemaal.

Giulia gaf hem het plastic zakje aan.

Hou vast, daar heb ik last van als ik tussen die mensen door ga.

De mensen aan wie ze telkens vroeg of ze er even langs mocht, hadden hun blik gericht op een onduidelijk punt dat zich wel ergens in de lucht leek te bevinden, terwijl het toch eigenlijk laag moest zijn. Iedereen liet haar doorlopen, of misschien merkte wel niemand iets van haar. Giulia wist het niet, maar terwijl ze haar weg zocht, hoopte ze dat er geen einde zou komen aan al die mensen. Als dat gordijn van mensen oneindig dik zou zijn, dan was er straks niets om te bekijken, dan was er straks helemaal geen dode te zien, helemaal geen lichaam dat leek op dat van haar moeder. Maar die benen hielden wel degelijk op, en opeens lag daar een vrouw met een spijkerbroek aan, gymschoenen van blauwe stof, en een T-shirt met korte mouwen dat ooit geel was geweest.

Volgens Giulia zou haar moeder in de lach geschoten zijn als ze een volwassen vrouw had gezien met zulke geschaafde ellebogen. Deze vrouw leek een grote pop met kapotte armen en benen. Een paar zwarte lokken staken onder de doek uit. Giulia bedacht dat mama tijdens haar val vast tegen zichzelf had gezegd: Ik pak dat schoentje of ik doe mijn ogen dicht. En toen had ze natuurlijk het schoentje gekozen, want dat had ze beloofd.

Ik pak je schoentje wel, liefje.

Mama, ik hou heel veel van je.

Giulia voelde zich heel dapper. Ook aan het laatste paar benen, dat als een hek voor haar stond, vroeg ze of ze er even langs mocht. Niemand hield haar tegen. Of misschien had iemand haar wel even bij de arm gepakt, en had iemand anders daarop gesist: Dat is d'r dochtertje! Zo was elke impuls tot ingrijpen of beschermen in de kiem gesmoord. Ze hurkte neer bij de doek en tilde die op. Net als bij het kiekeboespelletje dat ze vaak op zondagochtend speelde.

Mama, waar ben ik?

Hier ben je!

Giulia begreep dat ze zich haar moeder zo moest proberen te herinneren: terwijl ze een schoentje gaat pakken omdat ze dat heeft beloofd. Zoals die zeeleeuw van een carabiniere trouwens ook al had gezegd. Huilen deed Giulia niet. Ze haalde het elastiekje van haar pols. Haar moeder had haar al honderd keer gezegd dat ze dat niet moest dragen als een armbandje, omdat het je bloed tegenhoudt. Giulia zou willen dat woorden net waren als hoestsiroop, die bitter is maar wel een fijn gevoel in je keel geeft. Ze zou willen dat de woorden je bloed tegenhouden betekenen: ervoor zorgen dat die donkere modderplas niet vanuit mama's buik, ellebogen, scheef staande hand, kapotte keel, en vanuit haar mond kan uitlopen tot aan al die staande mensen. Ze haalde het elastiekje van haar pols. Daarna spreidde ze haar vingers tot een harkje. Toen kamde ze haar moeder, precies zoals die het haar zelf had geleerd. Giulia wist dat mama er niet goed tegen kon als de kapper met zijn handen door haar haar ging. Maar Giulia mocht dat wel doen, en vooral 's avonds, als ze onder de groene chenille deken lag. En dus kamde ze haar moeder op die manier en maakte ze, om het haar uit haar gezicht weg te houden, een klein paardenstaartje. Want iedereen moest zien hoe mooi haar moeder was. En toen niemand een zucht van verbazing of bewondering slaakte, begreep Giulia dat het heel zielige mensen waren met alleen benen en geen ogen. Maar ze wilde eigenlijk helemaal niet denken, ze wilde haar moeder.

En dan nog mooier dan ze al was. Ze wilde dat iedereen voor haar viel, dat alle mannen naar haar zouden kijken, dat de vrouwen jaloers op haar zouden zijn. Ze wilde dat haar vader niet boos zou zijn omdat ze te laat was, dat hij haar schitterend zou vinden, en dat hij dan misschien zou besluiten om te blijven. Ze legde haar handen op de grond en kruiste haar armen, zodat ze haar hoofd erop kon leggen. Zoals op de kleuterschool als ze met haar hoofd op haar tafeltje een dutje deed. Als ze dan haar ogen weer opende, zag ze de gezichten van haar klasgenootjes. Zo lag ze wat te rusten en af en toe mompelde ze iets. Ze had haar gezicht recht tegenover dat van haar moeder gebracht, alsof ze samen op een kussen lagen en nog maar net een beetje wakker waren.

Maar dit was absoluut niet de eeuwige slaap, zoals ze in sprookjes zeiden als het over de dood ging. Terwijl ze in die opengesperde ogen keek, begreep Giulia dat haar moeder juist nooit meer zou slapen. En dus ook nooit meer wakker zou worden. Maar ze wist dat het in elk geval goed was om nog een lok haar netjes achter haar oor te leggen, en dat deed ze dan ook. Daarna ging ze rechtop staan. Maar een moment later zakte ze weer door haar benen en ging ze op haar hurken zitten, met haar knieën tegen haar borst. Deze keer riepen de mensen: O...! En sommigen kwamen op haar toe lopen omdat ze bang waren dat ze haar evenwicht had verloren. Maar ze was juist zo sterk, zelfverzekerd en helder dat ze gewoon kon blijven kijken naar het kleverige bloed dat daar lag als een glanzend laken dat haar moeder moest beschermen tegen het stof. Die prachtige moeder van haar, met lippen zo bleek als een rozenblaadje en wangen zo blauw als een vergeetmenietje.

Vergeet me niet, mama.

Als haar moeder zichzelf had kunnen zien, had ze vast wat van dat bloed gebruikt om zich een beetje op te tutten. Dan had ze haar lippen en wangen er wat mee bijgekleurd. Zoals vrouwen doen op zondagochtend, als ze gaan wandelen. Giulia stak haar vinger al uit, maar hield zich opeens lachend in, alsof ze moest hikken, omdat ze moest denken aan die rog. Een paar jaar eerder had haar moeder haar meegenomen om vis te kopen in een heel grote overdekte markt. Op een zaterdag hadden ze de auto gepakt en waren ze op een plek gekomen waar heel veel mensen rondliepen en waar levende vissen zwommen in bakken die zo groot waren als een zwembad. Haar moeder had haar hand gepakt. Kijk eens wat een mooie bek die vis heeft, zei ze. De vis, die een soort scheef vierkant leek, zo'n ruitvorm als ze wel eens in haar schoolboekje had gezien, zwom in een waterbak die helemaal tot aan de muur kwam. Een verticaal zwembad.

Dat is een rog.

Laten we hem kopen.

Dat soort vissen worden niet verkocht. Zie je die mooie bek?

Hij doet hem telkens open en dicht. Is er niemand die hem eet?

Wij in elk geval niet.

En zijn ogen?

Die zijn heel erg klein.

Dus hij kan me niet zien? Zou hij zich vervelen?

Nee, lieverdje van me, die rog is verbaasd.

Hoe weet je nou dat het geen gapen is wat hij steeds doet?

Omdat hij leeft, omdat hij in het water is, en omdat jij naar hem kijkt. Wat heeft zo'n rog toch een mooie mond.

Hij lijkt op die van jou, mama.

Vind je, liefje?

Nou en of. Misschien had haar moeder eigenlijk wel in een glazen bak moeten leven. Zoals prinsessen in sprookjes. Of roggen op de zaterdagmarkt. Maar daar liggend, met haar ogen opengesperd en nog verbijsterd kijkend na die val, met haar roggenmond buiten het water en dus lelijk en vertrokken, leek ze zich voor altijd te zullen moeten vervelen. Giulia haalde ook haar andere arm van haar knieën weg, stond op en ging er toen vandoor met de doek in haar hand. Sneller dan de wind was ze ervandoor.

Giulia kon sneller rennen dan alle andere kinderen – jongens of meisjes. Als een pijl ging ze door nauwe doorgangetjes, over het harde deel van het strand, en ook wel langs de spoorbaan. En als de grote mensen niet van die lange benen hadden, zou ze geen concurrenten hebben gehad. Zo kwam ze aan het eind van de straat. Haar moeder was geen leugenaar en ze had gezegd dat papa om de hoek stond te wachten. Maar om de hoek was niemand te bekennen. Arme mama.

Ze snoot haar neus in de doek. Dat was misschien niet zo netjes, maar dat kon haar niet schelen. Als haar vader er niet was, dan was de schat van de piraten er misschien ook wel niet. Of misschien was die schat niet voor hen. Of misschien hadden de piraten haar vader met zijn schat gevangengenomen. Wie zijn de piraten? Of wat?

Dit had haar ertoe gebracht om zich na haar studie geografie bezig te gaan houden met technische handboeken en met de reizen van anderen. Het is namelijk niet waar dat elastiekjes je bloed tegenhouden, of dat de dood een eeuwige slaap is, en ook niet dat er verborgen schatten bestaan. Er bestaan alleen maar bewijsstukken. En Marco bestaat, met dat schoentje aan de muur van zijn kamer.

Leni wordt om twaalf uur 's middags wakker en puft geërgerd omdat er geen druppel melk in huis is. Om te ontbijten
moet ze nu dus eerst naar de bar aan het eind van het straatje lopen, daar links de hoek om slaan en vandaar verder gaan
naar het plein. Daar kan ze dan bij Augusto een cappuccino
bestellen. Maar al voor de bar komt ze een winkel tegen waar
ze melk kan kopen. Dat zal ze dan ook wel doen, want ze is
gek op melk, en op zaterdag werkt bij Augusto die jongen die
altijd zo verlangend naar haar kijkt, maar die niet knap, niet
rijk en niet sympathiek is. Daar kan ze beter dus niet langs-
gaan. En ook voelt ze zich bij het idee naar buiten te gaan
om boodschappen te doen een onbenullig huisvrouwtje. Dus
trekt ze het laken over haar hoofd en gaat ze op haar zij liggen. Als Marco nou niet zijn hand in haar broekje had laten
glijden, zou ze waarschijnlijk weer in slaap gevallen zijn. Van
slapen houdt ze nog meer dan van melk. Maar hij is al begonnen met haar billen te strelen. En nu komt hij dichter
naar haar toe kruipen, omdat die strelingen niet meer genoeg
zijn voor hem, omdat een goed begin van de dag het halve
werk is. Leni heeft helemaal geen zin zich om te draaien.
Soms lukt het haar ook wel gewoon door te slapen terwijl ie-

mand met haar bezig is. Haar bekken is een slaapwandelaar. Maar met Marco wil ze niet al te professioneel doen, dus kromt ze – terwijl ze denkt aan de koeien toen ze een klein meisje was, aan hun uiers die altijd klaarhingen om haar mond te laten overlopen met melk – haar rug om hem aan te raken. Leni wrijft zich tegen Marco aan en droomt dat ze haar mond opendoet en gulzig toehapt op een speen van haar lievelingskoe. Marco trekt haar broekje onder haar billen. Leni wil het beeld van de koe en de melk niet loslaten. Ze neemt een hoek van het witte kussen in haar mond en begint te zuigen. Het enige wat haar niet bevalt in dit dorp is dat er in een omtrek van tien kilometer geen koe te vinden is. Allerlei soorten vissen, maar koeien ho maar. Ze zuigt harder, wrijft harder, en verder naar beneden gaat haar broekje. Marco wordt ongeduldig en trekt het omlaag tot haar knieën. Leni voelt zich een klein meisje. Toen ze een keer melk zoog uit de koe, moest ze opeens nodig plassen. Ze duwde haar broek en onderbroek naar beneden, en liet toen gewoon alles stromen. En ze maakte zich geen zorgen, want ze zou haar plasje toch later met de schep bij de hopen mest vegen. Dus ligt ze te zuigen aan het kussen en perst ze alsof er iets uit haar moet, en zo voelt ze zich gelukkig. Ze stroomt over van geluk bij het idee dat ze misschien niet echt wakker is geworden, en dat ze misschien ook wel nooit echt uit Polen is weggegaan, en dat ze nooit volwassen is geworden. Nog steeds is ze twaalf jaar en speelt haar leven zich af in de stal, dicht bij de uiers van de koeien. Tussen al die spenen voelt ze zich tevreden. Marco kreunt en Leni doet haar ogen open. Het kussen is gewoon een kussen en Marco zit zo diep in haar dat ze het gevoel heeft dat ze hem bij haar navel naar buiten kan zien komen. Dan is het allemaal afgelopen. Wat ben je toch lekker, zegt Marco. Leni verwacht dat Marco nu de deur uit gaat om melk te kopen. Zonder haar broekje weer op te trekken, draait ze zich om en begint naar het plafond te staren. Omdat Marco nou nooit eens zal vragen: Waar denk je aan?

Ik hier met studentenvisum van vriendin Irene, dus geen verblijfsvergunning. Ik Frans gestudeerd en Engels, maar Italië gekozen omdat mannen schoner en zon warmer. Gekomen in klein dorp omdat ik geprobeerd zonder baas hoer te zijn in grote stad, en wel meer geld maar ook meer bang. Ik hier helemaal niet bang, ik beroeps. Dit is niet baan van mijn dromen, maar mannen makkelijker melken dan koeien, en slapen niet in bed van mest. Paar jaar dit werk en ik praat perfect Italiaans, ook oefenen met denken in Italiaans, en voor geld alles prima. Ik kan teruggaan, ik kan blijven. Ik denk veel aan hoe is om me heen, ook huis hier overkant, aan hoe alles beter maken, misschien weer studeren. Regering Italië maakt geen wet voor immigratie en ook niet voor bij elkaar wonen, stom. Kijk op straat, alles buitenlanders, alles samenwonen, alles homo's. Jonge meisjes uit oosten Europa met oude mevrouwen, jongens Thailand met oude mannen met hoed op. Als regering Italië maakt wet, ik word thuishulp.

Ben je wakker?
   Ik denk aan thuishulp.
   Marco stapt naakt uit bed en loopt de badkamer in terwijl hij met zijn rechterhand aan zijn linkeronderarm krabt. Leni weet dat hij nergens jeuk heeft, dat het een zinloos gebaar is, net als die hand door zijn haar als het helemaal niet in zijn gezicht hangt. Leni hoort het water stromen. Ze trekt de rolluiken open om te kunnen vaststellen of het licht dat naar binnen valt gewoon het middaglicht is, of dat misschien de zon volop schijnt. Als de kieren van het rolluik opengaan, valt er een zebrapatroon op haar dijen en priemt het zonlicht zich naaldscherp in haar pupillen. Ze heeft zulke lichte ogen dat ze

eigenlijk altijd schemering om zich heen wil hebben. Toch besluit ze de glazen deur open te doen om te zien wat er buiten gebeurt. Ze doet haar broekje weer goed aan en stapt in een paar zwarte teenslippers. Ze pakt haar donkere zonnebril, neemt haar pakje sigaretten van het nachtkastje en gaat het balkon op. Dan bedenkt ze dat ze wel haar zonnebril en sigaretten, maar niet haar aansteker heeft meegenomen. Ze kijkt naar het lege straatje. Het is warm. Ze buigt zich naar de emmer waarin ze kookwater en regenwater bewaart en begiet haar geraniums. Haar moeder heeft haar geleerd om de dingen meerdere keren te gebruiken en niet meteen weg te gooien. Het water lekt naar het balkon van de buurvrouw beneden, maar die is op deze tijd aan het werk. Wat niet weet, wat niet deert. Ze gaat met haar rug tegen de muur staan en pakt het pakje sigaretten. Dat is leeg. Leni heeft een hekel aan die gewoonte van Marco om als de sigaretten op zijn het pakje, als was het een ontbrekend stukje in de legpuzzel van de slaapkamer, weer helemaal netjes te maken. Door de donkere bril probeert ze naar de zon te kijken. Ze strekt haar hals om een beetje kleur te krijgen en de slaapplooien in haar gezicht kwijt te raken.

Dan richt ze haar blik op het balkon aan de overkant. Dat is het treurigste balkon van het straatje. Het is helemaal kaal en doet haar denken aan dat van haar oma in een buitenwijk van Warschau. Ze heeft last van de zon, maar doet toch haar bril even naar beneden, om met zekerheid te kunnen vaststellen dat daar iets nieuws te zien is. Een rood T-shirt met korte mouwen. Er is een karper op afgedrukt. Het is een mooi T-shirt. Marco heeft er ook zo een, maar dan blauw. Ze duwt haar bril weer omhoog en blijft naar dat balkon kijken. Altijd maar dat afgedragen wollen hemdje, dat groene gordijn vol vastgekleefde insecten, die tuinstoel. Leni probeert scherper te kijken, want naast een van die wankelende poten staat een glimmende asbak. Het lijkt wel zo'n asbakje dat je bij je kunt dragen. Echt van die rotzooi die je bij een Poolse uitdrager kunt kopen. Ze glimlacht even en kijkt er een beetje spijtig naar terwijl ze denkt aan het lege pakje. Dan verschijnt er een meisje op het balkon. Leni wil haar gedag zeggen, maar het meisje kijkt naar de grond met de intensiteit van een superheld die met zijn bionische blik de moorden op de etage onder hem kan onderzoeken. Ze gaat zitten op de stoel, de stoel kraakt, een van de poten buigt een beetje door. Uit haar zak haalt ze een sigarettenkoker, neemt er een sigaret uit en steekt die op. Alles zonder een moment niet naar de grond te kijken. Leni stapt weg van de muur en buigt zich over de bakken met geraniums. Ze duwt, alsof ze in de jungle is, de bladeren uiteen, zet haar ellebogen naast elkaar op de balkonrand, legt haar kin op haar vuisten en kijkt naar beneden. Het straatje is nog steeds leeg. En dat meisje aan de overkant heeft dus écht een bionische blik, of ze heeft een klap op haar hoofd gehad. Marco is intussen klaar met douchen. Leni hoort hem fluiten. Behalve de woning is dat fluiten van Marco zo ongeveer de enige reden om bij hem te blijven. Hij fluit zo melodieus dat het meisje aan de overkant haar hoofd boven het balkonhek uitsteekt. Meteen knijpt ze haar ogen samen, en Leni zou zweren dat ze naar haar blote benen loert. Ze gaat zelfs rechtop in haar stoel zitten om Leni's dijen te kunnen zien. Als om moed te vergaren neemt ze een lange trek van haar sigaret en brengt haar hoofd op de hoogte van Leni's mond. Leni zou zweren dat ze naar haar lippen kijkt. Ze haalt een hand onder haar hoofd vandaan, pakt een poot van haar bril tussen duim en wijsvinger, schuift de bril naar beneden op haar neus en lacht naar het meisje. Het meisje rookt gewoon door, alsof Leni's glimlach veel minder interessant is dan haar benen. Maar Leni heeft een doel voor ogen, en geeft het niet zomaar op.

Hallo, ik ben Leni.

Het meisje kijkt haar aan. Leni is tot de conclusie gekomen dat ze de nieuwe thuishulp moet zijn van het oude gekke mens dat je twintig keer per dag hoort krijsen over duivels en bloed. Als ze geen klanten had gehad die het ook wel willen doen terwijl dat oude wijf loopt te krijsen over satan en vervloekingen, had ze allang moeten verhuizen. Weer zegt ze: Hallo, ik ben Leni – nu in het Engels, Frans en Pools. Dan blaast ze geërgerd haar lippen naar voren. Geen melk, geen babbeltje. Ze duwt haar bril weer goed, gaat rechtop staan en draait zich om. Marco fluit nog steeds. Ze is alweer bijna in de kamer als ze een heel ijl stemmetje hoort, de stem van een kind lijkt het wel.

Hallo, ik ben Giulia.

Dit kon wel eens een heel gunstige dag zijn, denkt Leni. Marco gaat zo melk voor haar kopen en deze Giulia zal haar minstens twee sigaretten geven. Ze gaat weer terug, en omdat Giulia kennelijk meer belangstelling heeft voor haar benen dan voor de rest, gaat ze op een stoel zitten en legt ze haar hielen op het balkonhek. Maar Giulia slaat haar ogen weer neer naar de grond. En als het oude mens niet een brul in een of andere onbegrijpelijke taal zou hebben laten horen, zou ze misschien in die houding zijn gebleven. Nu draait ze zich even naar het groene gordijn, en kijkt daarna weer naar Leni's benen. Misschien, bedenkt Leni, heeft ze het wel verkeerd begrepen en heeft Giulia juist last van die benen, of brengen ze haar in verlegenheid. Maar ze zit lekker zo, dus laat ze alles voor wat het is en vraagt ze haar om een sigaret.

Hé, Giulia, heb je sigaret?

Giulia pakt haar sigarettenkoker, gaat staan, maakt hem open en steekt haar hand uit. Zo smal is het straatje dat ze met haar gestrekte arm tot bij de rode geraniums van Leni kan reiken. Leni gaat ook staan, neemt een sigaret en ruikt eraan.

Mag ik vuurtje?

Giulia pakt de aansteker uit haar broekzak en klimt op de onderste dwarse stang van het balkonhek zodat ze ver genoeg kan reiken om Leni's sigaret aan te steken. Leni kijkt naar haar slanke vingers. Ze glimlacht. Ze vertrouwt Giulia omdat ze mooie handen heeft.

Beneden trekt de postbode de linnen zakdoek tevoorschijn die zijn vrouw elke dag keurig in de zak van zijn uniformbroek stopt. Hij draait zijn hoofd omhoog om te zien waar die rotzon staat die hem doet smelten, en ook om zijn voorhoofd af te vegen. Maar hij krijgt de zon niet te zien, want tussen het balkon van mevrouw Agata en dat van die Poolse hoer hangen twee hoofden en twee armen. Het lijkt wel zo'n circusnummer van twee acrobaten die de armen op elkaars schouders leggen, waarna dan een derde met een grote sprong bovenop dat bruggetje van mensenvlees belandt. Even is de postbode bang dat er nu iemand uit een van de vensters zal komen springen om de constructie compleet te maken. Hij houdt zijn adem in, maar er gebeurt niets. De kleindochter van mevrouw Agata trekt haar hand terug, en de hoer zet haar ellebogen op de balkonrand en ruikt aan de geraniums. Dat is wel echt een hoer, inderdaad. Die lonkt zelfs naar de kleindochter van mevrouw Agata. Dat mens heeft al zoveel meegemaakt, en nu heeft ze ook nog een hoer op het balkon tegenover zich. Giulia, Giulia, Giulia, roept de postbode. Giulia steekt haar hoofd naar buiten en lacht naar hem.

Welkom terug, mevrouw de doctorandus! Hoe is het gegaan daar waar je bent geweest?

Goed hoor, Umberto, prima, dank je.

Vandaag geen post.

Oké, bedankt, Umberto.

Je moet weer eens in de bar langskomen, ik zit nu te kaarten zonder maatje.

Spelen jullie dan met de dooie vierde?

Altijd nog beter dan met sommige levende vierden.

Daar heb je gelijk in.

Umberto stopt zijn zakdoek weer weg en vervolgt zijn ronde. Leni kijkt even over het balkon en ziet de postbode. Hij lijkt ouder dan Methusalem en kijkt haar nooit in de ogen, ook niet als hij haar moet laten tekenen voor een aangetekende brief. Ze gaat weer naar achteren, zodat ze naar Giulia kan kijken. Die is tenminste jong en heeft sigaretten. Giulia lacht nog een keer naar de postbode en zwaait naar hem. Dan gaat ze weer zitten.

Waar ben jij geweest?

In Londen, voor mijn werk.

Jij leuk?

Ik vond het er heel leuk.

Ik nooit geweest.

Leni heeft bijna haar sigaret op en ze wil er graag nog een, maar weet niet hoe ze dat moet vragen. En dus beweegt ze maar een beetje met haar tenen.

Heel lekker sigaretten, gekocht Londen?

Nee, het is Virginia-shag. Ik maak ze zelf, dan rook ik minder, er is meer tijd voor nodig. Het is net zoiets als je ritssluiting dichttrekken.

Wat?

Niemand trekt ooit voor een ander zijn rits naar beneden, dat is een beweging van iemand zelf, een eigen moment.

Leni zou wel tegen haar willen zeggen dat ze helemaal gelijk heeft, dat zijzelf tien euro extra vraagt als een klant haar rits wil opentrekken. Intimiteit kost meer dan seks, dat is de enige regel waaraan ze zich als kleine zelfstandige altijd houdt.

Mag ik nog sigaret roken?

Natuurlijk mag dat.

Giulia gaat staan, reikt haar de open sigarettenkoker toe, geeft haar een vuurtje en neemt, om met Leni mee te doen, zelf ook weer een sigaret.

Leni vindt haar aardig en wil wel iets voor haar doen. Maar in meer dan haar slippers uitschoppen en zo Giulia de gelegenheid bieden haar voetzolen te zien, heeft ze geen zin. Ze moest tenslotte vanmorgen al aan het werk toen ze nog niet eens uit bed was.

Mijn bloemen mooi?

Ik vind ze heel mooi, maar mijn oma maken ze bang.

Bang voor bloemen?

Als ik nou eens al die rode geraniums van je zou kopen en je er evenveel witte en roze voor zou teruggeven?

En deze waar?

Die zou je in de bloementuin van het park kunnen zetten.

Ik ben niet thuishulp, ik ga niet zondag park.

Kom je daar nooit? Het is er echt mooi, hoor.

Arme mensen wandelen in park, als ik wil wandelen, mooi pad in Apennijnenbergen, of niet soms?

Ik kom al in het park sinds ik klein was, en jouw geraniums zouden daar heel mooi staan.

Kan toch niet bloemen jou geven. Deze planten bij mij vanaf weggaan uit Polen, oude planten, van mijn opa en oma. Soms ik breek stengel af en maak nieuwe. En is niet gewoon rood, is bloedrood.

Het lastige is dat mijn oma denkt dat er echt bloed uit komt.

Is jouw oma, niet mijn oma, jouw probleem.

Dat weet ik, en ik probeerde er een oplossing voor te vinden.

Ik denk niet oplossing roze of witte bloemen kopen, ik denk oplossing goed medicijnen.

Die slikt ze al.

Dan jij gewoon wachten.

Dat weet ik, dat weet ik. Maar ik zou graag willen dat de dingen in haar ogen geen andere gedaante krijgen.

Wat zegt jij?

Ik wil al te rode dingen bij haar weghouden.

Begin met T-shirt.

Je hebt gelijk.

Postbode zei doctorand... Jij psycholoog?

Nee, ik vertaal boeken over aardrijkskunde en reizen.

O, en toch doctor? Ik wist niet, maar ik dacht jij psycholoog door jouw praten.

Hoe praat ik dan?

Als iemand die praat voor werk, niet met interesse, niet gevoel.

Ben jij psychologe?

Soort van, alleen ik gebruik geen woorden.

Wat dan?

Leni zet haar bril vast tussen haar haren en kijkt even rond. Om niets van het geheim te missen, buigt Giulia zich over het balkonhek en spitst haar oren. Leni lacht naar haar met gesloten lippen, doet haar benen bij elkaar, legt haar handen op haar knieën en trekt die dan langzaam van elkaar, als twee gordijnen.

Ik gebruik deze.

De mond van Giulia komt even in zijn geheel links van haar neus te zitten. Leni heeft de indruk dat ze geamuseerd is, dus zet ze haar zonnebril weer op, slaat haar benen over elkaar en schatert het uit. Giulia lacht ook. Het gekke oude mens tilt het groene gordijn omhoog, kijkt naar Giulia, aait even over haar hoofd en gaat weer naar binnen. Het is het eerste gewone gebaar dat Leni van haar ziet. Het oude mens dat weer naar binnen gaat doet haar denken aan een schildpad. Giulia lacht maar door.

En heb je er veel in therapie?

Genoeg, hoor.

Weer moeten ze allebei lachen. Giulia neemt nog een sigaret, en als ze opstaat om Leni haar sigarettenkoker toe te steken, ontwaart ze een man achter het glas van de balkondeur. Leni volgt Giulia's blik. Met haar hand uitgestoken naar de sigarettenkoker en haar hoofd gedraaid, vraagt ze aan Marco waarom hij is gestopt met fluiten.

Omdat ik niet jouw kanariepietje ben.

Maar fluitje van jou is heel mooi...

Na de vormen van zijn gestalte heeft Giulia nu ook zijn stem herkend. Ze gaat weer zitten en Leni's uitgestoken hand blijft leeg. Marco stapt het balkon op. Zijn boxershort is nog niet goed dichtgeknoopt en er hangt een handdoek om zijn hals.

Ik wist dat je terug was, ik had je motor gezien.

Hoe lang woon je al daar aan de overkant?

Drie maanden. Ik wilde je oma een beetje in de gaten houden terwijl je er niet was.

Dat had je wel eens kunnen schrijven dan.

Waarom? Drie maanden zijn niks.

Leni toont geen verbazing, maar de lach verdwijnt van haar gezicht en ze trekt haar hand terug. Ze heeft altijd goed kunnen rekenen, dus één en één is twee levert haar geen problemen op. Ze begrijpt dat deze Giulia de Giulia van Marco is. Dat is dus de vrouw die, alleen maar met haar aanwezigheid daar, het onmogelijk maakt dat Marco de deur uit gaat om sigaretten voor haar te kopen. De wereld is kleiner dan een schaakbord.

Marco, waarom niet gaan kopen melk en sigaretten?

Omdat ik ervandoor moet. Ik heb nog een paar dingen te doen voor ik naar de bouwplaats ga. Die sigaretten breng ik wel voor je mee als ik terugkom.

En ik?

Ga dan zelf, wat heb je te doen tot zeven uur?

De deur openmaken.

Marco wacht even tot Giulia haar blik weet los te trekken van een onduidelijk punt ergens heel laag, en zegt dan iets over haar oma en over Marina. Leni voelt dat het goede woorden zijn. Ze geuren als een fresia.

Gaan we vanavond samen een tomatensla eten?

Natuurlijk, absoluut.

Neem jij dan je motor?

Dat is beter dan vastzitten in het verkeer met jouw auto.

Ik weet niet of jullie elkaar al kennen; dit is Leni, mijn vriendin. Ze is Poolse, ze werkt hier. Ze levert bepaalde diensten, zeg maar.

Leni trekt een walgend gezicht. Meteen slaat Giulia haar ogen op naar die van Marco, maar Marco kijkt naar de lucht.

Wat een prachtige dag is het vandaag.

Giulia probeert Leni weer aan te kijken, maar die wil nu snel naar binnen.

Ik vergeet altijd wasmachine opendoen. Veel zon hier. Ik moet dingen te doen.

Terwijl ze, net zoals Giulia deed tegen de postbode, gedag zwaait met haar hand, en zonder te kijken haar slippers probeert aan te doen, schuift ze er een over de rand van het balkon. Alle drie buigen ze naar voren om hem te volgen in zijn koers naar het straatje.

De slipper maakt een ploffend geluid, als de kurk van een fles mousserende wijn. Leni haalt haar schouders op. Marco kijkt Giulia aan, en Giulia doet haar mond open zonder dat er geluid uit komt. Als een zojuist gevangen vis, of als iemand die opeens wordt verlicht door een verhelderend inzicht. Dan doet ze haar mond weer dicht. Marco buigt zich naar voren, zodat hij een hand op Giulia's schouder kan leggen.

Ik haal hem wel op, maak je geen zorgen.

Marco beseft dat Leni zijn eerste leugen tegen Giulia is in de tweeëntwintig jaar dat ze elkaar kennen. Leni begrijpt niet waarom Marco zo staat te smoezen met Giulia over die naar beneden gevallen slipper, maar ze haalt toch maar weer haar schouders op. Giulia kijkt naar het T-shirt met de karper. Marco bedenkt dat hij die slipper in een doorzichtig zakje zou kunnen doen, in zo'n diepvrieszakje. Dat kan hij dan aan de muur hangen naast het schoentje van Giulia. Giulia is nog steeds acht jaar. Leni zal altijd zevenentwintig blijven. Terwijl hij zich die twee zakjes aan de muur voorstelt, wordt hij opeens bang voor de gevoelens die hij heeft voor Leni en verbaast hij zich erover. Giulia sluit haar asbakje en gaat weer naar binnen zonder een woord te zeggen. Leni vindt dat je heel goed kunt zien dat dat rare rookstertje met die bionische blik naar het binnenste van de aarde familie is van het oude gekke mens. Je komt er niet achter waarom ze telkens zomaar opeens niets zegt. En van wat ze wel zegt, is ook niet veel te begrijpen. Misschien wel omdat er niets te begrijpen vált.

Het zal wel door dat huis komen. De dochter van de gordijnen heeft haar een keer gezegd dat voor iemand in haar vak problemen de ergste concurrenten zijn. Omdat die het licht nog beter weren dan luxaflex.

Leni heeft een hekel aan problemen.

Agata wordt wakker en denkt even dat ze erg bezweet is. Maar ze heeft weer in haar broek geplast. Ze zou haar schrift wel onder het matras vandaan willen halen om op te schrijven hoe blij ze is om Giulia bij zich te hebben en hoezeer ze zich schaamt dat ze zich beplast. Maar ze heeft geen vertrouwen meer in deze momenten van helderheid – als dit er al een is –, en ze wil niet dat vóór haar dood iemand die hikstuipen in haar hoofd zal kunnen lezen, dat iemand de kromme stippel-lijn van haar redeneringen kan proberen te volgen, dat ie-mand zal zien dat haar handen niet eens meer in staat zijn om een pen stevig genoeg te omklemmen. Het gebeurt haar soms al dat ze in het schrift kijkt en niet kan lezen wat er staat.

Ze heeft gezien dat Giulia bij de boekenkasten iets stond te zoeken. Waarschijnlijk had ze haar verteld over het schrift. Ze zou het graag zeker willen weten, maar ze herinnert het zich niet. En ze weet dat ze zich straks niet eens meer zal her-inneren dat ze het is vergeten of heeft geweten. Om Marina niet wakker te maken probeert ze zich te bewegen zonder ge-luid te maken. Marina is een geduldige vrouw zonder wie el-ke handeling een groot probleem zou zijn. Agata haalt het onderste laken weg en probeert de incontinentiemat op te vouwen zonder hem te laten kraken. Maar het plastic maakt meer herrie dan klepperende castagnetten en Marina wordt wakker.

Mevrouw Agata ik helpen.

Nee Marina, slaap maar door, ik red het wel. Ik heb geen last van mijn heupen.

Uit respect blijft Marina in bed liggen, maar omdat ze bezorgd is, knipt ze wel het kleine lichtje op het nachtkastje aan. Agata blijft stilstaan en glimlacht haar toe.

Ik ga even naar de badkamer.

Ik wachten bij deur.

In de gang probeert Agata de braakneigingen te onderdrukken die met de uitwasemingen van haar eigen incontinentie mee omhoog lijken te komen. Ze bedenkt hoezeer de medicijnen die haar halsslagaders moeten vrijhouden haar nieren verwoesten, en dat ze nu niet eens meer op haar reukzin kan vertrouwen, en dat Marina steeds een glimlach op haar gezicht heeft gehouden. Of misschien is dat wel niet zo, en heeft ze Agata zelfs beledigd, maar Agata herinnert het zich niet. Of ze is vergeten dat ze het op een bepaald punt in de tijd heeft geweten. Ze had zich nooit kunnen voorstellen dat het geheugen een fruitschaal vol graankorrels is. Je komt iets te weten en doet dan zonder systeem een korrel in de schaal. Niet voor iets anders, niet na iets anders, gewoon een korrel tussen vele andere die er min of meer hetzelfde uitzien. Agata's fruitschaal is gebarsten. Op twee of drie plaatsen, en elke dag vormt zich een kleine opening, zodat de korrels wegglijden. Zonder systeem. Sommige verdwijnen en andere blijven. En het is niet mogelijk te weten waar de volgende opening zal ontstaan of wat er verloren zal gaan. Nu in de badkamer bijvoorbeeld, met die kletsnatte incontinentiemat in haar handen, is ze begonnen een bepaald ding te zoeken. Het ding. Ze weet dat het ding een kleur heeft, en twee handvatten, en dat je er spullen in gooit die je wilt bewaren of wegdoen. Maar dit ding, waarover ze alles weet, kan ze nu niet vinden. De naam ervan kan ze zich ook niet herinneren, zodat ze het niet aan Marina kan vragen. En ze herkent het ook nergens. De incontinentiemat glipt uit haar handen. Terwijl ze haar blik naar de spiegel laat gaan, voelt ze bij haar benen iets bewegen. Een wit ding dat eerst als een paasei bijeen gevouwen was, valt uiteen en wordt zo lang dat het over haar enkels strijkt. Agata probeert op de ronde pot met een gat erin te klimmen die in de hoek staat, maar ze zet haar voet verkeerd neer en zakt er met één been in. De deur gaat open en er komt een soort Medusa met gloeiende ogen binnen. De Medusa bespringt het witte monster, dat nu zo groot is dat het bijna de hele ruimte vult. Als een slang houdt het zich laag en het heeft zijn kop omhooggestoken. Agata probeert ook haar andere voet in de pot te krijgen, zodat het water haar kan beschermen. Het is dan ook niet zomaar een pot, maar een wijwatervat, dat ziet ze nu heel duidelijk, en geen enkele duivel kan hier komen om haar te pakken. Ze moet deze belegering zien te weerstaan tot het dag wordt. Dan jaagt het ochtendlicht ze wel weg. Ze moet flink blijven en ook haar andere voet in het wijwatervat trekken. Maar die Medusa probeert haar vast te pakken onder haar oksels. Agata besluit te gillen, gillen, gillen. Ze kijkt naar het kleine poortje waarin haar rechtervoet nu vastzit, maar waarin haar linkervoet maar niet naar binnen wil, en ze beseft dat dit een beproeving van Onze-Lieve-Heer is, en dat als het haar lukt om allebei haar voeten erin te persen, ze gered zal zijn. Het witte monster en de Medusa zullen dan vermorzeld worden. Ze zorgt ervoor dat ze de Medusa niet in de ogen kijkt, en het lukt om haar andere voet in het bovenste deel van de pot te trekken, daar waar het breder is. Ze grijpt zich vast aan een ketting. Ga weg, duivel! Ga weg, duivel! Ga weg, duivel! krijst ze. En op dat moment verschijnt er in de deuropening nog een. Met groene ogen.

Duivels met groene ogen zijn de ergste, de allerergste, zeiden de nonnen als ze van huis naar huis gingen om groenten te kopen. En als ze dan haar man zagen, lispelden ze: Duivelse verlokker...! Dus klampt ze zich vast aan de ketting. Ze hoort het geluid van onweer, maar het plafond is het plafond is het plafond is het plafond. Haar linkervoet, die op het hoge deel van het wijwatervat staat, wordt overspoeld door water. Ze voelt zich gered, want als ze nu de ketting loslaat zal de glorie van God haar met zich meeslepen.

Maar terwijl die duivel met groene ogen op haar af komt lopen, keert de wereld zich om.

In bed doet Agata haar ogen open en ziet Giulia op een stoel zitten slapen. Ze begrijpt niet waarom haar kleindochter daar slaapt in plaats van in haar eigen bed. Als ze een hand probeert uit te steken om over haar hoofd te aaien, schrikt ze van de pijn die vanuit haar nek naar haar tenen trekt. Giulia zit met een schok rechtop. Agata ziet dat haar lippen bewegen, maar verstaat niet wat ze zegt. Teleurgesteld leunt ze weer achterover tegen haar kussen en kijkt naar de muur. Ze wil niet dat Giulia haar ziet huilen. Haar kleindochter heeft al zo'n moeilijk leven, en daar zou dan nog een seniele oma bij komen. Echt een gewéldig leven heeft ze gehad, maar niet heus. Ze zou haar willen zeggen dat ze het allemaal weet, hoe zwaar het is, en dat ze liever sterft dan vast te moeten zitten in een brein dat het bijltje erbij neer heeft gegooid. Ze doet haar ogen dicht, en als ze ze weer opendoet is de muur overdekt met witte, zwarte en rode vlinders, blauwe ook. Agata heeft een hekel aan vlinders. Ze zien er mooi en lief uit, maar als ze doodgaan worden ze heel vies, en als ze zich tegen het raam kapotvliegen, krijg je dat mosterdpoeder er met geen mogelijkheid af. Dat kost je wel een uur of twee. Die vlinders zitten boven op elkaar. Ze rusten waarschijnlijk. Of misschien paren ze, zoals duivelse schepsels dat doen, met z'n allen en met iedereen. Zoals ook de hoer met de bloedbloemen dat doet. Ze wil haar arm omhoogdoen om ze weg te jagen, al kunnen ze dan natuurlijk wel vast komen te zitten in haar wimpers. Maar het is nog altijd beter om ze weg te jagen dan ze toe te staan daar vlak voor haar ogen te zitten trillen van lust. Elke keer dat ze een arm probeert op te tillen, wordt er een sabel van pijn zo diep in haar schedel gestoken dat de punt uitkomt bij haar tenen. Ze voelt dat iemand haar hoofd op het kussen legt, maar ze ziet alleen maar een doodsbleke hand die over haar gezicht aait. Ze verzamelt moed en verplaatst haar blik van dat vlinderbordeel naar die arm met een doodskleur, en dan naar het gezicht van de dood. De dood heeft groene ogen, steil haar en lijkt op iemand die ze al eens eerder heeft gezien. Ze doet haar ogen een keer dicht en weer open, maar er verandert niets. Zonder zich nog iets aan te trekken van de pijn die door haar heen striemt, grijpt ze het glas water dat naast haar staat en smijt het in het gezicht van de dood met groene ogen. Dan duisternis. Dan duisternis. Dan licht.

De zon kiert door de luxaflex. Agata doet haar ogen open en ziet Giulia met een verband op haar voorhoofd en Marina met krulspelden in haar haar. Het lijkt wel of ze een mand met slangen op haar hoofd heeft. Snel slaat Agata haar ogen neer, want je weet maar nooit. Ze probeert er iets over te zeggen, maar schrikt van het vage gebrom in haar oren, dat haar aan haar eigen stem doet denken. Ze haalt diep adem en scandeert: Marina, het lijkt wel of je een mand met slangen op je hoofd hebt. Maar wat eruit komt is: Marina... en dan een brij van keelklanken. Alsof ze een Arabier is die op de markt staat af te dingen. Maar Agata weet zeker dat ze behalve Italiaans geen enkele andere levende taal kan spreken. Ze lacht dus maar wat, en houdt verder haar mond. Giulia buigt zich over haar heen en geeft haar een zacht kusje op haar voorhoofd.

Wat wil je tegen me zeggen, oma?

Agata rilt even, maar ze verzamelt moed en brengt een vinger naar haar hoofd. Ik ben van de trap gevallen omdat ik te hard rende, zegt Giulia. Agata maakt met haar hand de beweging van een oorvijg geven. Giulia lacht.

Nee, dank je, ik heb wel genoeg straf zo, met die pijn aan mijn hoofd.

Agata heeft het idee dat Marina en Giulia niet hebben geslapen. Maar dat lijkt natuurlijk alleen maar zo. Misschien zijn ze gewoon wat blijven kletsen. Ze voelt zich kalm en ze glimlacht. Het komt heus niet door haar als ze niet hebben geslapen. Ze is blij, en herinnert zich dat ze heeft gedroomd dat ze weer een meisje was en dat ze achter een vlinder aan rende over een veld van witte bloemen, margrieten misschien. Je je dromen herinneren is heerlijk. Agata voelt zich prettig en het kan haar niet schelen dat de woorden niet goed uit haar mond komen.

Dat veld met margrieten leek haar oneindig te zijn. Ze voelde zich sterk, en had het bewustzijn van een oudere vrouw, ook al was ze nog een kind. Ze was gelukkig, want in die droom was ze zichzelf van nu, en niet van een heel mensenleven geleden, van voor haar studietijd, van voor ze haar man ontmoette en een dochter kreeg en die dochter doodging en haar een kind naliet om op te voeden terwijl ze dat kind eigenlijk alleen maar zou moeten verwennen. Alles in één keer achter elkaar opgedreund. Maar in de droom was dat er allemaal niet. Alleen de zon die scheen, de wind in haar haren, de kracht in haar benen, en die vlinder om achteraan te rennen. Op een bepaald moment was er voor de zon een wolk geschoven die zo wit was als slagroom. Agata was verder gerend. Ze had haar ogen opengedaan en zag toen Giulia, met haar hand op het verband, alsof ze pijn had. En het gezicht van Giulia was net zo mooi als de vlinder waar ze achteraan had gerend. Nu herinnert ze het zich weer.

Terwijl ze zo naar boven keek, hing de vlinder, die het gezicht van Giulia is, opeens stil tussen haar ogen en de zon. En toen viel Agata. Zo snel mogelijk ging ze weer rechtop zitten. Giulia met het vlindergezicht stond op en legde haar handen op Agata's schouders, zodat het leek of de vlinder haar steeds verder naar beneden duwde. Agata bleef maar vallen, en Giulia bleef waar ze was: een onbeweeglijke vlinder op de rand van een afgrond waarin al het licht werd opgeslokt. Opeens voelde ze de verzengende pijn van een enorme jaap die in haar rechterdij werd gescheurd, en op hetzelfde moment werd haar val onderbroken. Ze bewoog haar armen in het rond zonder iets tegen te komen. De vlinder was een trillend stipje midden in een iets groter lichtpuntje.

Waar ben ik in gevallen?

De vlinder keek naar haar. Agata had haar beide handen op haar rechterdij gelegd. Ze gilde het uit. En daar was Giulia weer. Haar aanbeden kleine Giulia.

Jaren terug was dat geweest, aan zee. Giulia had haar gevraagd naar die streep op haar dijbeen, en Agata had haar antwoord gegeven.

Jouw overgrootouders waren boerenmensen, en onder hun huis was geen riolering. Er waren toen nog maar heel weinig huizen met riolering. Op het land, niet ver van waar de mensen woonden, waren beerputten gegraven, waar een paar balken overheen lagen. Het stonk altijd vreselijk daar in de buurt. Daarom had jouw overgrootvader onze putten zo ver mogelijk van het huis gegraven.

Op een ochtend was Agata vroeg de deur uit gegaan om noten te rapen. Het had die nacht geregend, en ze wilde de eerste zijn die thuiskwam met een rok vol groene bolsters. Terwijl ze rende zo hard ze kon, was ze op een balk gestapt die over zo'n beerput lag. Die balk begaf het en Agata was met haar dij blijven hangen aan de spijker die haar vader had aangebracht om aan te geven wat het hoogst mogelijke peil was van die put. De spijker had haar rechterdij opengescheurd van haar knie tot aan haar lies, en had zeker haar dood betekend als ze niet het stomme geluk had gehad dat ook haar rok zich had vastgehaakt aan die spijker. Vele uren moest Agata wachten voordat iemand op het idee kwam om haar uitgerekend daar te gaan zoeken. Haar ouders waren eerst naar de markt gegaan en daarna naar het strand. Ze hadden geïnformeerd bij de buren en de werklui, maar niemand had iets gezien. Agata kon inmiddels nauwelijks nog geluid uitbrengen, zo'n schorre keel had ze van het roepen, en zo verzwakt was haar stem door de vochtigheid, de stank, en de gewaarwording dat elke keer dat ze haar mond opendeed er in plaats van woorden braaksel uit kwam. Terwijl ze zich herinnert dat ze dit aan Giulia heeft verteld, probeert Agata haar kleindochter zo aan te kijken dat ze begrijpt dat het nu goed met haar gaat. Dat ze het af en toe wel weet. Dat het de schuld is van die geheugengraankorrels. Sommige raken kwijt, andere rollen door elkaar, weer andere blijven vastzitten in de barsten en lijken kwijt te zijn, maar komen dan opeens weer even tevoorschijn. En er zijn er ook die als popcorn omhoogschieten en worden opgepeuzeld door de tijd. Of ze komen op de grond terecht, en weg zijn ze dan. Maar gebaren om het uit te leggen heeft ze niet en haar woorden hebben alleen samenhang binnen haar keel. Met de gewaarwording dat ze slaapt, strekt Agata zich uit. Misschien is het wel niet waar dat ze gedroomd heeft, misschien is het wel niet waar dat

Giulia en Marina een rustige nacht hebben gehad, misschien is Giulia niet echt van de trap gevallen en heeft Marina gewoon niet eens de gelegenheid gehad die paar haarspelden van haar hoofd te halen. Agata ziet een hoofd dat bezorgd wordt geschud. Alsof iemand bang is dat niet in staat zijn te zeggen wat je wilt en je te bewegen, net zo besmettelijk is als de vogelpest. Maar ze heeft geen zin om een discussie aan te gaan met twee mensen die er zoveel beter aan toe zijn dan zij. Jaren geleden dacht ze dat er niets gruwelijkers denkbaar was dan je eigen dochter te overleven. Nu weet ze dat het nog gruwelijker is om niet in staat te zijn je verdriet te verbannen naar die acht stomme letters. Om je niet te kunnen herinneren of je dat verdriet hebt verdragen zonder te jammeren van het tekortschieten. Om niet zeker te weten of je, ondanks je verdriet, al het mogelijke hebt gedaan om Giulia een gevoel van onvoorwaardelijke liefde te geven. Om niet elk moment te kunnen beseffen dat Giulia een betrouwbare en lieve vrouw is.

Daar roept Giulia haar. Of misschien wel niet. Agata doet haar ogen open en ziet op de muur de schaduw van een kop met hoorns. Misschien roept Giulia haar niet, misschien zegt Giulia steeds maar: Nee, nee, nee, nee, nee, nee, je gaat nergens heen! En inderdaad, ontsnappen kan Agata niet.

Toen ze haar eindelijk uit de beerput kwamen vissen, waren de vliegen al begonnen hun eitjes te leggen in die wond. Als haar rok niet was vast blijven zitten aan die spijker, en ook rond de bovenkant van haar dijbeen, zou ze uiteengescheurd zijn, of leeggebloed, en zeker het leven hebben gelaten. Haar rok, die eerst roze was en die eigenlijk helemaal gevuld moest zijn met noten, was nu bruin en overdekt met een dikke korst van bloed. Agata, je bent een gezegend kind, had haar moeder gezegd. Ja, had haar vader beaamd, maar waarom moet die zegening zo'n pijn doen? De dokter was jong maar dapper. Hij had eerst alles in het werk gesteld om haar in leven te houden, en toen om te zorgen dat ze geen afschuwelijk litteken op haar dijbeen zou krijgen. Agata herinnert zich alleen die stinkende duisternis, de pijn, het bloed en de stemmen in die put. Haar eigen stem, die weerkaatste tegen de wanden van natte en verrotte klei. Zo werd ook haar stem aangetast door die verrotting. In die put was, vastgespijkerd met zijn hoofd naar beneden, de heilige Petrus aan haar verschenen. Hij keek haar recht in het gezicht. Dwars door zijn baard heen, en speeksel kwijlend langs zijn voorhoofd, had de heilige Petrus haar verzekerd dat ze niet zou sterven. Maar de duivel – kwaad omdat hij haar onder de aarde had gehad, maar haar daar niet kon houden – zou bij haar terugkomen om haar alsnog te halen. Dat zou hij in elk geval proberen. Agata had gegild dat ze dat niet wilde, maar Petrus had haar bezworen dat niemand ongeschonden uit zo'n put weer naar boven kon komen. Toen was hij verdwenen.

De stem van de dood en die van God ineen. Maar die jonge dokter had tegen haar gepraat vanaf het eerste moment dat ze haar ogen opendeed.

Zo'n prachtig meisje mag toch niet rondlopen met een kras op haar dijbeen...

De dokter hoopte maar dat ze van borduurwerkjes hield. Want met het draadje dat hij in zijn hand had, zou hij op haar dijbeen borduren, en iedereen zou er met open mond naar kijken. Met dat vissnoer in haar been kon ze alles vangen wat ze maar wilde. Met een paar steekjes zou hij haar nare ervaring wegstoppen onder een borduurwerkje en in haar vlees. Die dokter had haar gered, en in al die jaren had alleen Giulia haar ooit gevraagd naar de oorzaak van dat bijna onzichtbare spinnenwebje. Het leek een laddertje in een nylonkous. Dus was Agata met hem getrouwd, ook al miste hij een tand en was hij dertien jaar ouder dan zij. Ze waren gelukkig geweest, en ze hadden een riolering laten aanleggen. Toen was hij doodgegaan.

Agata's ogen zijn gesloten en haar dijbeen klopt pijnlijk. Ze is er niet meer zo zeker van of haar vlees en dat borduurwerkje sterk genoeg zijn om de stank, het bloed en de stemmen eronder te houden. Misschien heeft de duisternis van die put wel een weg naar buiten gevonden. Agata kan zich het gezicht van haar man absoluut niet herinneren. Misschien had hij de groene ogen van Giulia en het donkere haar van Lucia. En misschien wacht hij al lang genoeg op haar en is het tijd om naar hem toe te gaan. Maar ze weet niet zeker of dit wel haar eigen woorden zijn. Ze lijken meer op die van Lucia. Die Giulia haar zo vaak heeft verteld. Letters in de vorm van een duikplank voor een sprong in de diepte. Ze weet eigenlijk helemaal niets. Agata zucht en hoopt dat Giulia begrijpt dat ze er genoeg van heeft op deze manier te moeten leven, om vast te zitten aan de serie gekleurde blokken van de dokter. Holle blokken, waarvan het enige doel is het ene in het andere te stoppen. Dan zijn die metalen hoorntjes nog beter. Die hebben niets te betekenen, behalve dan dat het ene hoger is dan het andere. Ze zou het wel willen zeggen, omdat ze weet dat Giulia echt is, en dat Marina echt is, en dat als het moment komt, ze allebei zullen huilen, omdat er dan werkelijk iemand is opgehouden met ademhalen. In de val zitten is nog steeds in leven zijn. Maar ze heeft geen vertrouwen in wat ze om haar heen ziet. En ook niet in haar gedachten die, in hun gevangenschap, naar haar voorhoofd springen en rammelen aan de tralies van hun kooien vol onbegrijpelijke logica.

De man die heeft gezegd: Ik denk, dus ik ben, wil Agata graag verbeteren met: Ik denk, dus ik geloof. Want ze weet niet meer of de muur wit is, of juist zwart. Haar vermogen tot zuiver waarnemen van de omstandigheden is zo ineengeschrompeld dat het haar niets anders meer biedt dan een ongeordende hoop niet te verifiëren mogelijkheden.

Marco gaat weer naar binnen en trekt een broek en een poloshirt aan. Hij voelt zich alsof hij net niet is platgereden door
een enorme wals. Hij kijkt naar Leni, die haar zomerbeha van
witte kant vasthaakt, en zou zich wel voor z'n kop willen slaan.
Toen hij haar daar bij die benzinepomp voor de eerste keer
zag en met haar mee was gegaan naar het krot waarin ze
woonde, geloofde hij nog geen seconde dat hij in staat zou
zijn de jaloezie onder controle te houden. Maar dat is dus wel
degelijk zo. De enige onwrikbare zekerheid in die constante
rondedans van aantrekkelijke en niet-aantrekkelijke mannen,
van vaste en niet-vaste klanten, is dat deze kamers van hen
tweeën zijn, dat ze erin samenwonen. Het kan hem niet schelen dat Leni in het leven zit. Terwijl hij zijn laatste knoopje
dichtdoet, beseft hij dat die gedachte niet oprecht is. Als het
hem niet kan schelen, waarom heeft hij het dan niet aan Giulia verteld? Marco houdt van Giulia sinds de dag van Lucia's
sprong, maar hij heeft het nooit kunnen opbrengen dat tegen haar te zeggen. Of om onder ogen te zien dat ze te dicht
op elkaar zijn opgegroeid. Zo dicht op elkaar dat ze 's zomers
nog steeds de bergen in gingen, zich uitkleedden, naakt in
het water doken, en zich daarna verstrengeld als twee wor-

men samen uitstrekten op de rotsen om zich te laten opdrogen. Zo onschuldig als poppen.

Marco houdt van Giulia zonder haar te begeren.

Marco houdt van Giulia en heeft tegen haar gelogen.

Hij had er helemaal niet over hoeven beginnen, om haar dan alles pas te vertellen als ze aan hun tomatensla zaten. Maar hij heeft tegen haar gelogen. Op zijn zestiende wilde hij haar helemaal voor zichzelf. Een beetje uit echt verlangen, en een beetje uit verzamelwoede. Van Dinkytoy-autotjes naar een Dinkytoy-gezin. Op zijn zestiende kon hij niet met haar trouwen, en ook niet met haar wegvluchten. Ze bouwden hele stadswijken van Lego, waarin niemand woonde. Op een keer had hij alle steentjes bij elkaar gezocht en een grote omheining gemaakt. Toen stak hij zijn hand uit naar Giulia.

Kom mee naar binnen, dit is alleen voor jou en mij. Niemand kan ons iets doen daar.

Marco weet heel goed dat hij de meest onvervangbare persoon is in Giulia's leven. Giulia was dan ook naar binnen gestapt en had hem daar een kus gegeven. Daarna sprong ze eruit en rende hard weg.

Het stenen huisje van de drie biggetjes wordt niet omvergeblazen door de wolf.

Toen buurvrouw Lucia van de vierde verdieping sprong, bekeek Marco vanaf het terras de vruchten aan de palmboompjes van de buren. Geel als de zon waren die. Het waren er heel veel en hij was er een beetje vies van, omdat die palmboompjes er ziek uitzagen. Hij vond ze zo akelig om naar te kijken dat hij zich richtte op de stemmen van Giulia en haar moeder, een verdieping lager. Hij ging op de grond liggen en stak zijn hoofd door de spijlen van het hek. Marco's vader en moeder waren heel bezorgd over de brede ruimte tussen die spijlen en hadden er al eens een stuk gaas voor aangebracht. Maar dat was maar een kort leven beschoren geweest, omdat het terras erdoor ontsierd werd. En omdat Marco's ouders aan niets anders denken dan aan huizen. Marco bezit dan ook een heleboel huizen, en met een daarvan betaalt hij een hoer.

Wat zeg ik tegen Giulia?

Marco houdt niet van Leni, maar hij begeert haar. En begeerte was het enige gevoel dat ontbrak in dat volmaakte leven van hem.

Toen zijn ouders twee jaar geleden besloten om zich in het buitenland te vestigen, had hij zich heerlijk licht gevoeld. Hij verdroeg ze niet meer, en ook niet wat ze allemaal zeiden.

Wat je ook nodig hebt, je weet waar we zijn.

Waar dan? Hij voelt zich niet schuldig. Het feit dat hij hen mama en papa noemt verlost hem ruimschoots van de verplichting ook nog van hen te houden. Ze waren vertrokken om op een of ander verscholen eiland in de Indische Oceaan een huis te kopen, dat te verbouwen, en dan weer te verkopen. Marco heeft geen belangstelling voor huizen, ook al kan hij er niet onderuit hier in eigen land de zaken van zijn ouders een beetje in de gaten te houden. Hij is hen nooit gaan opzoeken. En zijn ouders zijn niet teruggekomen. Marco houdt van palissades, omheiningen, slotgrachten, stadsmuren, bedijkingen, afzettingen met prikkeldraad, traliewerken en hekken. Hij houdt van spoorlijnen, en van de ommuring van Legosteentjes waarin hij met Giulia heeft gestaan. Allemaal dingen die ruimtes van elkaar scheiden, die verdelen, die inperken. Die je wel het gevoel geven iets voor jezelf te hebben, iets te hebben veroverd, maar je blik de vrijheid laten de sterren te bereiken. Marco kijkt graag naar de sterren. Met het geld dat zijn ouders voor hem hebben achtergelaten, heeft hij twee telescopen gekocht. En daar heeft hij nu weer

genoeg van. Hij is Tycho Brahe, hij is een weergaloze obser-
vator die werkt met het blote oog. Zijn ogen zijn het mach-
tigste wapen dat hij denkt te bezitten. En de ogen tonen het
eerste symptoom van de begeerte en zijn er de eerste motor
van. Als hij naar de flanken van Leni kijkt, ziet hij de aller-
kleinste barstjes in haar huid, ziet hij moedervlekjes die op
het punt staan bruin te worden maar nog niet meer zijn dan
een wazig rood vlekje, weet hij waar de haargroei een vage
schaduw over haar gebaren zal gaan leggen, en waar hij haar
moet aanraken om haar te laten smelten. De enige reden
waarom hij zijn ouders dankbaar is dat ze dat stuk gaas hebben weggehaald, is de dood van Giulia's moeder.

Marco heeft de dood gezien op een leeftijd waarop een
kind in een klein kustplaatsje zijn opa uitzwaait als die gaat
vissen. Het lijkt nog steeds alsof het gisteren is gebeurd. De
dood van Giulia's moeder is dé dood. Daarom zijn alle anderen gered. Dat weet Marco al heel lang, en dat is de reden
dat hij een optimist is. En hij heeft al heel snel begrepen dat
je de doden moet laten waar ze zijn. Vooral de doden die zelf
hebben besloten om te gaan.

Hij had dus zijn hoofd tussen de spijlen gestoken. Zo kreeg
hij Giulia's benen te zien, die naar beneden bungelden. Buurvrouw Lucia was op het balkonhek gaan zitten. Ze zat en hield
zich vast met haar handen. Marco besefte dat hij, waar zijn
ouders bij waren, nooit zo zijn benen in het niets zou mogen
laten bungelen. Dit moest nog fijner zijn dan wanneer hij op
de schommel zat, zijn vader hem duwde en hij steeds maar
riep: Hoger, papa, hoger! Marco was jaloers op Giulia, die
harder kon rennen dan hij en ook nog eens haar benen van
het balkon mocht laten hangen. Even was hij afgeleid door
een vogeltje dat in de gele vruchten van een palmboompje
zat te pikken. Marco wilde een steentje gooien om het weg

te jagen en zo te redden van die giftige vruchten. Maar hij had geen steentjes, en hij wilde niet nog een golfballetje kwijtraken. Dus had hij zichzelf gedwongen niet langer toe te kijken hoe dat vogeltje doodging en ging hij weer door met het begluren van het balkon onder hem.

Maar Giulia's benen waren er niet meer. Marco zag ze nergens. In haar haast had Giulia een schoen verloren. Marco wist dat Giulia een hekel had aan schoenen en dat ze die nooit vaststrikte. Urenlang had hij haar daarover horen zeuren. Hij had de neiging om een honend geluid met zijn tong tussen zijn lippen te maken en om haar te plagen door te roepen: Ik wist het wel! Ik wist wel dat dit een keer moest gebeuren. Ik wist het wel! Nu moet je ze lekker wel vaststrikken! Maar hij hield zich in, omdat hij Giulia met een iets te harde stem hoorde zeggen: Ik hou heel veel van je, mama. En buurvrouw Lucia hoorde hij toen een benauwd geluid maken, alsof er iets in haar keel was geschoten. Marco had dat niet als iets alarmerends opgevat. Hoe vaak was het niet gebeurd dat, als hij zijn mond open had, er door de zeewind een vliegje of een droog blaadje in werd geblazen? En hoe vaak kuchte iemand niet zomaar, zonder echte noodzaak? Toen liet buurvrouw Lucia het balkonhek los en keek naar beneden, naar die straat waarin je nooit iemand zag voorbijkomen. Marco bracht zijn hoofd in één lijn met dat van buurvrouw Lucia en begreep toen dat ze haar blik op de gevallen schoen van Giulia had gericht. Buurvrouw Lucia spreidde haar armen en Marco was bang dat ze zou vallen. Kijk uit! wilde hij roepen, maar hij dacht dat ze dan misschien zou schrikken, naar boven zou kijken, hem zou zien met zijn hoofd door de spijlen, en de trap op zou komen om zijn ouders te vertellen hoe gevaarlijk hij deed. Giulia kon zelfs harder rennen dan gevaar. Aangezien hij een gewone jongen was, en helaas geen van bakstenen gebouwd exemplaar, zouden, als hem iets ergs overkwam, zijn ouders hem misschien niet eens al te veel missen. Maar zijn hart, dat niets wilde weten van excuses en dat soort dingen, bonkte zo hard dat hij wel moest opstaan. En in het korte moment waarin hij zijn hoofd naar binnen trok, zijn knieën boog, zijn bovenlichaam strekte en met zijn handen de rand van het hek vastgreep om zijn lichaam helemaal rechtop te duwen, zag Marco hoe buurvrouw Lucia zich naar de schoen van Giulia liet vallen. De gil bleef steken in zijn keel en de vogel in de palmboom klepperde wild met zijn vleugels. De kat van de gepensioneerde meneer aan de overkant sprong mis. Hij kwam niet uit in de spleet tussen rolluik en vensterbank, maar botste tegen het rolluik zelf, en kaatste weer terug het huis in. Een een-tweetje. Alsof hij dronken was. Marco zag hoe buurvrouw Lucia haar hand uitstak naar de schoen. Daarna een geluid dat nooit meer goed kon komen. Hij omklemde het golfballetje in zijn zak en rende luidkeels gillend de trappen af.

Terwijl hij rende, gilde en op bellen drukte, dacht hij aan Wile E. Coyote – de beste klant van de ACME. De ACME is een postorderbedrijf waar je dierenvallen en allerlei andere rare apparaten kunt bestellen. Zo raar zijn die dat als Wile E. ze heeft gekocht, ze nooit blijken te werken. Wile E. zoekt die vallen uit in catalogi die zo dik zijn als encyclopedieën. Hij heeft ze nodig omdat zijn poten en zijn roofdiersluwheid niet voldoende zijn om Road Runner te pakken. Wile E. Coyote, die altijd maar een lege maag heeft, valt soms van veel indrukwekkender hoogten dan de vierde verdieping. Van de Grand Canyon bijvoorbeeld. Na alle valpartijen die hij heeft gezien, alle miskopen met parachutes van de ACME, zou Marco eigenlijk moeten geloven dat buurvrouw Lucia meteen gewoon weer zal opstaan. Dat ze even het stof van haar kleren slaat, een duim in haar mond stopt, en zichzelf weer in de normale vorm begint te blazen. Maar zijn vader heeft hem een keer laten zien hoe tekenfilms worden gemaakt.

Tekenfilms zijn blaadjes die over elkaar heen glijden.

Maar buurvrouw Lucia is geen blaadje. Ze lijkt meer op een grote tros ballonnen. Zoals je die altijd ziet als er kermis is op het plein. Als je dat soort ballonnen loslaat, gaan ze de lucht in. Altijd als hij jarig is, blaast Marco vier ballonnen op. Twee kleintjes stopt hij onder zijn shirtje en twee andere in de achterzakken van zijn broek. Dan kijkt hij in de spiegel, maar ziet nooit iets anders dan een soort kladversie van buurvrouw Lucia.

Buurvrouw Lucia is anders dan zijn moeder. Marco's moeder lijkt op een tandenstoker. Aan de ene punt zit een paar schoenen, aan de andere een struikgewas van blond haar, opgeklopt als slagroom. Zijn moeder heeft helemaal nergens ballonnen, en als ze naast buurvrouw Lucia staat, lijkt ze wel helemaal plat. Marco heeft zijn vader en moeder een keer ruzie horen maken over buurvrouw Lucia. Ik heb haar gevraagd omdat ze een goede fotografe is, maar jij alleen maar omdat je graag met een mooie vrouw op pad gaat, had zijn moeder toen gezegd. Marco had gehoord dat die ruzie de verkeerde kant op ging, omdat zijn vader het niet ontkende. Maar daarna had hij het gerinkel van glazen gehoord, en de stem van zijn vader die zei: Met ijs graag.

Marco rent en struikelt over de ficus van de buurvrouw op de eerste verdieping. Er breken een paar takken en er scheuren flink wat bladeren los, maar hij blijft niet stilstaan om de zaak te verbergen of weer een beetje op te lappen. Daar is geen tijd voor. Hij weet zeker dat als hij zich haast, het hem zal lukken om de ballonnetjes van buurvrouw Lucia weer op te blazen voor alle lucht er voorgoed uit is weggevlogen. Marco wil best graag zijn mond op de ballonnetjes van Giulia's

moeder zetten. Zonder te bijten natuurlijk, en zonder die rode tuit van vlees lelijk te maken. De buurvrouw van de eerste verdieping staat te schreeuwen. Marco is bang dat er een
paar stevige klappen op komst zijn en beschermt zijn hoofd
met zijn handen. Hij draait zich om en luistert.

Niet naar buiten, niet naar buiten gaan jij! Waar wil je
heen? Hier blijven! Denken jouw vader en moeder soms alleen maar aan hun rotbakken met bouwtroep waar de katten
in poepen?

Marco begint te vermoeden dat de verwijten niet op de ficus slaan. De buurvrouw heeft rode ogen. Ze stapt de over-
loop op en smijt de ficus tegen de grond. Arme ficus. Dan
geeft ze een paar schoppen tegen de plastic pot, waar meteen
deuken in ontstaan. De zwarte aarde vliegt eruit, blijft tegen
de muur kleven of schuift in de ruimte onder de trap. Een
wilde schrik slaat door Marco heen, omdat hij opeens zeker
weet dat deze buurvrouw niet bij zijn ouders zal gaan klagen
over haar ficus. Omdat de grote mensen die links en rechts
langs hem schieten, hem niet eens zien staan, en geen moeite doen hem te ontwijken. Omdat hij niets meer kan doen
voor buurvrouw Lucia. Omdat zijn ouders ook niet begrijpen hoe het zit met buurvrouw Lucia. Ook al is die dan neer-
geploft als een zak zand uit een hijskraan.

Of misschien hebben mijn vader en moeder niet de moed
kunnen opbrengen om te komen kijken. Misschien voelden
ze zich tekortschieten omdat ze niet meteen een gedegen res-
tauratieplan voor Lucia konden voorleggen. Ik heb altijd gevonden dat het van groot belang is je best te doen om de fun-
damenten van alles wat bestaat extra te verstevigen. Civiele
techniek heb ik gestudeerd, omdat mijn ouders mij als baby
in plaats van poedermelk water en kalk hebben gegeven. En
ook omdat ik een tijdlang heb gedacht dat je dingen weer in

orde kunt brengen. Dat het mogelijk was om met een paar scharnieren alles weg te werken wat er niet goed uitziet. In een houten prefab woning. Een kleine variatie in een bestemmingsplan.

Het houten huisje van de drie biggetjes wordt door de wolf omvergeblazen.

Marco zegt tegen Leni dat die witte beha heel lelijk staat bij dat topje van lamé. Leni haakt hem los en doet hem af. Dat topje van lamé moet je dragen zoals mama het heeft gemaakt. En ze heeft het heel mooi gemaakt.

Dus meisje dat woont bij gekke vrouw tegenover is vriendin van jou?

We zijn samen opgegroeid.

Seks jullie?

Waar heb je het over? Jij bent degene die voor je werk iedereen neukt die iets te dicht in de buurt komt. Giulia en ik zijn vrienden.

Aha, zij wil niet seks jou.

Klets toch niet.

Waarom jij niet Giulia zeggen ik hoer?

Omdat ik je niet wilde beledigen.

Jij denkt beledigen hoer zijn? Jij schaamt?

Dat is het niet. Maar je moet toch toegeven dat het niet echt mooi klinkt als je zegt: Dit is mijn vriendin, ze speelt de hoer.

Omdat jij dan lijkt slechte man?

Wat had ik dan wel moeten zeggen?

Misschien zeggen alleen: dit is mijn vriendin.

Wil jij dan alleen maar mijn vriendin zijn?

Jij vraagt mij?

Leni, wil je alleen mijn vriendin zijn?

Jij koopt eerst melk en sigaretten, dan ik geef antwoord.

Marco schopt zijn schoenen de lucht in en springt met een boog op het bed, om vlak achter haar weer neer te komen. Hij laat haar zo snel ronddraaien dat ze zich binnen een paar seconden opnieuw in horizontale positie bevinden. Leni duwt een knie tussen zijn benen. Marco biedt zijn excuses aan en smeekt haar hem vrij te laten. Maar het is allemaal spel. De prooi en de sadistische kwelgeest. Leni moet denken aan de foto's die zijn gemaakt in een Iraakse gevangenis en houdt op. Ze bijt in zijn neus en kust hem. Ze heeft een hekel aan foto's, ze heeft een hekel aan iconen, ze heeft een hekel aan afbeeldingen. Marco's mobieltje gaat.

Niet opnemen, jij thuisblijft.

Ik moet naar de bouwplaats, ze komen elektrisch materiaal afleveren.

Jij thuisblijft, ik ga bouwplaats.

Goed idee, dan wordt er zéker geen slag werk meer verricht...

Het mobieltje blijft koppig lawaai maken, tot Marco er genoeg van heeft en met geïrriteerde stem opneemt – alsof de opzichter hem heeft gestoord in een belangrijke vergadering met leveranciers. Het enige probleem is dat de opzichter geen seconde gelooft in die vergadertoon. De leveranciers staan namelijk levensgroot naast hem en zijn al minstens een uur in afwachting van meneertje Marco. Die moet dan ook maar snel zijn luie reet uit de klamme lappen trekken en binnen een kwartier op de bouwplaats zijn.

Of ben je ziek, zwak en misselijk?

De opzichter is een soort strenge Duitse gouvernante die hem voor zijn ouders in de gaten moet houden. Marco geeft Leni een kusje op haar voorhoofd. Hij beseft dat op deze tijd het verkeer zo druk is dat hij zeker niet in een kwartier op de bouwplaats zal kunnen zijn. Als Leni ziet dat Marco het balkon op stapt, maakt ze een pesterig geluid naar hem met haar tong en lippen.

Giulia, Giulia! roept Marco. Mag ik je motor even lenen?

Giulia gooit hem de sleuteltjes toe, en ook de helm, die nog steeds onaangeroerd op de keukenvloer lag.

Vanavond kom ik je ophalen.

Marco gaat weer naar binnen en kijkt Leni aan. Hij is in een goede stemming en zingt een beetje: Ik zei toch al dat we goede vrienden zijn? Maak je niet druk, ze praat soms echt ook wel eens... Dan doet hij de helm op, waarmee hij zichzelf het zwijgen oplegt.

Marco sprint in volle vaart over de treden naar beneden. Hij heeft vastgesteld dat als je haast hebt alle trappen lijken op de trappen van het huis waaruit Giulia's moeder zich omlaag heeft gestort. Als hij rent in trappenhuizen, wordt hij altijd angstig. Bijvoorbeeld van het idee dat hij de laatste trap af komt en er helemaal geen deur blijkt te zijn, alleen maar een muur. Dat je alleen maar naar buiten kunt komen door van het balkon te springen. En dat dus de enigen die er goed vanaf komen de families op de begane grond zijn. Buiten schijnt de zon. De motor van Giulia is een prachtig juweel met vier cilinders, antracietgrijs en wit. Hij staat te blinken als een spiegel. Marco weet zeker dat Giulia hem meteen heeft laten wassen nadat ze hem uit de garage had gehaald. Dat zou hijzelf ook hebben gedaan. Gebruik hem gerust, de sleuteltjes liggen bij mijn oma, had Giulia tegen hem gezegd, maar dat heeft Marco nooit gedaan. Het enige wat hij de laatste tijd heeft bestegen is Leni, en daar heeft hij meer dan genoeg aan. Eigenlijk is het maar beter dat ze de hoer speelt, anders zou hij geen enkel vrij moment overhouden om naar de bouwplaats te gaan, of om vanaf het balkon naar de sterren te kijken, of om de e-mails van Giulia te beantwoorden, of met haar te bellen. Leni is alleen maar geïnteresseerd in neuken. Als er geen andere mannen waren, zou ze hem in huis opsluiten, verslinden, en alleen wat botten overlaten. Maar in deze omstandigheden, met dat werk van haar erbij, heeft Marco toch nog het gevoel dat hij de leiding heeft. Dat hij degene is die over zijn eigen begeerte gaat. Hij start de motor en scheurt gierend weg, als een maniak. Aan het eind van het straatje steigert hij even, maar houdt dan in. Als jongen heeft hij nooit goed geleerd om op één wiel een bocht te nemen. Nu is het daar te laat voor, en is hij te gehecht geraakt aan het leven. Helemaal zeker is hij daar trouwens niet van, maar toch brengt hij zijn gewicht weer naar voren. Als een volbloed renpaard springt de trouwe motor vooruit. Als hij bij de bar komt, schiet hem de van het balkon gevallen slipper van Leni te binnen. Om zichzelf te dwingen niet terug te gaan, denkt hij aan het gegroefde gezicht van de opzichter, aan de woede van de leveranciers en aan de giftige telefoontjes van zijn ouders, met hun eeuwige dreigement hem geen geld meer te sturen. Hij wil eigenlijk niet dat er een schoen achterblijft bij een balkon van waaraf Giulia elk moment naar beneden kan kijken. Toch schakelt hij de motor naar een hogere versnelling. En om zichzelf te straffen voor het feit dat hij zich weer heeft laten afleiden, stopt hij niet bij Augusto om koffie te drinken.

Sinds Marco met Leni is, zijn de stamgasten bij Augusto te verdelen in twee categorieën: degenen die jaloers op hem zijn, en degenen die hem een pooier vinden. De verbindende schakel daartussen is Giacomo, de jongen die Augusto helpt in de weekends en tijdens de zomermaanden. Giacomo is jaloers op Marco, juist omdát hij een pooier is, en omdat hij de vrije beschikking heeft over drie artesische putten waartoe anderen alleen toegang krijgen na betaling van een flink bedrag. Als Giacomo een beetje lef had of als Leni hem leuk zou vinden, dan zou Marco heel goed uit moeten kijken. Maar als ze elkaar tegenkomen, biedt Marco hem een sigaret aan, die Giacomo dan accepteert. Want die Giacomo kan alleen maar een beetje loeren. Hij zou niet eens weten welke pomp je moet gebruiken om het water omhoog te krijgen uit Leni's artesische putten, zoals hij ze noemt. Maar het is eigenlijk wel een goede omschrijving, want hoe dieper je erin afdaalt, hoe nauwer die putten worden, en hoe moeilijker het wordt om weer omhoog te komen. Misschien is die Giacomo nog niet zo dom.

Hij voert de snelheid nog verder op en remt dan opeens, zonder terug te schakelen. De motor maakt een slipbeweging. Het jongetje dat achter zijn rode bal aan de rijweg op is gerend, kijkt nieuwsgierig naar hem. Hij komt op hem af lopen en Marco verwacht dat hij hem zal toeschreeuwen om langzamer te rijden. Want kinderen zijn vaak nog grotere zeikerds dan bejaarden. Maar het jongetje kijkt naar hem en gebaart hem het vizier van zijn helm omhoog te klappen.

Je hebt een mooie motor en hij kan heel goed remmen.

Hij lacht even naar Marco en loopt dan weg. Marco weet nu zeker dat als hij op zijn zestiende had geleerd om steigerend een bocht te nemen, hij nu veel meer plezier zou hebben. Alle kinderen doen hem denken aan Giulia. Ook dit jongetje, dat bijna werd overreden en daarna, onbevreesd voor welke verschrikking ook, dichterbij kwam om de motor beter te kunnen zien.

Marco herinnert zich nog heel goed hoe Giulia kwam aanlopen op één schoen en met een plastic zakje in haar hand. Hij herinnert zich dat hij tegen haar zei dat er iemand dood was en dat Giulia toen vaag naar hem had gelachen en hem had gevraagd om het zakje voor haar vast te houden. In dat zakje zat de schoen die van het balkon was gevallen. Marco keek naar die schoen en had het idee dat als hij niet alles vanaf het begin had gezien, hij nu misschien had gedacht dat

75

ook schoenen, als die van zo'n hoogte vielen, gewond raken en gaan bloeden. Zo besmeurd was dat schoentje. Hij wilde tegen haar zeggen dat ze niet moest gaan, maar hij wist niet hoe hij haar moest tegenhouden. Giulia was sneller en sterker dan hij, en als ze dan toch al had besloten om erheen te gaan, kon hij maar het beste goed volgen wat er gebeurde. Hij was op het dak van de auto van de gepensioneerde man met de kat geklommen. Een beetje omdat die auto altijd vuil was en op een militaire tank leek, en een beetje omdat die gepensioneerde meneer nooit boos werd als Marco's golfballetjes er bultjes op maakten, maar die balletjes juist schoongemaakt weer aan hem teruggaf. Marco's vader had gezegd dat die oude man dure professionele balletjes snel verwisselde met goedkope balletjes uit het warenhuis. Maar van Marco had de oude man nooit iets gestolen of verruild, en dus was hij op het dak van zijn auto geklommen. En dat was maar goed ook. Want staand op dat dak had hij gezien hoe Giulia, nadat ze met die doek als een komeet was weggerend, tussen de geparkeerde auto's door was verdwenen en ongehinderd de hoek om kon gaan, waar ze aan ieders blik onttrokken was. Daar was ze in de hoofdstraat. Hij hield meer van kometen dan van sterren. Omdat kometen enorme banen beschreven en een hart van ijs hadden. Hij was door de drie tuinen en twee kleine straatjes gerend die tussen hun gebouw en de hoofdstraat lagen, en had haar ingehaald toen ze haar neus stond te snuiten in de doek. Giulia was tot aan haar elleboog besmeurd met bloed. Door de zon en het harde rennen was alles al opgedroogd tot een laag bruine vernis.

Wat erg van je moeder.

Ik was op het balkon, daar had ik moeten blijven.

Was dat beter geweest volgens jou?

Je moet altijd dapper zijn.

Jij bent heel dapper, maar moet je niet je schoen weer aandoen?

Dat is een bewijsstuk, hoor.

Wat betekent dat?

Dat die carabiniere hem heeft gevonden in mama's hand.

En wat zegt dat dan?

Die carabiniere denkt dat mama mij van het balkon af wilde trekken.

Maar jij wás er helemaal niet!

Hoe weet jij dat nou?

Ik keek, van bovenaf.

En is mama gevallen?

Ze is gesprongen.

Dat dacht ik al.

Maar ze is naar je schoen gedoken.

Dat had ze me beloofd.

Jouw moeder doet altijd wat ze heeft beloofd.

Wat weet jij daar nou van?

Omdat ze anders is dan mijn moeder. Die zegt alleen maar dingen die niet waar zijn en kinderen kunnen haar helemaal niks schelen.

Jouw moeder is tenminste altijd thuis.

Maar ze is niet hier nu, bij jou en mij. Anderen kunnen haar niks schelen.

Dus?

Dus is het beter als we teruggaan.

Ik moet hier blijven. Mama zei dat papa op haar stond te wachten om de schat te gaan zoeken.

Laat toch zitten. Jij bent de schat, en ik heb je gevonden.

Op dat moment kwam Augusto uit zijn bar en zag Giulia met haar armen en knieën vol bloed, op één schoen, en met een vuile, gescheurde doek in haar hand. Tegen Marco zei hij dat hij als de wiedeweerga naar zijn ouders moest gaan en

Giulia nam hij in zijn armen om haar naar huis te brengen. Ook al zou Giulia die woning nooit meer zo noemen.

Toen Marco thuiskwam, zaten zijn ouders met een muziekje aan iets te drinken.

Ik heb je gezocht in het hele huis, ook onder het bed – ik moet Carmela toch eens zeggen dat ze beter moet schoonmaken, het ligt daar vol met stof. Waarom ben je niet even komen vragen of je naar buiten mocht?

De moeder van Giulia is dood.

Marco, dat is jouw schuld niet, dat is onze schuld niet. Mama en papa hoopten dat als we haar een baantje zouden geven, het beter met haar zou gaan.

De moeder van Giulia is dood.

Ja, Marco, maar we kunnen niets meer voor haar doen, begrijp je? Mensen moet je helpen als ze nog leven, als je samen kunt bouwen. Nu kunnen we alleen maar eventjes voor haar bidden. Maar Giulia leeft. Giulia is je zusje niet, en godzijdank is Agata een flinke vrouw die van aanpakken weet.

Giulia heeft geen moeder en vader meer.

Maar jij wel, Marco, en dat zal altijd zo blijven. Je hoeft je geen zorgen te maken en je moet je niet schuldig voelen.

Mama heeft gelijk, Marco, het zal altijd zo blijven. Kom even bij me.

Ik wil naar mijn kamer.

Was eerst even je handen, en gooi alsjeblieft dat vieze zakje weg.

Dat mag niet, dat is een bewijsstuk.

Marco ging naar zijn kamer, pakte een hamer en een spijker, schoof zijn bed opzij en spijkerde het zakje aan de muur.

Want als Giulia de schat was, dan was het schoentje de landkaart.

Hij ligt er nog. Ze kan de zool zien. Ze zou kunnen springen, maar dat zou alleen een paar gebroken botten opleveren. Als ze zou duiken, met haar hoofd vooruit, als een engel, dan zou ze in één keer in het hiernamaals van het niets belanden. En daar dan misschien het ontbrekende deel van haar oma terugvinden. Maar Giulia denkt aan Leni die haar benen van elkaar doet en over psychologie praat, en aan Marco die zich schaamt voor zo'n vrouw, en aan haar oma die rustig ligt te slapen na een verschrikkelijke nacht. Marina zegt dat het alle nachten zo is, en dat de dokter maar blijft beweren dat ze geduld moeten hebben en hoop moeten houden. Alsof dat medicijn een soort magische rite is en de kuur een toverdrankje dat je moet drinken tijdens een zonsverduistering – mochten die zich toevallig voordoen. Giulia realiseert zich dat het beter is als ze, voor ze begint met de vertaling van dat boek over Indo-China en de overgang van papavervelden naar rijstvelden, eerst met de dokter gaat praten. Ze heeft wel vertrouwen in Marina, maar ze wil zelf al die onderzoeken nagaan, alle medische gegevens, alle indicatoren. Ze wil zich overgeven aan hemochroom, diabetes en transaminases, aan aanvaardbare peilen, aan maxima en minima. Dat vervult haar van hoop. Cijfers zijn hoopvol en formules heilzaam, vooral voor wie er, zoals zij, helemaal niets van begrijpt, en ze kan gebruiken als een horoscoop. Giulia gebruikt alles wat ze leest als horoscoop, ook gebaren van mensen. Dat heeft haar oma haar geleerd. *Verba inclinant.* Om te zorgen dat ze haar hoofd niet rechtop houdt, om haar te laten inzien dat het belangrijkste in het leven is te weten waar je je voeten moet zetten. Haar sigaret is op. Ze dooft de peuk niet in het zakasbakje, maar laat hem van het balkon vallen. Giulia volgt hem naar beneden en ziet hoe hij op een flinke afstand van Leni's slipper neerkomt. Als ze jeu de boules had gespeeld, zou ze in de volgende partij zeker niet als eerste hebben mogen werpen.

De middaglucht ruikt naar zonnebrandcrème. De geur is zo sterk dat Giulia haar hoofd rechtop brengt om te bepalen waar die vandaan komt, en ook omdat ze toch met haar blik die peuk nooit dichter bij de slipper zal krijgen. Ze stuit op een glimlachende Leni, die haar om nog een sigaret vraagt.

Sorry, maar als ik wacht Marco, het is al avond, ik heb maar één slechte ding: roken.

Giulia schiet in de lach, en Leni ook. Ze vraagt Giulia of ze niet even wil oversteken om bij haar boven samen een sigaretje te roken en een kopje koffie te drinken. Giulia kijkt naar de slipper en zegt dat ze eerst nog iets moet vertalen. Dan steekt ze Leni haar volle sigarettenkoker toe en gaat de kamer weer in. Giulia moet alle losse schoenen oppakken die ze tegenkomt. Als ze dat niet doet, loopt ze steeds maar te strompelen op één enkele schoen. Als ze dat niet doet, kon er wel eens iemand naar beneden duiken om zo'n schoen te pakken. Ze weet wel dat dat niet waar is, maar ze wil dat huis liever binnengaan met iets in haar handen. En haar sigarettenkoker heeft ze al afgegeven. Intussen is haar oma wakker geworden en roept haar omdat ze met haar moet praten en het nu even kan. Giulia geeft haar een kus op de mond. Alsof ze zich omgeven voelt door een helder licht, zo steekt haar oma een hand uit naar Giulia's voorhoofd om haar wond te betasten. Giulia glimlacht.

Wat heb je gedaan met je voorhoofd?

Ik ben van de trap gevallen.

Je moet ook niet meer zo als een kind rondrennen, je bent groot nu.

Ik weet het, oma, maar ik struikel altijd maar.

Je moet alles een beetje langzamer doen.

Marina komt gedag zeggen omdat ze de deur uit gaat om boodschappen te doen. Giulia vraagt of ze voor haar ook sigaretten wil meenemen, niet in zo'n hard doosje maar in een zacht pakje, van welk merk maakt niet uit, en Virginia-tabak, van welk merk maakt niet uit, en ook nog een halve liter melk. Marina vraagt of ze dat even op een papiertje wil schrijven, wat Giulia doet. Haar oma zet haar bril op en volgt de bewegingen van Giulia's pen, alsof ze op spelfouten wil letten. Net als toen ze nog een klein meisje was. Als Giulia klaar is en Marina de deur achter zich heeft dichtgetrokken, lijkt de wereld weer even op zijn gewone plaats in het heelal te zijn teruggekeerd. Haar oma legt haar bril weer neer en gaat rustig liggen. Giulia streelt haar oma's handen. Vol richels en knobbels zijn die, als een oude houten deur. Met haar vingers probeert ze de gewijde dan wel heidense verhalen te lezen die tussen de aderen gegraveerd staan. Maar al snel slaat ze haar armen om de oude vrouw heen, omdat het haar ook op deze manier niet wil lukken echt overtuigd te raken van de ouderdom waarin haar oma als in een val gevangenzit.

Er zijn dingen die je moet weten.

Oma, je hebt heel slecht geslapen, dit is geen goed moment.

Er zijn helemaal geen momenten meer, we hebben geluk dat ik een paar minuten per dag nog iets kan begrijpen.

Zeg het dan maar.

Jouw moeder en ik hebben nooit begrepen wat er van je vader is geworden. Hij was van de ene op de andere dag verdwenen en heeft niets meer van zich laten horen.

Ik kan me hem helemaal niet herinneren. Mijn vader, dat is voor mij mijn zakasbakje, daar ben ik erg aan gehecht. Voor mij was er eerst mijn moeder en toen jij.

Als ik had kunnen voorkomen dat je moeder doodging, dan had ik dat gedaan, dat moet je geloven.

Dat van Orpheus en Eurydice werkt niet, hoor.

Dat weet ik, maar ik vind het zo erg. Ik heb er allemaal niks van begrepen.

Oma, we zijn twintig jaar verder, nu zijn jij en ik samen en moeten we proberen er het beste van te maken.

Ik moet gaan.

Oké, waar zullen we dan heen gaan? Ben je nu ook opeens niet meer bang voor vliegtuigen? Naar Jamaica, naar de Indische Oceaan, om de ouders van Marco op te zoeken, naar de Noordelijke IJszee? Zeg het maar, en ik breng je erheen, landkaarten heb ik genoeg.

Ik moet doodgaan.

Betalen en doodgaan, dat kan allebei later nog, zoals de postbode altijd zegt.

Giulia, je moet naar me luisteren. Ik weet niet hoe lang deze flauwekul nog gaat duren en ik wil niet dat jij mijn verpleegster wordt. De dokter zegt dat hij ons nergens zekerheid over kan geven. Dat ik zo sterk ben als een os, dat ik misschien nog wel twintig jaar zo aan het bazelen kan blijven. Ik wil niet dat jij bij mij oud wordt.

Oma, jij en ik hebben het altijd heel goed gehad samen.

Dat is niet waar. Ik heb alle spullen van je moeder weggegooid en ik ben nooit op zoek gegaan naar je vader. Ik hield mezelf voor dat Onze-Lieve-Heer me een krankzinnige dochter had afgenomen en me er een gezonde voor had teruggegeven. Ik ben een egoïst geweest.

Onze-Lieve-Heer bestaat niet.

Ik zie hem.

Jij hebt altijd een heleboel tics en rare gedachten gehad, en die noem je nu Onze-Lieve-Heer.

Dat moet je niet zeggen.

En jij moet niet zeggen dat mama krankzinnig was.

Ze was krankzinnig, ze is van het balkon gesprongen terwijl ze weer een kind verwachtte.

Jíj bent krankzinnig, wat zeg je allemaal?

Ze was in verwachting van weer een klein schepseltje. Ze

82

heeft dat balkonhek losgelaten en het meegenomen naar de hel.

Giulia blijft staan voor de ovale spiegel in de gang. Ze zou haar hoofd er wel af willen trekken om de uitdrukking die nu over haar gezicht ligt te kunnen bewaren. Woede, verbijstering, ergernis. Een normale reactie – nooit eerder in haar leven heeft ze zoiets mogen smaken. Ze kijkt naar haar hoofd in de spiegel en hoopt dat ze zal veranderen in een heilige familie.

Giulia, kom terug.

Ik moet de deur uit nu.

Wie weet wie je straks hier terugvindt.

Dan wacht ik wel weer tot een ander moment.

Ze doet haar asymmetrische pony opzij en bekijkt de pleister. Als ze straks terugkomt, vindt ze hier misschien wel in plaats van haar aanbeden oude gek de bokser Primo Carnera. Ze loopt van de spiegel weg en merkt als ze de deur uit is dat ze geen sleutels bij zich heeft. Helemaal niets heeft ze bij zich. Giulia heeft jaren gewacht tot haar oma zoiets zou zeggen, en nu ze het uit die door erosie uitgesleten lelijke mond heeft laten glijden, heeft het geen enkel nut meer. Ze zal vergeten dat ze het Giulia heeft verteld, waarna ze het haar opnieuw zal willen vertellen. Daarna zal ze weer vergeten dat ze het haar heeft verteld, en zo maar verder, zonder nog nadere gegevens toe te voegen over de schitterende doodskist die dat nooit geboren kind heeft gekregen. Voor altijd binnen zijn moeder. Als ze het eerder had verteld, had Giulia bij wat mensen navraag kunnen doen. Dan had ze de vent kunnen opzoeken die haar moeder had geneukt, en had ze kunnen proberen om een of andere stiefvader te regelen voor zichzelf, iemand met wie ze af en toe lekker kon luieren, of joggen. Of die ze kon haten. Tenminste, als die grote versierder ergens in de buurt woonde. Bij het leven van Giulia mag wel een snufje haat gevoegd worden.

Marco vertelde het haar, nadat hij het van zijn ouders had gehoord. Die dachten dat hij lag te slapen, maar hij zat weggescholen achter de deur te luisteren. Helaas had hij niet gehoord van wie het kind was, maar hij had wel begrepen dat buurvrouw Lucia vier maanden zwanger was. Vier maanden betekent dat het wurmpje in de buik al een jongen of een meisje was, dat het armpjes en beentjes had, en een hartje, en longetjes. Dat het al volmaakt was. Toen Marco het haar had verteld, voelde Giulia zich nog veel meer alleen. Marco had nog geprobeerd om de plaatselijke kranten in huis te pakken te krijgen. Maar zijn ouders mochten dan onoplettend zijn, de schoonmaakster, die moeder van vier was en wist dat sommige kinderen op hun achtste al heel goed kunnen lezen, had alles laten verdwijnen. Wel had Marco zijn ouders een tijdje later horen zeggen: De foetus is een meisje. Om daarna te verzuchten: Dan had dat arme kind tenminste een zusje gehad.

De dag na het ongeluk zei Marco tegen Giulia dat ze zich geen zorgen hoefde te maken. Hij had met zijn vader gepraat en door die een beetje onder druk te zetten had hij hem zover gekregen dat hij de rol van vermeende vader van Giulia op zich wilde nemen – bijvoorbeeld voor het geval dat iemand van de school een mannelijke opvoeder wilde zien. Giulia vroeg wat dat betekende, een mannelijke opvoeder. Marco antwoordde dat schooljuffen het soms niet goed vinden als er bij een kind thuis helemaal geen man is. Mannen staan voor standvastigheid en vrouwen voor zachtheid. Giulia schoot in de lach en zei tegen Marco dat hij er een keer mee moest ophouden om elke middag tegen Carmela aan geplakt voor de televisie te hangen.

Je weet toch dat ik Carmela heel lief vind?

Ja, maar je krijgt rare ideeën van haar.

Wie heeft dat tegen je gezegd?

Mijn oma.

En heeft ze ook tegen je gezegd dat je een zusje had?

Ik heb helemaal geen zusje, er is nooit iemand geboren, mama heeft haar met zich meegenomen om niet alleen te zijn, omdat ze haar liever vond, omdat zij nog niet geboren was maar toch al beter was dan ik, daarom heeft mama haar meegenomen.

Wat zeg je toch allemaal? Hoor eens hoe je staat te dreinen.

Laat me met rust.

Toen ging ze weg om een stuk te rennen bij de spoorweg, waar, als ze viel, de steentjes van het ballastbed haar wegsleepten naar valleien die zachter waren dan water en sneller dan een glijbaan.

Ook Giulia had haar altijd heel lief gevonden. Carmela hielp haar oma met schoonmaken en zorgde dat er iets te eten voor haar klaarstond als ze uit school kwam. Op een vrijdagmiddag had Carmela haar gevraagd de *pasta al forno* in de gaten te houden terwijl zij even ging douchen. Giulia ging voor de oven zitten met een atlas op schoot. Ze was bezig de namen van de zijrivieren van de Mississippi te leren, en van de zijrivieren van de zijrivieren van de Mississippi, toen Carmela uit de badkamer riep dat ze niet bij de handdoeken kon komen. Met neergeslagen blik stapte Giulia naar binnen. Ze kon zich er pas toe zetten haar ogen op te slaan toen ze had geconstateerd dat ze werd afgeschermd door een gordijn van stoom dat de spiegels deed beslaan en druppeltjes maakte op de tegels. Carmela zat naakt en ontspannen op het bidet.

Giulia, pak alsjeblieft even een handdoek voor me, ik kan

er niet bij en ik wil de vloer niet vuil maken, ik heb net gedweild.

Om geen vuil achter te laten deed Giulia haar schoenen uit en pakte een handdoek. Daarna draaide ze zich weer om. Toen moest ze blozen, want terwijl ze haar ogen naar beneden richtte om op haar eigen voetafdrukken weer terug te lopen, stuitte ze met haar blik op Carmela's onderbuik. Een goudkleurige struik.

Dat is niks bijzonders hoor, nog even en dan gaan bij jou ook haartjes groeien om je schaamdelen te bedekken.

Carmela schoot in de lach en begon, met haar hoofd schuin, haar voeten af te drogen. Giulia rende weg. Hele nachten, vele nachten lang, had ze erover gedroomd, over al dat vlees, en ze wist niet wat ze ermee aan moest.

En dus vroeg ze er iets over aan Marco. De volgende keer dat Carmela een douche neemt, moet ik er ook bij zijn, zei hij.

Wat voor kleur zijn die haren daar? Net als op haar hoofd? Ja.

Marco zei dat alle vrouwen – en vroeg of laat ook zij – maar één ding willen.

Als je het wilt weten, moet je even meegaan naar mijn kamer.

Daar deed hij de deur dicht, liet zijn broek zakken en zei tegen Giulia dat ze moest gaan zitten. Uit haar rugzakje pakte Giulia het pakje Turks fruit dat Augusto voor haar had meegenomen uit Parijs, en begon ervan te eten. Marco ging tegenover haar op zijn bed zitten, deed zijn onderbroek omlaag en pakte zijn piemel vast.

Kijk, zei hij na een paar minuten hijgend en bezweet, dit is wat vrouwen willen.

Het leek op zo'n ballonnetje dat straatartiesten gebruiken op het dorpsfeest om aan bloemen en honden te binden, en aan zwaarden die kinderen dan kunnen kopen.

Giulia antwoordde dat ze heel goed wist wat de bedoeling ervan was, maar dat ze nu liever doorging met haar Turks fruit. Marco bedekte zich met een sok en Giulia bedankte hem hartelijk. Maar hij zei dat ze nog even moest wachten, omdat het nog niet was afgelopen. Giulia ging weer zitten. Turks fruit met rozen- en citroensmaak was heerlijk, en het doosje, met arabesken en spitsbogen, was zo mooi dat het in z'n eentje de hele *Duizend-en-één-nacht* leek. Waarom zou een vrouw, als ze ook Turks fruit kan eten, iets willen dat meestal gebruikt werd om te pissen in een openbaar toilet? Marco deed zijn ogen dicht en ademde met korte stoten. Het leek wel of hij op zijn bed buiten bewustzijn was geraakt. Toen trok hij de sok eraf en liet hij het naar haar toe schieten.

Wat is dat voor smerigs?

Sperma, daar worden kindjes door geboren. Of geloof je dat niet?

Ik geloof je altijd.

Heb je geen zin om dit samen met mij te doen?

Wil je een stukje Turks fruit?

Het interesseert je geen moer...

Hé, ik ga ervandoor nu. Ik zie je straks voor het huiswerk van rekenen.

Kom jij naar mij?

Zo doen we het toch altijd?

Vrouwen gaan met mannen en mannen gaan met vrouwen, dus die Carmela krijg ik wel te pakken.

Succes.

Terwijl ze de deur uit ging, bedacht Giulia dat ze een anatomische atlas zou moeten kopen.

Beneden in het straatje wacht Giulia op Marina met de sigaretten, de melk en de tabak. Ze zakt door haar knieën en gaat op haar hurken zitten. Een paar minuten speelt ze dat ze een sikh is. Dan ziet ze de teenslipper en zoekt ze met haar rug steun tegen de hoek van het huis. Marina komt terug en legt de sigaretten en tabak in haar schoot.

Hier bij jullie ze zeggen: Wie in hoekje zit, zij trouwt niet. Dat zou wel heel makkelijk zijn.

Giulia glimlacht. Ze komt overeind en loopt naar de slipper. Die teenslipper is de tegenpool van een magneet; als ze hem eindelijk in haar hand heeft voelt ze zich onbeweeglijk. De buitendeur van het andere huis is van glas en staat open. Ze neemt twee treden tegelijk, in de hoop dat ze enigszins buiten adem raakt en haar gezicht een kleurtje krijgt. Dan belt ze aan. De bel speelt Pachelbels canon. Giulia heeft aan Pachelbels canon misschien wel een nog grotere hekel dan aan medicijnen. Maar ze dwingt zichzelf toch te glimlachen, alsof er een welkomstcomité op haar staat te wachten. De deur gaat open en binnen staat Leni. Net boven Leni's kreeftskeerkring begint een strapless topje van zwart lamé dat ongewild de kleuren van het trappenhuis, het rood van Giulia's shirt en de omstandigheden weerspiegelt. Alsof je naar het noorderlicht kijkt. Giulia staart naar het door schoonmaakmiddel aangetaste marmer op de vloer. Leni lacht.

Vind jij heel mooi vloeren?

Ja, hoor. Ze geeft haar de slipper en de melk aan en haalt dan het pakje sigaretten uit haar zak. Leni begint te stralen.

Als jij wil, ik lever dienst voor jou.

Dank je, maar ik was eigenlijk gekomen voor een sigaretje en een kopje koffie.

O, ik psycholoog, maar geen praatjes.

Ja, dat heb ik begrepen. Maar hebben jullie psychologen nooit eens vakantie?

Wij leven helemaal voor onze werk. Kom buiten op balkon met geraniums, dan zie jij bloemen maken niet bang niemand, ook niet oude gekke vrouw jouw oma.

Ik weet dat het een oude gekke vrouw is, maar ze is ziek.

Jouw oma, niet mijn oma, jouw probleem.

Ik weet het, ik weet het, dat had je me al gezegd.

Giulia laat haar blik door het huis gaan. Ze vindt het mooi, zo met al die snuisterijen. En zo anders dan Marco. Als het niet lijkt op Marco, dan lijkt het dus op Leni. Leni vindt ze leuk. Het is een vrolijk huis, een zorgeloos huis, een huis zonder kouwe drukte over bij elkaar passende kleuren of over opgeruimd en niet opgeruimd. Het is een heel schoon huis en het ruikt naar citroen. Giulia voelt zich er prettig. Ze loopt achter Leni aan en kijkt naar haar blote benen. Ze is gekleed in dat topje en een soort haarlint om haar heupen. De enige vaste regel in het leven van Giulia is dat iedereen in zijn eigen huis moet kunnen doen wat hem goeddunkt. Leni is heel mooi. Giulia zweet zonder te lachen en Leni lacht zonder te zweten. Giulia prijst zich gelukkig over deze toevallige gang van zaken, die wel een opzetje lijkt. Ze volgt Leni terwijl die een aansteker loopt te zoeken, een aansteker helemaal voor zichzelf, waarmee ze kan spelen terwijl ze praten. Giulia stelt zich voor dat ze hem om die reden zoekt. Maar als ze hem gevonden heeft, neemt ze een sigaret uit de sigarettenkoker, steekt die in Giulia's mond en geeft haar een vuurtje. Leni's handen duwen zo hard tegen de sigaret dat Giulia's lippen wordt ingedrukt als een donzen kussen. Een kort moment, daarna zal er niets meer van te zien zijn. Ze vallen even stil. Dan horen ze Giulia's oma schreeuwen. Giulia springt op, maar Leni legt een hand op haar pols.

Niks erg, op deze tijd is niet schreeuw voor duivel, alleen maar schreeuw voor louteringsberg. Nu gaat stoppen.

Louteringsberg?

Louteringsberg.

Giulia kijkt haar vragend aan. Leni blaast al haar rook uit.

Ik ben hoer, of wat jouw vriend Marco zegt: ik lever bepaald diensten. Maar niet met oren, daarom ik kan alles horen zo goed.

Nou, bedankt dan.

Ik denk jij bent goede mens.

Je kent me niet.

Zie wel? Jij bent goede mens. Alle slecht mensen zij zeggen: Ja, jij heb gelijk, jij begrijp mij. Dan zij zeggen: Laten wij even gaan naar daar, ik heb geld maar voor één uur.

En wat zeg jij dan?

Zo lang hebben wij niet nodig.

Het echtpaar van de overkant heeft het juist helemaal niet zo naar zijn zin. Met luide stem zeggen de man en vrouw tegen elkaar hoe hinderlijk de sigarettenrook van anderen toch wel is. Leni geeft de man in onderhemd een knipoog. Zijn vrouw trekt hem naar binnen.

Giulia realiseert zich dat ze het rode T-shirt met de karper beter niet had kunnen aantrekken. Het is te puberachtig, het is te veel iets wat duidelijk maakt hoe sterk Marco en zij met elkaar verbonden zijn; ze hebben het de vorige zomer samen gekocht.

Marco heeft gezegd mij jullie kennen al heel lang.

Ja, al heel lang. En jullie?

Drie maanden.

Leuk voor Marco.

Voor mij ook leuk?

Weet ik niet, ik ken je niet. Is het leuk?

Niet zo erg. Ik vind lief Marco, hij vindt lief mijn kont. Ik vind leuk dat, maar hij is niet mijn type. Jij bent bang dingen zeggen.

Wat is jouw type dan?

Misschien ik zal later een keer zeggen.

Giulia wil haar ogen dichtdoen en dan luisteren naar deze vrouw, die de tijden van haar oma kent, die rookt, die de buren het zwijgen oplegt met een knipoog, en wier stemgeluid mooi harmonieert met het getjirp van de krekels. Ze voelt zich als op vakantie, ze komt tot rust, ze weet dat alles wat verkeerd kon gaan, verkeerd gegaan is – maar ook dat alles wat goed kon gaan, goed gegaan is. Ze zit nu bijvoorbeeld naast een heel mooie vrouw en als ze haar hand uitsteekt kan ze haar knie aanraken. Maar ze besluit voor zichzelf dat het enige wat ze nu nodig heeft hier zitten is, met haar ogen dicht. Leni staat op om koffie te gaan zetten. Giulia volgt de geluiden van een aluminium koffiepotje, het pneumatische gehik van een blikken bus die wordt opengetrokken en weer gesloten, stromend water, het suizen van gas en het geknetter van het elektrische aansteekvonkje. Ze haalt het asbakje uit haar zak, dooft haar sigaret, buigt zich naar Leni's ligstoel om haar sigarettenkoker weer terug te pakken, en steekt er nog een op. Leni verschijnt met twee kopjes koffie op een blikken dienblaadje.

Giulia kent dat blaadje, omdat ze het heeft gekocht toen ze op de lagere school zat en met de klas een uitstapje naar Rome maakte. Een cadeautje voor de moeder van Marco. Voor zijn vader had ze toen groene likeur meegebracht, in een fles met de vorm van een fietsdynamo. Het is een blaadje waarop plaats is voor niet meer dan twee kopjes zonder schoteltjes, en het is gelakt. Bovenop staan twee vrouwen in kimono afgebeeld, de ene serveert thee en de andere drinkt die. Er is ook een kersenbloesem op te zien. De gebruikte kleuren zijn goud voor de randen, rood voor de versieringen en de bloesems, wit voor de gezichten en zwart voor de achtergrond en de tanden. Juist om die bijzondere tanden had ze het gekocht. Haar moeder was ooit voor een fotoreportage naar Azië geweest, en toen ze daarvan terugkwam had ze Giulia verteld dat voor Japanse vrouwen de ware elegantie wordt bereikt door hun tanden zwart te lakken. Ze haat haar

oma omdat ze haar altijd haar gebit zo goed heeft laten ver-
zorgen. Ze haat haar oma omdat ze die portretfoto's heeft
weggegooid, weggegeven of verbrand. Giulia heeft helemaal
niets meer. Soms betwijfelt ze zelfs of haar moeder echt wel
fotografe was. Misschien heeft ze zich alles ingebeeld.

Leni steekt een sigaret in haar mond. Om een aansteker
te zoeken begint ze zichzelf te bekloppen alsof ze zakken
heeft. Giulia weet niet of het beter is haar er ergens een te
laten vinden of om haar een vuurtje te geven. Ze duwt haar
heupen omhoog om een hand in haar zak te kunnen steken
en de aansteker eruit te vissen. Leni komt dichterbij. Terwijl
ze Giulia in de ogen blijft kijken, steekt ze haar sigaret aan
met de vuurpunt van die van Giulia. Met haar bekken zo omhoog en haar billen gespannen voelt Giulia zich als vroeger
bij de gymles op school wanneer ze een bruggetje moest maken.

Umberto laat een gele envelop uit zijn handen vallen, waarin misschien een boek zit. Terwijl hij zich omdraait om hem
op te pakken, kijkt hij omhoog naar het balkon van Leni. Niet
om te proberen te zien wat daar gebeurt, maar de rode geraniums zijn een soort open wond op de gevel van het gebouw.

Zulke bloedrode bloemen heb ik nog nooit gezien.

Hij kijkt omhoog naar het balkon en ziet Leni's hoofd gebogen over dat van iemand anders.

Arme sukkel, denkt hij, die hoeren vreten eerst je porte-
monnee leeg en daarna je geest. Hij pakt de envelop op, slaat
hem tegen zijn broekspijp om het stof eraf te krijgen en doet
hem in zijn leren tas. Nu gaat hij met gezwinde pas naar huis,
want zijn officiële werktijd is al een poosje verstreken. Maar
als je postbode bent, gaat het af en toe zo. Umberto's kinderen zijn allemaal keurige ambtenaren, die kunnen op deze tijd
dus niet zomaar op een balkon hangen. Giulia, Marco, die
hoer en de klanten die bij haar aanbellen zijn andermans kin-

deren. Ander vlees, ander bloed. Opgelucht haalt hij adem.

Giulia kijkt in Leni's blauwe ogen en in de absurde licht-heid die ze uitstralen. Ze houdt nog altijd van kastanjes, ook al krijgt ze die dan steeds met de bolster er nog om. Leni's bolster is Marco.

Jij vrouw die met ander vrouwen gaat, ja?

Heeft Marco dat gezegd?

Jij dus mij niet geloven, ik grote psycholoog met wat zit tussen mijn benen, geen ander nodig om dingen te weten.

Giulia glimlacht. Leni knipoogt naar haar en legt een hand op haar knie. Giulia verstrakt, trekt haar been weg en schuift haar stoel zo ver achteruit dat ze met haar rug tegen het bal-konhek komt te zitten en haar hoofd een kroon van rode ge-raniums krijgt opgezet.

Heel mooi jij zo. Wat is, jij vindt niet leuk mij?

Jij bent de vriendin van Marco.

Ik ben vriendin van niemand, ik betaal huur aan Marco met eigen geld, zo allebei tevreden.

Leni, ik ben geen man.

Ik niet draag een zonnebril omdat ik ben blind.

Giulia kijkt haar aan. Ze zou zich ongerust willen voelen, of treurig, voor Marco. Ze zou iets neutraals willen hebben om tegen Leni te zeggen. Vind je de koffie hier lekker? vraagt ze. Leni zet haar sigaret vast in haar mondhoek en pakt het dienblaadje. Giulia haalt haar hoofd uit de geraniums. Als ze haar open hand uitsteekt, raakt die even Leni's knie. Leni glimlacht en houdt het blaadje in een stevige greep voor zich uit. Giulia komt met een schok rechtop, Leni's handpezen komen los als teugels, het blaadje springt de lucht in en laat een zachte gongslag klinken.

Karper gemarineerd in koffie. Giulia excuseert zich dat ze onder Leni's ogen een dergelijk gerecht opdient. Leni pakt haar bij de hand en trekt haar mee de kamer in.

Beter jij trekt uit meteen vlek. In kast daar overhemden van Marco, neem één, dan ik was jouw shirt.

Giulia wil proberen het ergste te vermijden, want wat er te gebeuren staat, is het ergste. Net als toen Marco Carmela had verleid en Carmela daarna zo had gehuild, en zij tweeën een week niet met elkaar hadden gepraat, en Marco telkens bizarre briefjes in haar fietsmandje achterliet.

Als je Carmela zo graag wilt pakken, kan je ook mij pakken. Ik heb me al een poos niet gewassen, dan ruik je de geur.

Leni staat onbeweeglijk voor haar en knarst met haar tanden over het lepeltje waarmee ze de koffie heeft geroerd. Leni bijt hard op het lepeltje, Giulia huivert. Ze heeft er spijt van geen beha te hebben aangetrokken, maar nu is het te laat want ze heeft haar handen al gekruist ter hoogte van haar navel om de onderrand van het T-shirt vast te grijpen. Giulia heeft nu een ontbloot bovenlichaam en Leni staat, nog steeds onbeweeglijk en met het lepeltje in haar mond, naar haar borsten te kijken. Giulia vouwt het T-shirt netjes op, alsof ze het in de kast moet leggen – een rare hebbelijkheid, die ze van Agata heeft. Dan geeft ze het aan Leni, die het aanpakt, de badkamer in gaat en de deur achter zich sluit. In haar wat te wijde broek blijft Giulia stokstijf staan, haar armen bungelend langs haar flanken. Ze hoort water stromen en doet Marco's kast open. Ze herkent de geur van zijn aftershave en het aroma van zweet dat gebruikte sokken met zich meebrengen en waar geen deodorant tegen opgewassen is. Ze pakt een blauw overhemd. Nu voelt ze zich wat minder ongemakkelijk, want behalve een te wijde broek draagt ze nu ook een overhemd waarin ze kan zwemmen. Leni komt met het natte T-shirt weer uit de badkamer en zegt dat Giulia zich geen zorgen hoeft te maken, omdat met deze zon het in een paar minuten droog zal zijn, en ze dus weer snel verder kan met de vertaling van opiumvelden. Giulia vraagt zich af hoe ze dat weet en slikt even iets weg. Ze kan nu beter gaan. Leni stapt het balkon op en Giulia ziet hoe ze het T-shirt laat wapperen als een vlag. Ze moet eraan denken dat Marco terugkomt met de motor en dan die rode lantaarn van het T-shirt met de karper zal zien. Giulia stelt zich voor hoe hij gas geeft en zich te pletter rijdt tegen de huisdeur. Omdat hij teleurgesteld is, omdat hij zich bedrogen voelt, omdat hij het nauwelijks kan geloven. Leni komt weer binnen, doet de zonwering omlaag, stapt uit haar flinterdunne teenslippers en loopt op Giulia toe. Terwijl ze op haar af loopt, trekt ze het lint dat eerst om haar heupen zat, om haar taille. Giulia beseft dat ze echt met haar hoofd ergens anders moet zijn geweest; ze heeft niet gemerkt dat Leni onder dat lint naakt is. Of misschien heeft ze zich uitgekleed tijdens het wassen van het T-shirt. Giulia begrijpt niet dat zo'n vrouw op een dergelijke manier op haar af komt. Ze zou graag willen dat ze verlangde ergens anders te zijn, maar helaas, ze verlangt alleen maar. In de hoop zo een deur te vinden, loopt ze achteruit, maar ze struikelt over schoenen van Marco. Als versteend ligt ze opeens languit op haar rug. En ze rende niet eens. Leni blijft staan bij haar voeten. Dan zakt ze door haar knieën en buigt zich naar voren, alsof ze als een kat over Giulia heen wil kruipen. Ze doet Giulia's broek open. Voor de eerste keer in haar leven heeft Giulia daaronder niets aan. En dan maakte ze zich druk over het vergeten van de huissleutel... Leni kijkt geamuseerd. Ze laat de broek tot aan Giulia's enkels naar beneden glijden en draait hem daar tot een rolletje. Giulia weet dat ze dat doet om haar benen vast te zetten. Misschien wil ze wel niet de fantasie van een ander zijn. Misschien dacht ze dat dit niet kon gebeuren. Ze voelt zich obsceen en vulgair, maar het lukt haar niet haar ogen dicht te doen. Ze ligt op de grond met een vrouw die bijna op haar ligt, die twee vingers op haar dijbeen zet en stapjes begint na te doen. Ze doet net of ze struikelt en keert weer terug naar de zachte helling van de quadriceps. Met haar lichaam volgt Leni haar twee vingers. Ze is zo dichtbij dat Giulia kippenvel krijgt – terwijl ze toch binnen is, en er buiten een temperatuur heerst van veertig graden in de schaduw. Ze pakt Leni's hoofd, maar die trekt zich los en kust haar navel, likt die, lacht dan. Giulia begint het overhemd los te knopen, maar ter hoogte van haar heupen houdt Leni haar handen tegen. Dan laat ze ze weer los en begint in Giulia's buik te bijten, en in haar ribben, een voor een, en in haar borstbeen. Giulia ziet alleen maar een wriemelende mol die zich een weg graaft onder de stof van het overhemd. Bij de hals doet ze toch een paar knoopjes open. Het overhemd is zo wijd dat Leni ook haar armen in de mouwen kan steken, zodat ze vast komen te zitten. Giulia kijkt haar aan.

Ze heeft blauwe ogen, ze is slank, ze is mooi, ze is gulzig. Giulia voelt zich een chocolade-ijsje. Misschien is Leni echt wel psychologe. Leni kust haar ene wang, dan de andere, dan bijt ze in het puntje van haar neus. Leni kijkt naar haar alsof ze het mooiste is wat er op de wereld bestaat. Giulia voelt zich het mooiste wat er op de wereld bestaat en ze begrijpt waarom de mensen bereid zijn Leni te betalen. En ze benijdt Marco, die elke morgen fris als een geurende roos aan zijn dag kan beginnen. Als een omgewaaide vogelverschrikker liggen ze in hun onhandige positie. Met hun armen wijd, voor zover het beperkte vloeroppervlak en hun nauwe spel in het overhemd dat toestaan. Alles is statische elektriciteit door wrijving, denkt Giulia. Maar dan stopt ze met denken omdat ze niet denken wil; ze wil Leni, en minstens even graag als Leni haar wil. Dit hier is meer dan seks, maar voldoende is dat niet. Giulia heft haar hoofd op van de vloer en kust Leni, die naar menthol en tabak ruikt. Of misschien ruikt het overhemd van Marco naar menthol en tabak. Leni ligt op haar. Tussen haar dijen lijkt ze wel honderd kilo te wegen. Ze verschroeit Giulia's borstkas en ze bijt in haar tong. Giulia zegt: Ah... met een sterk geaspireerde h. Leni brengt alleen maar die h voort, terwijl ze Giulia's oorlel kriebelt met de punt van haar neus en zich heel licht maakt door met haar schouder op Giulia's voorhoofd te steunen. Giulia haalt diep adem. Ze heeft het gevoel dat ze in haar broek geplast heeft, maar dat het niets uitmaakt. Misschien is die incontinentie van haar oma wel besmettelijk, en die vergeetachtigheid dus later ook. Leni kruipt uit het overhemd en bedekt zich met het lint, dat eigenlijk niet eens breed genoeg is om haar haren bij elkaar te houden. Ze geeft Giulia een knipoog en steekt een hand naar haar uit om haar te helpen op te staan. Giulia verliest haar evenwicht en valt op handen en voeten. Leni zakt op haar hurken en kust een van Giulia's billen, die ijskoud is van de marmeren vloer. Ze lijken wel twee honden.

Jij fris, jij sexy.

Dan trekt ze de zonwering open, stapt naar buiten en geeft Leni haar T-shirt aan.

Zie wel, is droog, ik had gezegd.

Dank je.

Waarom jij kom niet morgen terug, ik goed met was, zie wel? Vlek van de koffie moeilijk je krijgt eruit, maar jouw shirt helemaal weer goed.

Leni kijkt haar leep aan, en Giulia glimlacht. Dan doet het muziekje van de deurbel haar goede humeur overgaan in haat voor dingen die iedereen kent maar waarvan niemand de naam weet.

Sorry, klanten, tijd gaat snel. Wat heb je gedaan op voorhoofd?

Ik ben van de trap gevallen. Bedankt voor de koffie.

Kom terug morgen.

Leni loopt met haar mee naar de deur. Daarachter verschijnt de klant, die Giulia een gegeneerde en verbijsterde blik toewerpt. Leni geeft de vijftiger met stropdas een stevige klap op zijn rug en blijft dan tegen de deurlijst geleund staan om te zien hoe Giulia de trap af loopt. Die blijft even stilstaan, lacht naar haar. Leni kijkt even snel achter zich, geeft haar dan een knipoog en werpt haar een kushandje toe. Dan doet ze de deur dicht. Giulia hoort nog net een klaterende lach, die zo uit die film van Louis Malle over de bordelen van New Orleans kan zijn gevallen.

Thuis kleedt Giulia zich uit, kijkt in de spiegel en schrikt. Het lamé van Leni's topje is als schuurpapier over haar huid gegaan. Giulia is van weinig echt goed op de hoogte, maar ze herinnert zich nog altijd dat ze als kind eens aan Umberto vroeg waarom hij zijn werk niet op de fiets deed, waarop die antwoordde dat het goed is om te lijden en dat vroeger mannen zich geselden om dezelfde pijn als Jezus Christus en de heiligen te voelen. En inderdaad voelt Giulia zich nu alsof ze in het paradijs is. Ook al is dat paradijs dan het allerergste. Ook al is de weg naar het paradijs dan geplaveid met halveliterpakken melk en zachte pakjes sigaretten.

Haar oma komt de badkamer binnen en begint te krijsen. Giulia weet niet waarom. Ze kan de schrammen hebben gezien, maar net zo goed kan ze Giulia hebben veranderd in alle monsterlijkheden van de wereld.

O mijn god, o mijn god...

Ze richt haar woorden naar boven, maar raakt Marina, want die verschijnt – alles geheel volgens de wetten der ballistiek. Giulia kan nog net op tijd haar borsten bedekken met een handdoek. Ze helpt Marina haar oma naar de huiskamer te brengen. Ze geeft haar een kus op het voorhoofd, maar haar oma schreeuwt zo hard dat haar kunstgebit loskomt. Even heeft Giulia het idee dat Agata twee monden heeft: een van de vrouw die ze vroeger was, en een van de vrouw die ze nu is. De twee gekkinnen die haar hebben opgevoed. De ene sterk, de andere van vloeipapier. Ze gaat terug naar de badkamer en ontsmet zich met alcohol. Haar ribben branden, maar ze trekt zich er niets van aan. Als ze een kind moest voeden, zou ze het heel veel bloed kunnen aanbieden. Lichaam en bloed. Haar oma ziet zelfs uit het sleutelgat bloed druppelen. Dat het bloed van Giulia echt is, interesseert niemand. En het maakt ook geen verschil.

In het paradijs gaat alles goed, dat is het probleem.

Als Marco aankomt bij de bouwplaats vraagt de opzichter hem waarom hij Giulia niet mee heeft gebracht. Het doet Marco genoegen dat de man de motor heeft herkend. Hij antwoordt dat Giulia het druk heeft met een vertaling over opiumpapavers. De opzichter knikt en vertelt dat zijn tuin aan de korte kant grenst aan die van de Amerikaanse. Al toen hij nog een kind was, werd zij thuis altijd de Amerikaanse genoemd. Nu is het een dame op leeftijd, en ze beklaagt zich er voortdurend over dat er op haar grond papavers groeien zo groot als kersenbomen. Maar ze snijdt ze af, legt ze te drogen op een metalen rooster, en na een paar dagen maakt ze er soep van. Op een dag had de opzichter met zijn vrienden een papaver gestolen die zo groot was dat hij er zelfs gedroogd nog uitzag als een vlieger. Sigaretten waren duur, de sigarenboer briefde alles door aan hun ouders, en als je algen van het strand probeerde te roken, stonken die nog erger dan dode kreeften. Dus hadden ze die papaver gestolen van de Amerikaanse en hem helemaal opgepaft. Dagenlang zagen ze kikkers de mazurka dansen. Gewond en half versuft werden ze teruggevonden in de ruïne van een uitkijktoren bij de zee. Geen van hen had later ooit willen toegeven dat ze een papaver van de Amerikaanse hadden gestolen. Marco zegt hem dat het klimaat hier niet geschikt is voor opiumpapavers. Waarop de opzichter hem uitdaagt om het zelf eens te proberen.

Ga er met Giulia heen en kijk maar eens wat er met jullie gebeurt. Misschien besluiten jullie dan wel eindelijk om een gezinnetje te stichten. Jullie zijn namelijk geen vijftien meer.

Terwijl Marco luistert, herinnert hij zich dat Giulia ooit een stuk papaverstengel mee naar huis had genomen. Ze had hem zover gekregen de elektrische haardroogkap die zijn moeder in de badkamer had laten installeren te gebruiken. Om heel goed te drogen moest die stengel er een paar ochtenden onder. Met de beheersing en voorzichtigheid van een Russische spion had Marco het gedaan, en uiteindelijk konden ze die geroosterde smurrie roken. Ze gingen net iets meer uit hun bol dan na het eten van de gele knoppen van palmbomen. Lach, want dit is de onthechting, zei Giulia, waarop Marco een boer liet. Die onthechting was best leuk. Om iets vast te leggen, spraken ze daarna af dat ze de anekdotes over de papavers van de Amerikaanse nooit zouden oprakelen. Ook al omdat dan iedereen die dingen zou willen hebben. Niet te veel over kletsen.

En dus kijkt Marco de opzichter aan alsof die hem zojuist een goede tip heeft gegeven om een keer een beetje aparte middag te hebben.

De zomer van zijn zestiende jaar was een gelukkige zomer. Hij was ervan overtuigd geraakt dat Giulia en hij echte verkering zouden krijgen, dat ze met elkaar zouden vrijen en daaraan veel meer plezier zouden beleven dan wat zijn vrienden vertelden. En op een dag dat ze naar de berg waren gegaan om nog wat late asperges te plukken en de al een week vermiste kat van buurvrouw Caterina te zoeken, begon Marco er dus over dat veel van zijn vrienden al een keer bij een of ander schoolvriendinnetje naar binnen waren geweest. En dat die hem hadden verzekerd dat het hartstikke leuk was en dat je je er lekker van voelde. Giulia had een grasspriet in haar mond waarop ze kauwde. Bij elk geritsel van bladeren sprong ze op, alsof ze ieder moment die kat in zijn nekvel kon grijpen.

Hou toch op met dat poespoes.

Ze riep hem steeds heel zacht. Marco werd er kwaad van, maar Giulia zei dat katten een veel beter gehoor en een veel betere reuk hebben dan mensen, en dat je met wat gelispel plus een stukje haring in je zak dus absoluut zeker kon zijn van een gunstige afloop. Giulia keek hem aan en zei dat ze wel nieuwgierig was naar dat gedoe van iets bij elkaar naar binnen steken. Maar dat het grootste deel van haar klasgenoten die het hadden geprobeerd daarna behoorlijk stom was gaan doen. De jongens liepen de hele tijd op hun liniaal aan te wijzen hoe groot hij was, en de meisjes riepen steeds maar dat als je het alleen met je mond doet, er geen kindjes van komen.

Ik voel er niet veel voor om in zulk stom gedoe terecht te komen.

Maar wij hebben met dat soort figuren toch helemaal niks te maken, wij hebben dít allemaal.

Marco weet nog dat hij zijn armen toen zo wijd spreidde dat achter hem zijn handruggen elkaar raakten, en dat Giulia hem heel stevig tegen zich aan trok en zo bleef staan – ook toen het duidelijk werd dat het voor Marco meer was geworden dan zomaar even een omarming. Toen ze haar ogen had opengedaan, deed Giulia hetzelfde met haar mond. Marco pikte het grassprietje van haar af. Toen schoot hij in de lach en tilde hij haar op. Dat deed hij omdat hij het in de film altijd zo'n ontroerend gezicht vond. Hij wilde haar in zijn armen nemen en dan laten ronddraaien. Giulia was zo slank als een den en zo teer als een nachtvlinder. Maar toen hij haar optilde, voelde hij de aders in zijn hals zwellen. Giulia was van lood geworden. Niet zacht, zoals de twee meisjes die hij op het zomerkamp een paar maanden daarvoor had opgetild, maar hard als staal. Hij liet haar los.

Sorry, ik ben klaargekomen in mijn broek.

Je had ook een sok om moeten doen.

Dat werkt niet zo goed, een meisje is handiger.

Ze barstten in lachen uit bij het idee van meisjes als bewaartrommeltjes, als van die Tupperwarebakjes die je gebruikt om wat er overblijft van het eten in de koelkast te zetten. Toen liepen ze weer naar het pad. Giulia moest hoesten en probeerde het stukje grasspriet dat nog aan haar verhemelte zat gekleefd los te krijgen. Om het vocht er sneller uit te krijgen, veegde Marco telkens met bladeren en takken van struiken over de natte plek op zijn broek. Maar helaas was hij in de tussentijd – misschien wel door de penetrante geur van de gerookte haring – nog een keer klaargekomen. De kat hadden ze niet gevonden, en die was ook later nooit meer teruggekomen. Buurvrouw Caterina leed daar erg onder. Ze had de stomme kat van de gepensioneerde buurman vergiftigd, waarop kort daarna de gepensioneerde buurman van verdriet was gestorven en, om het af te ronden, buurvrouw Caterina ook. Toen Marco lucht kreeg van buurvrouw Caterina's plannen, had hij de buurman aangeraden zijn kat binnen te houden. De oude man gaf hem zijn golfballetje terug en zuchtte.

Laten we hopen dat hij dat zelf regelt. Ik kan hem niet meer de hele dag achterna rennen.

Toen de zomer bijna voorbij was, zei Giulia op een dag tegen Marco dat ze hem een geheim moest vertellen. Ze nodigde hem uit om een ijsje te gaan eten in het park. Daar vroeg ze hem of hij de dochter kende van de vrouw die een gordijnenzaak had. Marco had haar inderdaad wel eens gezien in die winkel. De dochter van de gordijnenvrouw had Giulia een ijsje aangeboden op hetzelfde bankje als waarop zij nu zaten, en had daarna haar arm om Giulia's schouders gelegd. Marco begreep niet waar ze heen wilde met dat verhaal van die arm, de schouders en het ijsje. En ook had hij zijn hoofd er niet helemaal bij door de opgewonden voetbalkreten die van het veldje naast hen opstegen. Ik zal het maar kort houden voor je, zei Giulia. We hebben getongzoend. Marco stopte met likken aan zijn aardbeienijsje en vroeg Giulia of hij een likje mocht van haar citroenijsje, omdat hij even goed wakker moest worden. Waarop Giulia aanbood hem een klap in zijn gezicht te geven. Maar Marco, die wist dat ze stevige petsen kon uitdelen, zei: Nee, citroen is genoeg. Toen ging hij, in een poging de situatie te redden, rechtop zitten om iets te zeggen. Op dat moment wenste hij dat hij nooit een tong had gehad. En de dochter van de gordijnen ook niet.

Giulia, dat wil ik niet.

Wat heb jij te willen?

Ik hou van je.

Ik ook van jou, dat zweer ik. Maar dat heeft er toch niks mee te maken? Ik hou toch ook niet bij met hoeveel meisjes jij even de berg op gaat?

Maar ik ben een man.

En ik niet.

Als het gaat om dat gedoe met Carmela, moet je niet flauw zijn. Ik wilde alleen maar uitzoeken wat wij samen konden doen.

Daar heb ik ook wel eens over gedacht, maar toen was daar opeens de dochter van de gordijnen.

Ik hoop dat je het niet doorzet.

En ik hoop dat je niet weggaat.

Maar nu moet ik voetballen.

In plaats daarvan ging hij naar huis. Hij was ervan overtuigd dat hij haar nu nooit meer zou krijgen. Hij haatte de dochter van de vrouw van de gordijnen. En de gordijnen zelf ook.

De drie leveranciers zijn van zijn leeftijd. Ze zijn nog jong en geven hem een compliment voor zijn motorfiets. Marco speelt voor de lol een tijdje de stoere bink, tekent de papieren die hij moet tekenen, parkeert zijn motor op de bouwplaats, neemt een van de auto's die gebruikt worden door de ingenieur en de landmeter en nodigt de mannen uit voor een etentje samen. Maar eerst een lekkere duik van de rotsen in zee. De drie leveranciers lijkt het wel wat, maar ze hebben geen zwembroek bij zich. Marco verzekert hun dat dat geen probleem is, dat ze even langs zijn huis kunnen gaan om er een paar te halen.

Ik woon hier al mijn hele leven, ik heb meer zwembroeken dan onderbroeken.

De mannen knikken. Maar Marco's gezicht betrekt omdat hij zich realiseert dat Leni aan het werk is, en ook dat een van die leveranciers haar zou kunnen herkennen. Hij stelt voor om ze toch maar te gaan kopen. De leveranciers tonen geen verbazing en Marco voelt zich opgelucht. Ze stappen in de auto en scheuren weg naar de zee. De opzichter vindt dat sommige mensen eens wat beton zouden moeten wapenen, om daarna ook maar al het andere te doen. Hij steekt een sigaret op, spuugt op de grond en gaat, in de laaiende middagzon, verder met opdrachten geven aan de metselaars. Beroerde baan, metselaar. 's Winters in de kou, 's zomers in de hitte. Marco bestuurt de auto en beseft dat hij de problemen met Leni moet oplossen of anders bij haar weg moet gaan. Erover praten met Giulia zou een goede zaak zijn, maar hij weet niet waar hij moet beginnen. De eigenlijke reden dat hij voor vanavond al een andere afspraak heeft gemaakt, is dat hij zo opziet tegen dat gesprek. Hij zet de auto stil, wijst de leveranciers waar een winkel is om zwembroeken te kopen en zegt dat ze er ook maar een voor hem mee moeten brengen. Hij moet even bellen.

Hij ziet voor zich hoe Giulia in die kamer met boeken aan het vertalen is en verstoord opschrikt van de telefoon. Als ze heeft opgenomen, zegt hij dat hij vanavond niet kan omdat hij met mensen van zijn werk moet eten, maar dat ze morgen koste wat het kost samen die tomatensla gaan eten. Ook zegt hij dat een van de werklieden van de bouwplaats haar motor komt terugbrengen.

Zou jij vanavond niet met Leni ergens willen gaan eten, alsjeblieft?

Giulia zwijgt. Marco houdt aan.

Zou je dat voor me willen doen? Anders heb ik weer gezeik aan mijn kop omdat ik te laat thuiskom. Ik bel haar wel, jij hoeft haar alleen maar op te halen.

Marco is zich ervan bewust dat Giulia met opzet een stilte laat vallen. Hij vraagt haar hoe het met haar oma gaat. Giulia zegt dat ze moeten afwachten en Marco verontschuldigt zich dat hij haar heeft gestoord bij haar werk.

Maakt niet uit, dat is het niet.

Wat dan wel?

Ik wil graag met je praten.

Ik ook met jou, morgen gaan we samen uit.

We hebben misschien een probleem.

Is dat een vraag?

Zoiets.

Nou, wat mij betreft is er geen enkel probleem, alleen een plotselinge werkverplichting. Dus jij neemt Leni mee uit eten?

Waar wil je dat ik haar mee naartoe neem?

Weet ik niet, kijk jij maar. Met vrouwen weet je toch altijd wat je doen moet?

Terwijl hij zijn telefoon wegstopt, voelt hij dat de vrolijkheid vast blijft zitten in zijn keel. Omdat hij het heeft gezegd. Het is net als die keer dat hij aan zijn moeder had gevraagd om een stuk chocoladetaart voor hem te bewaren en zij die taart toch helemaal had opgegeten. Om haar spijt te betuigen had ze toen een nieuwe taart voor hem gekocht. Maar dat maakte het niet goed. Daarna was geen enkele chocoladetaart ooit nog zo lekker geweest, maar hoeren doen het niet met vrouwen. Marco doet de bovenste knoopjes van zijn poloshirt los. De leveranciers komen aanlopen met hun dure overhemden over korte strandbroekjes. In de auto zetten ze de muziek hard aan. Marco heeft even het idee dat hij die drie mannen al zijn hele leven kent. Ze praten over vrouwen, over zaken, over auto's, over motors. Het lijkt wel of ze zo uit *Uomo Vogue* zijn gestapt. Marco heeft plezier in zijn rol van jonge baas van het familiebedrijf, hij is euforisch. Als ze langs een wijnhandel komen, remt hij plotseling krachtig, stapt uit en koopt twee flessen gekoelde witte wijn.

Op het rotsstrand heerst de sfeer van een mooie doordeweekse middag. De zee is zo glad als een spiegel en er is nergens drukte of herrie. Ze huren een waterfiets. Als ze wegvaren, flirten ze een beetje met de meisjes in het ondiepe water en proberen er een paar mee te krijgen. Twee klimmen er aan boord en in gezwinde vaart glijdt de waterfiets verder in de richting van het diepe en stille water. Marco trekt een fles wijn open, de lucht is vol vrolijkheid. Hij richt zijn gezicht naar de zon. De twee meisjes duiken in het water. Met gegiechel en gilletjes lukt het hun twee van de mannen ertoe te verleiden hen te komen redden. Marco sluit zijn ogen en laat zijn benen over de rand van de waterfiets zakken. Hij heeft het altijd prettig gevonden om met zijn voeten in het water te hangen. De achtergebleven leverancier geeft hem een al aangestoken sigaret aan. Marco bedankt hem en gaat weer liggen. De stemmen van de twee paartjes in het water dringen steeds minder tot hem door. Hij zou nu een goede gelegenheid hebben om te overdenken wat hij tegen Giulia moet zeggen, maar die nog droog gebleven leverancier komt bij hem zitten.

Hé, Marco, mag ik je even iets vragen over een wat vertrouwelijke zaak?

Marco gaat rechtop zitten en zegt snel dat hij over vertrouwelijke zaken binnen het bedrijf niets weet, dat de aangewezen personen om mee te praten de opzichter en de landmeter zijn. De leverancier verduidelijkt dat het niet over iets zakelijks gaat, maar over vrouwen. Marco ontspant zich weer en spreidt, om ook een beetje frisse lucht te krijgen waar zijn lichaam bedekt is, zijn benen. Hij zet een elleboog op zijn knie en steekt een van zijn eigen sigaretten op. Of eigenlijk een sigaret uit het pakje dat hij voor Leni had gekocht. De jongen wil inlichtingen over vrouwen in de omgeving. Niet vrouwen zoals die in het water, maar vrouwen die je kunt betalen. Marco ziet niets kwalijks in de vraag en antwoordt dat er een ruim aanbod is van lekkere beesten uit de Afrikaanse hoogvlaktes en dat er ook nog wel een paar mooie bloemknopjes uit Oost-Europa te vinden zijn. De leverancier komt nog wat dichter bij hem zitten, om meer te horen over die meisjes uit Oost-Europa, van wie bekend is dat ze óf toegewijd zorgen voor oude mensen óf voor pikken. Marco voelt zich CNN *Live* en rapporteert over de gemiddelde leeftijd van de meisjes in de omgeving, de plekken waar ze te vinden zijn en de gevaren die je met ze op kunt lopen.

Het enige gevaar is een razzia van de politie, want die meisjes uit het oosten zijn nog schoner dan bleekwater.

De jongen lijkt niet helemaal tevreden.

Dit is alles wat ik ervan weet.

Ik heb iets gehoord over een Poolse die dingen doet waar je helemaal gek van wordt, een echte geile teef. Ze werkt niet op straat, ze heeft een eigen huis en een langere wachtlijst dan de tandarts.

Marco trekt wit weg. Ongerust schenkt de leverancier hem een half glas wijn in en helpt hem te drinken.

Maak je niet druk, dat is lage bloeddruk, heb ikzelf ook. Ik wist trouwens wel dat het niet waar kon zijn: zelfstandig werkende hoeren in zo'n klein dorp.

Misschien ben ik niet goed op de hoogte.

De leverancier geeft hem een klap op zijn schouder en verzekert hem dat nog nooit iemand hem zoveel over hoeren heeft kunnen vertellen als Marco. Alsof hij een echte doorgewinterde pooier hoorde praten. Marco staat op en neemt een duik in het water.

Helemaal gestrekt, om zo diep mogelijk te gaan.

Het enige wat hij beter kan dan Giulia, is zijn adem inhouden. De eerste keer dat ze samen gingen zwemmen, rende Giulia het water uit en riep ze dat hij verdronken was, dat ze hem moesten gaan zoeken, op het droge brengen en mond-op-mondbeademing op hem toepassen. Een stuk of vier vissers doken als projectielen de zee in. Op de plek waarover Giulia bij hoog en bij laag volhield dat Marco er onder water was gedoken, vonden ze niets. Intussen zat Marco op de rots waar hij, na honderdvijftig meter onder water zwemmen, aan land was geklommen. Niet dat hij er een idee van had of honderdvijftig meter nou veel of weinig was. Maar die ene visser had dat honderdvijftig meter zo langzaam uitgesproken dat ook Marco, die ze zelf had afgelegd, wel tot het besef moest komen dat het een onoverbrugbare afstand was.

Nieuwsgierig had hij zich door het oploopje rond Giulia gedrongen.

Heeft iemand je soms iets gedaan?

Ze keek hem diep in zijn ogen. Marco voelde zich trots. Toen vertelde hij zijn verhaal. Toen hij een lijn beschreef tussen een punt in zee en de rots, volgde iedereen zijn arm. En zo was hij een held geworden.

Nu bevindt hij zich op een diepte van vijf meter onder water. Hij heeft gezien hoe ook die andere leverancier erin is gedoken en kijkt nu naar zijn trappelende benen. Marco zwemt zoveel dieper dat hij ook de voeten van die andere twee kan zien, verstrengeld met die van de meisjes. Marco weet dat als de wereld alleen uit water bestond, die van hem zou zijn. Hij zou de hielen van die leverancier kunnen vastgrijpen, hem dan naar de bodem trekken en daar wachten tot hij dood is. Terwijl hijzelf dan nog genoeg lucht in zijn longen heeft om naar de oppervlakte terug te zwemmen en die andere dobberaars toe te brullen dat iedereen die zich ook maar iets durft te laten ontvallen over Leni zichzelf als voer voor de vissen kan beschouwen. En dat het zijn eigen zaak is, en van niemand anders, als hij niets anders wil dan die twee rare halve echtgenotes, die zelfs als je ze aan elkaar plakt nog geen hele opleveren. En inderdaad, dat zijn vertrouwelijke zaken.

Marina ziet het rood van Giulia's shirt boven de rode geraniums. De zonwering van de balkondeur is naar beneden. Ze
maakt zich ongerust. Maar dan bedenkt ze dat ze niet in dit
huis is om voor Giulia te zorgen, maar voor mevrouw Agata. Als Giulia zich zo eenzaam voelt dat ze bereid is te betalen voor het gezelschap van zo eentje, dan is er trouwens toch
niets meer aan te doen. Marina heeft alles scherp in de gaten. Mevrouw Agata had haar verteld dat Giulia vroeg of laat
met Marco zal trouwen, omdat ze al van kinds af aan samen
zijn. En al jaren zorgen ze voor elkaar. Dat is eigenlijk al een
huwelijk. Mevrouw Agata heeft haar verteld dat ze nooit bezorgd is geweest over Giulia, omdat Marco er altijd was om
op haar te letten. Alleen heel even maar, toen met dat nare
gedoe rond Carmela, was ze bang geweest dat ze uit elkaar
zouden gaan. Volwassenen bezegelen een relatie lichamelijk,
maar als kinderen hun lichaam gaan gebruiken is dat dom.
En op mijn leeftijd, had mevrouw Agata lachend gezegd, is
je lichaam aanbieden een regelrechte belediging.

En Carmela, dat goeie mens, was in een van Marco's val-
strikken getrapt.

Marco was altijd een listig jongetje geweest, had mevrouw

Agata gezegd. Hij probeerde alles voor elkaar te krijgen met zo min mogelijk inspanning. Zijn ouders zeiden dat dat kwam door een misvorming aan zijn hart, maar mevrouw Agata had allang begrepen dat die jongen, als je bedacht met wat voor ouders hij het moest stellen, zich niet veel anders had kunnen ontwikkelen. Marina had geen woord geslikt van het mierzoete verhaal dat mevrouw Agata haar had opgedist – niet omdat ze haar als een leugenaar beschouwde, maar omdat warme gevoelens en de hoop dat alles goed zal komen je blik vertroebelen.

Marina denkt aan de toestand in Bulgarije; die van vroeger, toen ze alles hadden maar geen vrijheid, en die van vandaag, nu ze vrijheid hebben met niets erbij. Of misschien ging het bij mevrouw Agata gewoon om een verlangen naar normaliteit. Wilde ze alleen maar dat Giulia zou trouwen met een goede jongen, dat ze weer zou gaan wonen in het huis van haar ouders, dat ze daar een kind zou krijgen en niet achter een schoen aan zou duiken. Een van de eerste keren dat mevrouw Agata de controle over haar woorden kwijt was, had ze gezegd dat Giulia de schuld was van Lucia's dood. Een soort duivel was ze, een soort builenpest. Eerst had ze, doordat ze alleen maar vastgekleefd aan haar moeder wilde slapen, haar vader weggejaagd, en daarna had ze haar moeder doodgemaakt.

· Die arme dochter van mij had echt nog wel meer te doen dan haar luiers verschonen en met haar spelen.

Mevrouw Agata had gezworen dat het de bedoeling van haar dochter was geweest om dat schoentje zo snel mogelijk weer terug te hebben zodat de kleine meid niet zou gaan huilen. Marina vroeg haar dat nog eens te zeggen, maar ze was alweer over iets anders begonnen.

Mevrouw Agata had Giulia gezien toen ze net geboren was. Geschrokken was ze toen. Zo uit de buik, nog onder het bloed en vruchtwater, had het kindje toch al haar ogen wijd open en keek ze rond. De dokter had gezegd dat het een geconditioneerde reflex was, dat een baby niets kon zien, alleen wat lichtvlekken. Een blind katje was het. Mevrouw Agata had altijd een afkeer gehad van katten. Vooral van de zielige beesten die op straat leven, en dan een oog kwijtraken of een stuk staart, maar echt nóóit hun snelheid van springen. Ze had ze wel allemaal willen verbranden en het deed haar genoegen dat ze in Noord-Italië gewoon werden opgegeten. Mevrouw Agata had de pasgeboren baby niet willen vasthouden. Marina wist niet zeker of mevrouw Agata wel besefte wat ze allemaal zei. Maar de woorden kwamen zo helder en weloverwogen uit haar mond dat ook als het haar er alleen om ging Marina een beetje bang te maken, ze alles toch heel goed van tevoren had moeten bedenken. Die woorden leken zo hecht aan elkaar gesmeed te zijn dat ze het verhaal wel heel vaak voor zichzelf moest hebben gerepeteerd. Of misschien was het een poging om zich op eigen kracht van Giulia te verwijderen voor ze haar voorgoed zou moeten verliezen.

In de maanden dat ze alleen was met mevrouw Agata, heeft Marina wat informatie vergaard over de oude vrouw en haar kleindochter. Giulia werkt als geografisch consulente en vertaalster. Van vertaalster kon ze begrijpen wat het betekende, maar geografisch consulente ontging haar, en helaas konden óók de roddeltantes uit de buurt haar daarmee niet echt helpen. Iedereen in het dorp wist dat Marco en Giulia heel goede vrienden waren, en iedereen wist ook dat hij altijd meisjes had gehad en zij nooit een jongen. Dat ze meer hield van rennen en vissen. Mevrouw Agata moest een keer naar het huis van twee vakantiegasten komen om haar kleindochter daar op te halen. Giulia had een doos mosselen cadeau gedaan aan hun dochter. Dat was een meisje met wie ze vaak speelde voor Marco haar verkoos als zijn zomervriendinnetje. Mevrouw Agata moest erheen omdat de moeder van het meisje beweerde dat Giulia geobsedeerd was door haar dochtertje, en dat haar dochtertje haar vreemde verhalen had verteld over hoe het gaat bij de mieren en de bijen. Dat de mannetjes zich nooit laten zien, en als ze dat wel doen, ze worden doodgemaakt. De moeder van het meisje had mevrouw Agata verzekerd dat Giulia's seksualiteit haar niet interesseerde, maar dat ze al die verhalen over dode mensen niet kon tolereren.

Wat voor dode mensen?

Mensen die zijn opgegeten door mieren, mensen die van balkons vallen als ze proberen te vliegen. Mannen die eropuit trekken om de pot met gouden munten te zoeken en dan een regenboog van scherpe messen aantreffen, waarin vogels, als ze erdoor vliegen, hun kop of vleugels kwijtraken. Die mannen zetten er per ongeluk een voet in en kunnen nooit meer lopen. En mosselen zijn de filters van de zee. Doordat ze tussen hun schelpen de wijze raad van verdronkenen bewaren, beschermen ze degene die ze opeet. Aan mosselen die niet vanzelf open zijn gegaan, moet je niet gaan wrikken, want die vertellen leugens.

Mevrouw Agata was opgestaan en de moeder van het meisje had geen aanstalten gemaakt om de mosselen terug te geven. Misschien had ze wijze raad nodig en was ze niet bang voor een paar leugentjes.

Mevrouw Agata had Giulia bij de hand genomen en weer naar huis gebracht.

Je moet niet praten over dode mensen.

De enige manier om mensen niet kwijt te raken, is over ze praten, dat heb je zelf gezegd.

Dat weet ik wel, je hebt gelijk. Maar niet iedereen gaat dood op een nare manier, sommige mensen gaan dood in het bed waarin ze hun hele leven hebben geslapen. Doden zoeken rust.

Ik hoop dat jij ook in je bed doodgaat, oma.

Dat vond mevrouw Agata toen fijn om te horen, het beste wat Giulia had kunnen zeggen. Maar nu weet ze dat je met goede wensen en gebeden heel precies moet zijn. Ze had toen moeten zeggen: Sommige mensen merken opeens dat ze doodgaan in het bed waarin ze hun hele leven hebben geslapen.

Uit de praatjes van hun dorpsgenoten heeft Marina begrepen dat Giulia en Marco nooit zullen trouwen. De dochter van de gordijnen trouwens ook niet. En dat het Giulia niets kan schelen. En dat Marco veel om haar geeft.

Marina hoopt maar dat niet ook Giulia, net als die stomme Marco, in de klauwen van die slechte meid terecht zal komen.

Marina heeft geen hekel aan Leni, maar iemand die uit haar eigen land weggaat, hiernaartoe komt, en dan gaat doen wat zij doet, vertrouwt ze niet.

Marina begrijpt wel dat het minder vermoeiend is dan schoonmaken of het onder controle houden van het geraaskal van iemand als Agata, een vrouw die altijd zo'n sterk besef van de werkelijkheid heeft gehad dat het jaren gaat duren voor ze dat helemaal heeft losgelaten. Maar ze is toch van mening dat je benen van elkaar doen niet het eerste is wat een mens zou moeten bedenken. En als je geldhonger zo groot is dat je in je klantenbestand ook vrouwen gaat opnemen, dan is alle kans op een ander leven verkeken.

Marina heeft haar zinnen gezet op een ander leven, op een beter leven. Ze wil goed Italiaans leren en dan teruggaan naar haar eigen land om daar een school te beginnen waar mannen en vrouwen die naar Italië willen de taal kunnen leren. Mannen die nachtportier en vrouwen die thuishulp willen worden. Dan kunnen ze zich meteen oriënteren en vinden ze sneller werk.

Maar eigenlijk heeft Marina vastgesteld dat die taal helemaal niet zo nodig is. Nodig zijn mensen die voor oudjes willen zorgen, die hun kwijl willen afvegen en hen meenemen
om een luchtje te scheppen. Taal is daarbij geen vereiste.
Soms, denkt ze, is het zelfs beter als je die niet beheerst.

Als ze de taal niet zo snel had geleerd, als ze minder zou
begrijpen, zou ze bijvoorbeeld geen nachtmerries hebben nadat mevrouw Agata weer eens heeft uitgepakt over de hel en
het paradijs, over duivels die als slangen langs de grond kruipen, over afgehakte handen die tussen de venkel in het kookwater drijven, en over het balkon aan de overkant waar iemand de planten begiet met aders. Want mevrouw Agata
beweert dat bij Leni thuis mensen niet weggaan zoals ze zijn
gekomen. Iedere keer als er iemand bij haar binnenkomt,
trekt Leni namelijk diens aders via zijn neus naar buiten. Die
mensen zijn daarna zo wit als een doek, maar hebben wel nog
net de kracht om weg te gaan en een andere plek te zoeken
om te creperen. Niemand kan haar dus tegenhouden. Die
aderbundels, strak opgerold als spoelen koperdraad en zo dik
als buitenbanden van auto's, zet Leni tussen de geraniums.
Daarom zijn die geraniums dan ook bloedrood. Marina weet
dat het fabeltjes zijn, maar toch kan ze er soms niet door in
slaap komen. Ook wordt ze angstig van Giulia's ogen, die de
spoken van haar oma lijken te kunnen zien. Giulia maakt haar
bang doordat ze steeds maar rondrent om watjes in de sleu-
telgaten te proppen en tochtstrips te plakken onder deuren
en ramen. Waarna ze dan weer naar haar oma teruggaat en
haar meeneemt om een rondje te maken langs alle kieren en
gaatjes om te laten zien dat alles potdicht zit en er niets kan
binnenkomen.

Marina wordt daar bang van, want als er niets naar binnen
kan, kan er ook niets naar buiten. Van dat idee krijgt ze het
benauwd.

Om die gedachte te verdrijven kijkt ze weer naar buiten, en ze ziet dat het shirt van Giulia weg is. Ze hoort dat de buitendeur heel zachtjes, als door de tocht, wordt opengedaan, zonder gerinkel van metaal. Ze gaat naar de hal en treft daar Giulia. Ze heeft haar rode T-shirt in haar hand en draagt een herenoverhemd.

Altijd ik vergeet deur dichtdoen. Jij wil koffie? Mevrouw slaap.

Nee, dank je, ik ga even douchen, het is zo warm. Ik heb al koffiegedronken, bij Leni.

Kende jij?

Nee, ik heb haar vanmorgen ontmoet.

En al drinken koffie?

Het is de vriendin van Marco.

Niet alleen Marco.

Dat interesseert me niet, en het zou jou ook niet moeten interesseren.

Interesseert ook niet. Wat heb je gedaan met shirt?

Ik heb er koffie over gemorst. Leni heeft me een overhemd van Marco geleend.

O, ik begrijp. Als shirt is met vlekken, jij doet in mand met bonte was, ik zal wassen.

Leni heeft het al gewassen.

Goed vriendin van Marco.

Marina ziet Giulia even naar haar glimlachen en dan de badkamer binnengaan. Ze loopt terug naar de keuken en gaat door met courgettes en aubergines snijden, die in de ovenschotel moeten die ze wil maken. De uien heeft ze al gesneden en de aardappels zijn geschild. Ze neuriet. In de kamer van mevrouw Agata hoort ze het bed kraken. Ze ziet voor zich hoe ze opstaat en naar haar lacht. Op sommige dagen lijkt alles heel normaal.

Marina maakt zich even geen zorgen, omdat nu ook Giulia in huis is. Ze begint de uien in de ovenschaal te leggen en tikt dan tegen haar voorhoofd omdat ze de olie is vergeten. Ze schiet in de lach, omdat ze weet dat ze van die uien zal gaan huilen. Daar komen de tranen al. En terwijl ze even staat te genieten van een moment alledaagsheid zoals ze dat kent van vroeger, een moment alleen van zichzelf, van pure huiselijkheid, hoort ze hoe mevrouw Agata met radeloze stem begint te roepen: O, mijn god, o, mijn god...! Marina grijpt een doekje, veegt snel haar handen een beetje droog en rent erheen. In de badkamer vindt ze Giulia met openstaande broek en een handdoek om haar romp geknoopt. Marina ziet dat ze de lelieblanke huid van een prinses en de ranke vormen van een berk heeft. Giulia houdt mevrouw Agata vast, die probeert haar hemd van haar lijf te scheuren.

De duivels hebben mijn kindje gepakt, ze hebben haar met bloed bevlekt, en ik kan haar niet beter maken.

Oma, het is niets. Het waren maar heel kleine duiveltjes, het leken wel vuurvliegjes, door het licht gaan ze weg.

Marina vindt dat meepraten met mevrouw Agata nooit goed kan zijn, dat Giulia haar niet op die manier zou moeten geruststellen. Maar ze weet niet hoe ze dat met Giulia moet bespreken en ook niet hoe ze tegen het advies van de dokter zou kunnen ingaan. Marina vraagt aan Giulia haar even te helpen mevrouw Agata weer in bed te leggen. Giulia doet dat heel zorgzaam, maar ze heeft duidelijk haast om naar de badkamer terug te gaan. Deze keer doet ze de deur op slot. Mevrouw Agata ligt in bed te huilen, maar dat komt door de uien. Marina stelt zich voor dat misschien ook Giulia, zonder dat ze weet hoe dat komt, staat te huilen voor de spiegel.

Giulia komt piekfijn gekleed weer uit de badkamer. Ze draagt een schone spijkerbroek en het rode T-shirt met de karper. Vanuit de oven verspreidt de groenteschotel de heerlijke geur van een zomerse keuken door het huis. Marina gaat de badkamer binnen en besluit de wasmachine te vullen. Ze pakt de broeken en de sokken, en brengt dan het overhemd naar haar neus. Ze ruikt een mannengeur. Ze zuigt de stof zo krachtig haar neusgaten binnen dat ze bijna stikt, en betreurt het dat ze nooit iemand voor zichzelf is tegengekomen. En met Leni in het huis aan de overkant is de jacht er niet makkelijker op geworden. Marina houdt van de geur van mannen. Ook van dit bouquet van sigaretten, roest en een vleugje menthol dat loskomt uit het overhemd van Marco. Ze gooit alles in de trommel, meet de hoeveelheden zeeppoeder en wasverzachter af en sluit het deurtje. De wasmachine schokt even en begint dan zijn programma te draaien. Marina wast haar handen, die nog steeds naar uien ruiken. Voor ze de tafel gaat dekken, kijkt ze nog even in de spiegel om haar haar goed te doen. En valt bijna flauw. Ze pakt zich vast aan de wastafel en geneert zich dat ze zo kan schrikken van een beetje bloed uit haar neus. Kalm loopt ze naar de keuken, zonder acht te slaan op de roze tint van het kolkende water in de machine.

Agata zit aan de oever van de rivier. Haar vader staat met zijn broekspijpen opgestroopt een paar forellen te vangen voor het avondeten. Ze zijn naar de bergstroom gegaan omdat een buurman had gezegd dat die stroom als afvoerkanaal wordt gebruikt door de forellenkwekerij op de heuvel. En forellen zijn slim, dus die gaan op zoek naar stromend water. Agata wist niet dat in de heuvels, waar geen zee is, vissen geboren kunnen worden. Maar haar vader, die behalve boer ook af en toe dierenarts is, heeft haar verzekerd dat als de betonnen bakken die je laat bouwen maar groot genoeg zijn, je zelfs walvissen kunt kweken. Agata weet niet hoe groot een walvis is, maar ze vindt de naam alleen al enorm.

Sardine is klein, walvis is groot, forel middelmatig.

Haar vader had gevraagd of ze met hem meeging om op het grote schepnet te passen waarin hij gevangen vissen bewaart. Hij zei dat ze ervoor moest zorgen dat het net steeds onder water is, zodat de forellen fris en gezond blijven en niet lijden. Agata vindt het fijn dat haar vader niet gemeen is voor de visjes die gebakken zo lekker smaken. Van het klaterende water moet Agata plassen. Ze zegt het tegen haar vader, die een beetje bromt omdat ze dat thuis had moeten doen. Toch haalt hij het nog lege snoer binnen en loopt naar Agata toe om haar te helpen haar rok omhoog te houden. Agata laat het handvat van het schepnet los om haar vader vast te pakken en verliest de vissen. Haar vader lacht. Agata kijkt naar het water en ziet de zilverkleurige staarten verdwijnen in de verte. Als ze weer opkijkt, is haar vader verdwenen.

Midden op het water ziet ze een oude vrouw die de rand van haar rok omhooghoudt en Giulia! naar haar roept. Ze staat erbij alsof ze net heeft geplast. Agata begrijpt dat zijzelf die oude vrouw is en het kind op de oever de dochter van haar dochter. Dat meisje is inderdaad Giulia. Giulia heeft haar armen uitgespreid en probeert naar haar toe te komen, maar haar voeten zitten vast. Giulia wordt kwaad en begint te huilen. Agata begrijpt dat de dochter van haar dochter misschien bang is, en loopt naar haar toe. Ze steekt haar handen uit om haar op te pakken, maar zodra ze haar aanraakt, voelt ze dat het meisje heel kleverig is. Alsof ze in een vat honing is gevallen. Agata krijgt haar handen niet meer los uit Giulia's oksels. Het meisje huilt nog steeds. Agata weet niet goed wat ze moet doen, maar ze bedenkt dat als ze een beetje water over haar heen schopt, die kleverigheid misschien wegspoelt. Ze wil een voet optillen, maar dat lukt niet. Ze kijkt naar beneden en ziet dat de rivier nergens meer stroomt, maar dik als brooddeeg om haar enkels ligt. Giulia huilt steeds harder, het lijkt wel zo'n autoalarm. Agata probeert haar met sussende woordjes te kalmeren, maar ze weet niet eens of die wel tot Giulia's oren doordringen. Dan wordt die waanzinnige herrie haar te veel. Ze trekt haar hoofd achteruit en geeft het kind een kopstoot in haar gezicht. Nu is Giulia stil, maar ze bloedt uit haar voorhoofd. Agata geeft haar voorzichtig een kusje. Ze zegt dat ze zo hard huilde dat zelfs de rivier zijn vingers in zijn oren moest steken, en is gestopt met stromen. Ze probeert het leven om te zetten in een sprookje en zo het kind te kalmeren. Maar dat kind heeft een hekel aan happy ends. Agata doet haar ogen dicht, omdat de pijn van die kopstoot harder in haar slapen bonkt dan de snikken van Giulia. Als ze haar ogen weer opendoet, staat ze rechtop en kijkt ze naar een man die achter een glazen afscheiding zit.

Ze is even de kluts kwijt omdat de heldere herinnering aan de forellen en het stilstaande water haar het idee geeft dat ze misschien gezonken is en dat wat ze voor zich heeft geen afscheiding van glas is, maar van water. Ze steekt haar hand uit naar de baard van de man aan de andere kant, maar stuit op het koude glas. Ze herpakt zich. De man zegt tegen haar: Mevrouw, u moet echt nog geduld hebben. Dit kost even wat tijd. Agata is bij de bank, omdat Lucia haar heeft gevraagd het geld van haar laatste opdracht op haar eigen rekening te storten.

Waarom, Lucia?

Voor het gemak, mama. Ik heb mijn oude rekening opgezegd, ik wil naar een andere bank. Bewaar jij dat geld intussen op jouw rekening.

Agata is blij dat Lucia nu even bij het kleine meisje wilde blijven. Sinds die schurk ervandoor is gegaan – of wie weet is hij wel dood –, is alles moeilijker geworden. Ook Agata's leven is erg veranderd. Ze heeft het gevoel dat ze van Lucia's moeder gedegradeerd is tot haar echtgenoot. Het geld is buitenlands en moet eerst worden gewisseld voor het op de rekening kan worden gestort. Het duurt dus langer dan ze had verwacht. Agata trommelt met haar vingers op de balie. Dan beseft ze dat er echt een probleem moet zijn, dat ze daar al een heel lange tijd staat, dat iets haar moet zijn ontgaan. De tijd gaat zo langzaam dat die wel stil lijkt te staan. Agata hoort geroep achter zich. Een vrouw strijkt haar over de wang. Agata ziet dat de vrouw treurig kijkt, en ze is bang dat ze bestolen zal worden. Ze draait zich verder om en ziet dan de broer van Augusto, die vreemde gebaren naar haar maakt vanaf de stoep buiten. De treurige vrouw zegt dat ze maar moet gaan, dat ze flink de pas erin moet zetten, dat zij het wel zal regelen met dat geld, dat er iets is gebeurd bij haar dochter thuis. In het zwarte graniet van de vloer ziet Agata dat een lok van haar haar grijs wordt. Ze stapt naar buiten en vraagt niemand iets. Ze begint te lopen.

De broer van Augusto loopt met gebogen hoofd naast haar. Agata versnelt haar pas, waarop de broer van Augusto begint te rennen. Hij probeert haar iets te vertellen. Agata wil helemaal niets horen. Ze zou willen dat ze geen oren had. Ze wil geen enkel zintuig gebruiken om te begrijpen in welke omstandigheden ze verkeert, om te begrijpen wat er om haar heen aan de hand is. Ze zou willen bestaan uit niets anders dan stokdove kuiten en spieren. Er zo snel mogelijk zijn, ook al weet ze dat snel al te laat is. Dat weet ze, omdat de broer van Augusto, hoewel hij buiten adem is en zij haar kaken op elkaar klemt als een dolle hond, stug doorrent en niet meer probeert haar te laten stilstaan. Hijgend en zonder een woord te zeggen volgt hij haar. Agata bereikt de straat waarin haar dochter woont en ziet een oploopje rond iets wat kennelijk de aantrekkingskracht heeft van een zwart gat. Als een zwart gat tenminste zoiets is als de mensen denken. Mensen zoals zij, die niets weten van zwarte gaten, waarnemingshorizon en lichtsnelheid, maar die wel af en toe behoefte hebben aan begrippen waarmee ze zichzelf kunnen uitleggen hoe het zit met die ontregelde ruimte en tijd waarin het leven zich lijkt voort te bewegen en dan tot stilstand komt. Ze gaat de trap op en ziet Giulia op de bank zitten. Het haar kleeft aan haar voorhoofd en ook haar wangen zijn bezweet. Ze mist een schoen. De balkondeuren staan wijd open. Agata ziet een carabiniere.

Waar is mijn dochter?

Beneden.

De carabiniere slikt. Agata rent naar beneden en stuit weer op dat oploopje. Ze brult het uit, duwt iedereen opzij, kijkt langs de grond en ziet dan Lucia. Ze is eerder bij haar dan de ambulance, maar het is hoe dan ook te laat. Ze wil haar tegen zich aantrekken, maar een vent van de overkant, die kwijlende ouwe kerel met die schurftige kat, houdt haar tegen. Agata wil hem wel vermoorden, maar meer nog wil ze wat van dat bloed op Lucia's lichaam wegvegen. Ze kijkt naar het piqué jasje dat ze aanheeft. Ze bevoelt het even tussen haar vingers en doet dan net of ze struikelt. Het katoen absorbeert uitstekend. Watten is katoen. Ze valt boven op Lucia en ervaart het gevoel dat ze ook heeft gehad toen ze haar voor de eerste keer in haar armen kreeg en haar tegen zichzelf en buiten zichzelf dicht tegen zich aan hield, nadat ze haar negen maanden tegen zichzelf en binnen zichzelf had gehad; toen ze besefte dat buiten en binnen niet bestonden als ze alleen waren. Zoals nu. De een tegen de ander aan.

Als ze weer opstaat, als Augusto's broer haar weer weet los te krijgen van het lichaam van haar dochter, heeft ze in elk geval een beetje van haar bloed aan zich. Ze rukt zich los, gaat de trap op, trekt haar jasje en blouse uit en vouwt die op om ze in een zak te doen en ze daarin voor altijd te bewaren. Misschien kijkt die carabiniere wel naar haar vleeskleurige beha. Kan haar niets schelen. Ze pakt Giulia op, die haar van tranen glanzende ogen opendoet. Ze slaat haar hoofd tegen de muur achter de bank en hoopt even dat haar schedel barst en iedereen zal weten hoe broos ze nu is. Moeder van fotografe die zelfmoord pleegde, overleden door emotionele uitputting.

Dan duisternis. Dan duisternis. Dan licht.

Ze doet haar ogen open. Giulia ondersteunt haar en brengt haar naar bed. Giulia geeft haar een kus op haar voorhoofd en fluistert: Ik ga weer naar de badkamer. Agata doet haar ogen goed open, alsof ze denkt dat iemand haar katoen in plaats van zijde wil aansmeren, en focust op Marina. Ze moet even nadenken en herkent dan de vrouw die haar helpt in huis. Ze wenkt haar dichterbij te komen.

Giulia heeft gebloed, dat heb ik niet gedroomd.

Ja, mevrouw.

Agata beseft dat Marina haar misschien niet gelooft en ze weet niet of ze zich ooit zal herinneren aan Giulia te vragen wat er is gebeurd. Of het iets ergs is of alleen een schrammetje.

Ik heb altijd een hekel gehad aan de ingewanden van vissen, en ik ben er bang voor in mijn handen te snijden. Dat soort wonden ziet er zo ongeneeslijk uit. Als ik het allemaal zelf had mogen bepalen, zou ik een lange reis zijn gaan maken, met de kleine Giulia bij me. Op sommige momenten denk ik ook dat ik dat heb gedaan, en dat ik toen halsoverkop moest terugkomen, omdat mijn dochter dood was. Zo halsoverkop dat ik iets vergeten was. Misschien was ik wel vergeten om op reis te gaan. Ik heb er altijd een hekel aan gehad geen controle te hebben over mijn ogen, en over de rest. Daarom kan ik ook niet goed tegen het vrije vers en heb ik het metrum altijd gebruikt als een baleinen korset. Om me vorm en steun te geven. Elke onvoorziene daad slaat vrijwel zeker een wond. Mijn leven is een opeenvolging van onvoorziene daden. Ik heb veel bloed verloren en veel bloed zien stromen. Als veel alles wordt, kan ik opnieuw beginnen. Of misschien heb ik dat al gedaan en weet ik het niet. Misschien wel tijdens bepaalde nachten met volle maan.

De vijftiger in krijtstreep staat in de badkamer de strop van zijn das weer goed te doen, als hij opeens bloedvlekken op zijn Oxford-overhemd ziet. Hij draait de deur op slot, trekt al zijn kleren uit en controleert of hij nog helemaal intact is. Hij kleedt zich weer aan, stapt naar buiten en kijkt naar Leni die op bed ligt met een puzzelboekje.

Wat heb je me godverdomme nou geflikt?

Wat jij zeg?

Ik zeg wat heb je me geflikt, godverdomme?

Rustig jij met mij, jij gehoord?

Hoe kan ik weg uit dit hondenhok met zo'n overhemd aan?

Jij doet dicht jasje en kraag hoog, jij ziet niemand vraagt iets.

Van wie is dat bloed, godverdomme?

Van jou, nee?

Van wie is dat bloed? Straks moet ik me godverdomme nog ongerust gaan maken. En ik dacht nog wel dat jij een schone was!

Jij snel sodemieter weg uit mijn huis.

De man loopt op haar af en geeft haar zo'n harde klap dat Leni even bang is dat ze bewusteloos zal raken. Maar dat gebeurt niet. Integendeel, ze grijnst hem toe met haar kapotte lippen, trekt een la open en haalt er een vleesmes uit met een lemmet van zevenentwintig centimeter. Toen ze klein was, heeft ze eens een kopstoot gekregen van een kalf, misschien wel omdat ze zo vaak de plaats van het dier bij de uiers van haar moeder inpikte. Het was een heel harde dreun geweest, maar zo had ze wel leren incasseren.

Als jij niet gaat weg, ik snij darmen uit, ik kan goed.

De vijftiger wordt wit om zijn neus, smijt haar het geld toe, doet de kraag van zijn colbert omhoog en verlaat Leni's huis. Buiten geeft hij nog een paar trappen tegen de deur. Leni neemt zich voor nooit meer haar benen voor hem te openen, laat staan haar deur.

Marina hoort Leni sodemieter weg schreeuwen en haast

zich naar het balkon om te zien of ze de politie moet bellen. Dat doet ze niet, want Leni is juist degene die met een mes dreigbewegingen maakt naar een goed geklede man met bloedvlekken op zijn overhemd. Misschien heeft mevrouw Agata dus toch gelijk, denkt ze. Ze wrijft haar ogen uit en kijkt nog een keer. Alles is nog steeds hetzelfde en aan de manier waarop Leni het mes vasthoudt, kun je zien dat ze het zal weten te gebruiken ook. Marina gaat weer naar binnen zonder dat iemand zich bewust is geweest van haar tijdelijke positie van – als alles goed gaat – toeschouwer, en als alles slecht gaat getuige. Ze bedenkt dat het tijd is om mevrouw Agata een luchtje te laten scheppen op het terras van het pand. Eerst gaat ze nog even de badkamer in om haar tanden te poetsen. Als haar tanden niet gepoetst zijn, wil Marina niet eens de huiskamer binnengaan. Uit haar ooghoek ziet ze het lampje van de wasmachine knipperen. Met de tandenborstel nog in haar hand drukt ze op de knop waarmee het deurtje opengaat. Even geniet ze van de geur van sinaasappelbloesem, maar dan ziet ze dat de grijze plastic rand die de trommel beschermt rood verkleurd is. Ze haalt haar pink erlangs. Het lijkt op verdund bloed. Marina slikt de tandpasta weg en slaat voor de spiegel een kruisje. Gelukkig maar dat haar oma katholiek was en dat ze af en toe – tegen het verbod van haar ouders in – met haar is meegegaan naar de kerk.

Marco wil er pas uit komen als hij hoort dat iemand zijn naam begint te roepen. Hij ziet de benen van die hoerenloper heftig spartelen en zijn armen uit het water schieten omdat hij zich wil optrekken aan de rand van de waterfiets. Hij ziet hem aan boord gaan en dan met zijn armen zwaaien om de aandacht van de anderen te trekken. Marco besluit dat het nu maar afgelopen moet zijn met alle ongein en dat het tijd is om naar huis te gaan. Hij zwemt naar de waterfiets, die steigert en heen en weer rolt alsof hij zich midden in een storm bevindt. Terwijl de enige deining die er is, wordt veroorzaakt door de angst van een laffe zak die Leni wilde neuken. En afgaand op zijn heupbewegingen, die daarnet nauwelijks krachtig genoeg waren om hem goed boven water te houden, stelt dat neuken van hem ook nog eens heel weinig voor. Hij geeft twee stompen tegen de platte kunststof kiel van de waterfiets en ziet voor zich hoe ze allemaal een schietgebedje doen. Reken maar dat die gasten onder water hun ogen niet kunnen openhouden. Als hij bovenkomt en zich aan boord hijst, heeft zijn huid dezelfde kleur als de zee. De vijf maken een gezamenlijk luchtsprongetje. Marco lacht met lichtgevende tanden in blauw, dooraderd tandvlees. De leveranciers zijn duidelijk geschrokken, maar proberen toch te grinniken om zich stoer te houden tegenover de meisjes, die staan te beven als ze die zware ademhaling horen en de vislucht ruiken. Zonder zich af te drogen gaat Marco op een van de fietsplaatsen zitten. In z'n eentje begint hij iedereen naar de rotsen te trappen. Hij laat hen uitstappen, levert de waterfiets weer in en betaalt. Als hij weer bij hen komt, hebben ze hun overhemd en strandbroek aan, en zijn ze druk in de weer met hun mobieltjes. Misschien hebben ze de nummers van die meisjes gekregen. Na *Uomo Vogue* is het nu meer een scène uit een van die soapseries aan de Californische kust. Marco's armen zien nog steeds blauw, hij lijkt één grote ader te zijn. Hij glimlacht geruststellend en nodigt hen uit te gaan eten in een visrestaurant, omdat hij hoopt dat dan ten minste een van de drie zal stikken in een graat.

Giulia stapt de kamer met boeken uit. Al weet ze dan niet hoe een opiumpapaver precies in elkaar zit, ze herinnert zich die van de Amerikaanse nog heel goed. Marco en zij hebben daar ooit eens van gerookt tot ze een niveau van onthechting hadden bereikt dat heel veel leek op op je rug in een kuip met bruisend water drijven. Zoals je dat kunt doen in een kuuroord. Terwijl ze staat te bedenken of ze een witte blouse of een zwarte blouse zal aandoen, ziet ze dat het grijze rubber bij het deurtje besmeurd is met bloedrode zeepresten. Ze hoopt dat Marina het nog niet heeft opgemerkt, maar wil alle vragen voor zijn.

Wat is dat voor rood spul, volgens jou?

Bloed.

Hoezo? Heb je je gesneden?

Giulia probeert te glimlachen en zegt dat Marina misschien een paar dagen vrij moet nemen. Dat zou kunnen, want nu is zij er ook in huis. En gelukkig heeft ze werk waarbij ze haar tijd zelf kan indelen. Giulia volgt Marina's mond, die 'Ik zal erover nadenken' antwoordt, en keert weer terug naar de belangrijke kwestie van de te kiezen blouse. Ze neemt de witte. Ze houdt het bij dezelfde spijkerbroek. Ze trekt een paar halfhoge schoenen aan, die eigenlijk te warm zijn voor de zomer, maar zonder enige twijfel heel lekker zullen zitten. Het geronk van de motor haalt haar weg uit haar esthetische overwegingen. Ze zegt haar oma gedag met twee kusjes op haar wangen, ze groet de nog wat verward ogende Marina, pakt uit de kast een tweede helm en gaat naar buiten. Ze bedankt de metselaar die haar motor is komen terugbrengen en de tank voor haar heeft laten volgooien. De jongen bloost terwijl hij naar de spleet tussen haar borsten loert en zegt dat eigenlijk Marco hem had gevraagd om voor benzine te zorgen. Giulia glimlacht en zegt dat dat niet uitmaakt, dat ze toch hém bedankt, omdat tussen iets vragen en iets doen... Ze voelt zich een beetje bezwaard om Marco als een soort onbelangrijk aanhangsel te behandelen, maar de dingen lopen nu eenmaal zoals ze lopen.

Agata vraagt aan Marina of ze misschien heeft gehoord dat zij iets aan Giulia heeft verteld over een kindje dat samen met

Lucia is doodgegaan. Marina weet het niet. Dan vraagt ze of Giulia uitgaat met Marco. Nee, met Leni, antwoordt Marina. Agata verzamelt moed en buigt zich naar buiten om over de geraniums op het balkon aan de overkant heen te kunnen kijken. Er gaat een auto-alarm af. Agata moet weer denken aan haar vader, een rivier, een loket bij de bank, Giulia, en de onmogelijkheid om wat dan ook goed te maken. Ze weet niet waarom, maar ze kan Giulia niet verbieden uit te gaan met die slechte vrouw. En misschien, als Giulia met haar uitgaat, is het wel geen slechte vrouw, heeft ze alleen een moeilijke jeugd gehad. Net als Giulia. Marina staat op wacht achter het groene gordijn. Agata draait zich om en ziet dat de buren naast haar angstig naar haar kijken. Misschien heeft ze hun ook wel iets aangedaan. Ze lacht vriendelijk en de buren lachen terug. Als u uw kleindochter soms zoekt, die is net bij die van de overkant naar binnen gegaan, zegt de man met de strooien hoed. Vanmorgen hebben ze ook nog op het balkon koffiegedronken. Agata knikt om te bedanken voor de ongevraagde informatie en steekt een hand naar achteren om Marina's steun te zoeken. Van ongevraagde informatie wordt ze altijd een beetje duizelig.

De benedendeur staat open, en als Leni Giulia's voetstappen op de trap hoort, weet ze zeker dat ze zal kloppen. Vanmorgen heeft ze opgemerkt dat Giulia het geluid van de bel vervelend vond. Giulia klopt, Leni glimlacht. Toen Marco haar belde en vertelde over dat etentje voor zijn werk, heeft ze een vreugdedansje met zichzelf gemaakt. Ze kon haar oren niet geloven, en evenmin haar ogen trouwens, waarmee ze aan de overkant af en toe Giulia in de keuken zag verschijnen om, met een hand steunend op het marmeren aanrecht, een glas water te drinken. Leni wil haar. Snel doet ze een wens en trekt de deur open. Ze grijpt Giulia bij de gesteven kraag van haar blouse. Ze knoopt de blouse open. Ze wil de schrammen zien, ze wil haar kapotte lippen eroverheen laten glijden. Leni is blij, want Giulia blijft de twee helmen gewoon in haar handen houden en lijkt niet van plan haar tegen te houden.

Spijt mij, spijt mij, ik wilde niet, schuld van lamé topje, ik had te veel haast voor jou.

Haar blauwe ogen worden een beetje rood als ze de schrammen ziet.

Is goed veel haast voor jou, jij lijkt op als zon in zee gaat.

Leni belikt elke huidplooi met een kattentong. Dan brengt ze haar gezicht omhoog. Giulia kijkt naar haar kapotte lippen. Leni bijt erop om ze te laten bloeden. Giulia maakt reflexmatig een snel gebaar, alsof ze een vliegje wil wegjagen. Dan komt ze op Leni toe en kussen ze elkaar met hun hele hoofd. Leni krijgt het gevoel dat achter de lippen van Giulia zich een afgrond heeft geopend die zo diep is dat haar hele gezicht erin zal worden weggezogen. Maar dat gebeurt niet. Gewoon een lichaam tegen een ander lichaam. Met hun bekkenpunten die steeds tegen elkaar aan ketsen, lijkt het meer op flipperen dan op zoenen. Uitsteeksels van botten tegen de stootkussens van hun schaamheuvels. Ze hebben een topscore, maar dan laat Giulia haar helmen vallen en is de betovering verbroken. Leni loopt weg, maakt een halve draai.

Als een ballerina op de punten van haar tenen staand, brengt ze voor de spiegel haar haar in orde en doet ze lippenstift op. Leni kijkt toe hoe Giulia met haar blik naar de vloer haar blouse weer dichtknoopt. Misschien denkt ze wel dat ze toch haar zwarte blouse had moeten aandoen. Tussen al dat wit ziet Leni een rode lavastroom. Ze heeft het warm.

2

EN DE LAATSTE

De telefoon gaat. Marco grijpt snel de hoorn omdat het al na tweeën is en hij hoopt dat hij te horen krijgt dat er iemand dood is, of heel ziek. Maar het is de automatische wekdienst die is afgegaan. Hem wordt meegedeeld dat het zes uur vijf-enveertig is, dat het buiten negen graden is, dat de vochtig-heidsgraad twintig procent bedraagt, dat het de dag van de heilige Lucia is, en dat de spreuk van de dag is: Niemand zal mij ongestraft storen. Marco kijkt op het klokje van de wek-kerradio en leest daar twee uur tweeëndertig. Dat iemands dood minder voor de hand ligt dan een crash van de automa-tische wekdienst, is een gegeven dat hem goede moed zou moeten geven. Dat hem hoopvol zou moeten stemmen. Maar Marco heeft nooit genoeg geluk gehad om daarvan te kun-nen uitgaan. Leni had dood kunnen zijn, zijn vader of moe-der zou dysenterie of cholera gekregen kunnen hebben, Aga-ta zou kunnen zijn afgereisd naar de Schepper. Maar dat is geen bericht dat hij verwacht of waarop hij hoopt. En toch zal het snel gebeuren. Dat ligt voor de hand. Hij gaat de bad-kamer in, zet het raam open en laat lucht binnenstromen uit een decembernacht die veel kouder is dan die negen graden waarover ze het hadden. Zo blijft hij staan, met blote borst, zonder adem te halen. 's Zomers traint hij in het water, 's winters in de kou. Dan krijgt hij er genoeg van om de minuten bij te houden dat hij geen ademhaalt. Hij doet het raam weer dicht en gaat terug naar bed. Op zijn zij liggend, kijkt hij naar Leni's lege plaats.

Die automatische wekdienst heeft Marco ingesteld om er zeker van te zijn dat de telefoon ten minste één keer per dag overgaat. Daarmee dwingt hij zichzelf om zich elke ochtend even te realiseren dat het Giulia zou kunnen zijn met de boodschap dat Leni die nacht plotseling is gestorven en dat ze hem nodig heeft. Maar wat hij 's ochtends hoort is nooit iets anders dan die blikkerige stem van de telefoonmaatschappij. Hij beseft dat hij nooit de slaap zal vatten als hij blijft kijken naar die lege plek van Leni en draait zich om naar de kast. Als hij zo stil blijft liggen, kan hij zichzelf wijsmaken dat ze er nog is. En zo, met dat idee, valt hij in slaap.

De ochtend dat Leni zei dat ze zou weggaan, regende het hard. Marco dacht dat ze een grapje maakte, of dat hij slecht gepresteerd had in bed. Dat kan helemaal niet, want je hebt geen paraplu, zei hij plagerig. Dat ze dus kletsnat zou aankomen, daar waar ze naartoe wilde. Leni lachte een beetje geforceerd. Toen zei ze dat ze hem dankbaar was voor wat hij had gedaan, maar dat het moment gekomen was voor een ander levensritme, en dat ze verliefd was.

Pas bij dat woord, accentloos uitgesproken, sloeg Marco zijn blik op van zijn kommetje cornflakes en keek haar aan. Hij legde zijn lepel neer en vroeg haar even bij hem te komen. Leni schoof een stoel naar achteren, maar ging er maar half op zitten, alsof ze haast had. Ze keek naar haar voeten. Voor het eerst ervoer Marco de kilheid van het niet meer aantrekkelijk worden gevonden.

Heb ik iets stoms gezegd?

Nee Marco, jij bent goed jongen, maar ik verliefd.

Ik dacht dat je mijn vriendin was.

Ik was ook zoveel als mogelijk, maar nu verliefd.

Op wie?

Ik denk niet ik moet jou zeggen.

Wie dan wel?

De vaagheid van hun uitwisseling stelde Marco een beetje gerust. Hij pakte zijn kom op en dronk er een slok melk uit.

Moet je niet wat ontbijten voor je weggaat?

Jij denk ik ga niet.

Dat klopt, ja.

Waarom jij denk dat?

Omdat je gek op me bent, omdat je het lekker vindt zoals we seks hebben, en omdat je nooit iemand anders zult vinden die er niet mee zit dat je vijftien mannen per week neukt – als je parttime werkt, tenminste.

Ik stop mee.

En wat wil je dan gaan doen?

Zorgen voor een oude mens.

Een oude miljonair, natuurlijk, die wil je helpen bij het doodgaan, bij het uit elkaar laten knallen van zijn hart. Maar zorg wel dat je ook nog een beetje in vorm bent als ik aan de beurt ben. Dat vraag ik je als gouden handdruk. En omdat het toch alleen maar gaat om een slappe oude zak, en omdat dit toch ook je huis is geworden, zou ik zeggen: kom af en toe langs, dan doen we samsam met het geld, en kan ik wat opzij leggen om jou te betalen als je euthanasie komt toepassen op mij.

Maar jij en ik zelf leeftijd, jij dan wil jonger vrouw.

Nee, ik wil jou, ik ben een gewoontedier...

Omdat er een stukje cornflakes in zijn keel schoot, brak hij af wat hij wilde zeggen en hoestte. Leni stond op. Voor het eerst zag hij hoezeer het ballet haar bewegingen en houding had veranderd. Hij vond haar er opeens ongelooflijk aristocratisch uitzien. Eigenlijk had hij nooit echt naar haar gekeken.

Nou, van wie krijg ik dan te horen op wie je verliefd bent?

Giulia, van Giulia hoor jij.

Oké, van Giulia. Als Giulia het zegt, kan ik het begrijpen.

Altijd had hij gedacht dat hij degene zou zijn die zou weggaan, en dat hij haar dan het huis zou geven. Dingen kwijtraken die van hem waren had hij altijd vervelend gevonden. Ook bij het ruilen van voetbalplaatjes.

Heb je wel gehoord wat ik tegen je heb gezegd? Dat ik voor altijd bij je wil blijven. Aan die negen maanden dat we hebben samengeleefd, zijn we een beetje begonnen omdat het voor jou nodig was, en een beetje omdat ik het wilde. We hebben het goed gehad, we hebben lol gehad, we hebben een nieuwe keukentafel gekocht. Dat jij dat werk doet, kan me niks schelen. Ik wil met je trouwen.

Als relatie is voorbij, vrouwen willen weg en mannen vragen om trouwen. Jij moet voorzichtig zijn met jijzelf, jij houdt niet van mij omdat ik ben ik, jij houdt van mij omdat ik ben vrouw die begrijp jij houdt van andere vrouw. En ik begrijp waarom jij houdt van andere vrouw, wij goede team samen, maar dit niet liefde.

Wat dan wel?

Voor mij stoppen hoer zijn en pis opruimen van mens, ik denk zeker het is een nare mens die mij bloed onder nagels haalt, zoals hier jullie zeggen, en dat ik wil iemand om mee paarden stelen, zoals zeggen wij.

Wat betekent dat?

Vertrouwen, betekent ik wil iemand met wie ik kan vertrouwen.

Waarom ben ik dat niet?

Ik weet niet, misschien jij bent, maar niet voor mij, en niet ik voor jou. Waarom nu drama maken? Ik wegga, jij wat jij wilde hebt gekregen. Ik ben toch hoer, jij zeg altijd.

Dat is toch ook zo!

Ja, is waar, tot vannacht toen ik was bij jou. Nu is niet waar. Engels en Frans ik heb gestudeerd, ik kan maken verblijfsvergunning en Pools lesgeven op universiteit, of vertalen als Giulia. Met mij veel mogelijk.

Daar zeg je een waar woord.

Marco lachte een beetje vals. Leni keerde zich van hem weg.

Marco sprong op. Leni liep het huis uit.

Marco ging kijken op de trap, maar zag haar niet meer en smeet de deur dicht. Hij greep zijn mobieltje en belde Giulia.

Wat is dat voor een wilde actie van Leni?

Giulia zuchtte.

Dat is niet iets om over de telefoon te bespreken. Daar moeten we even voor gaan zitten met een kop koffie – wat mij betreft nu meteen.

Over tien minuten dan.

Hij ging douchen. Onder de douche probeerde hij te bedenken wie van Leni's vaste klanten zo gek kon zijn om haar te vragen bij hem te komen wonen.

Met water kan hij beter nadenken. Het wast je schoon en maakt je helder. Natuurlijk maakt de seks voor Leni een groot deel uit van haar liefde, maar hij weet dat dat toch niet het enige is. Met Leni en Giulia voelde het alsof hij een familie had, en voor de eerste keer had hij zich, tussen alle muren die hem omringden, thuis gevoeld. Dat gevoel zou hij zelfs niet willen inwisselen tegen een grote, tijdloze jeugdliefde, tegen vier gezonde en gelukkige kinderen en alle andere dingen die een man van zijn leeftijd behoort na te streven. Marco weet dat Leni alleen nooit genoeg voor hem zal zijn, en dat Giulia onbegonnen werk is. Hij verbijt zich, want hij beseft dat ze juist met z'n drieën de volmaaktheid kunnen bereiken. Dan zijn ze compleet. En Leni wil nu alles kapotmaken door weg te lopen. Die gaat zich laten neuken door een zacht ei van een miljonair met een lul zo week als een roomsoes, die ze wie weet waar heeft leren kennen. Leni wil alle geluk dat zij met z'n drieën hadden kunnen hebben laten verdampen voor een paar centen. Ze waren gelukkig samen. Marco was gelukkig. Marco staart naar de badkamertegels en zweert dat hij die meisjes altijd gelukkig heeft gezien.

Bij altijd pakte hij de hendel van het water vast en duwde die in één beweging naar het blauw. Het water werd lauw en toen ijskoud. Hij boog zijn hoofd, zodat de stroom een tijd kon neerplenzen op de overgang tussen zijn nek en rug – tot de kou in zijn lijf hem naar beneden dwong. Gehurkt op de douchevloer probeerde hij die ijskoude steken te verdragen. Hij moest denken aan de foto onder de bougainville, tegen het eind van de zomer, toen hij hen op een zondag had uitgenodigd om een tomatensla te gaan eten. Het was in een restaurant waar Giulia en hij altijd samen kwamen. Leni meenemen naar die plek had hem een heel geschikte manier geleken om de onverwachte wittebroodsweken te vieren die ze met z'n drieën hadden beleefd. Het was daar werkelijk prachtig, en het had hem erg verbaasd dat Leni niet volkomen overrompeld was door de kleuren, de geuren en de zee. Maar hij had ingezien dat het beter was er niet naar te vragen, omdat hij dan, met die hang naar perfectie van hem, misschien alles zou bederven. Hij had aan Leni gevraagd of ze een foto wilde nemen van Giulia en hem. Maar op hetzelfde moment besefte hij dat dat nogal onbeleefd was. En dus had hij Leni in Giulia's armen geduwd. Nee, ik, had hij zichzelf haastig gecorrigeerd, ik maak een foto van jullie. Op het piepkleine oppervlak van de zoeker, en ooit op het standaardformaat van tien bij vijftien centimeter, had hij hun gezichten oneindig dicht bij elkaar gebracht. En hij was nog steeds te gelukkig om een simpel sommetje te maken en om in te zien dat de één van Giulia en de één van Leni samen twee waren – de twee door wie hij belazerd werd. Onder de douche, verkleumd door het water en met een nek die was veranderd in het ene ijsblokje dat hij nog tekort kwam in de perfecte gin-tonic die hij niet zou drinken, bleef die foto maar voor zijn ogen dansen. Hij vervloekte zichzelf omdat hij niet had gezien dat Leni niet naar hem keek, maar naar Giulia.

Moeizaam, alsof hij uit diepvriesvlees bestond, stak hij een arm uit naar de hendel en deed de kraan dicht. Hij begon te zweten. Buiten de badkamer hing nog de geur van Leni's parfum, maar dat kon hem niet troosten. Hij stak een sigaret op en ging bij het raam staan, zodat hij Giulia aan zou kunnen zien komen. Hij wachtte. Hij zag haar en wachtte.

Hij zag haar omhoogkijken zonder hem te zien, en wachtte nog steeds.

Hij keek toe hoe ze haar mobieltje uit haar zak haalde, wachtte weer. Werd zich, zonder echt iets te horen, bewust van getril op de keukentafel.

Hij zag dat ze ongeruste gebaren maakte, en voor het eerst in zijn leven geloofde hij haar niet.

Achter het raam van het huis aan de overkant ontwaarde hij Leni, die naar hem keek. Zonder haat en zonder warmte. Alsof hij een willekeurige man was die op een ochtend in oktober naakt en onbeweeglijk bij het raam stond, en hoopte dat die vrouw aan de overkant hem een knipoog gaf of iets met hem zou proberen. Leni keek hem verbaasd aan en keerde zich toen van hem weg. Voor de tweede keer in twintig minuten. En dan lagen ze niet eens in bed.

Beneden in het straatje haalde Giulia haar sigarettenkoker

en het zakasbakje tevoorschijn en ging – zoals ze altijd zat – gehurkt als een Indiër tegen de hoek van het gebouw zitten. Marco wachtte. Tot ze haar sigaret opgerookt had en opnieuw haar mobieltje pakte om hem te bellen. Hij nam weer niet op, waarna Giulia het telefoonnummer van zijn huis belde. Marco wilde wel dat hij een Engelse officier was die opdracht had gekregen om al die vieze sikhs daar beneden te doen verwijderen. Hij liet de vaste telefoon rustig rinkelen, alsof die hun lievelingsliedje speelde. Toen zag hij dat ze ongerust in de richting van zijn benedendeur liep.

De deurintercom ging over, maar Marco reageerde niet. Hij wilde afwachten of ze erin zou slagen om toch bij de deur op zijn etage te komen. Dat lukte haar en ze klopte aan. Marco deed niet open, maar smeet een bord, een glas en een vork tegen de grond. Om duidelijk te maken: ik ben thuis, maar ik wil niet voor je opendoen. Het lukte hem maar niet om het beeld van die foto uit zijn ogen te krijgen, de foto met een achtergrond zo blauw als de ogen van Leni. Maar die ogen waren niet goed te zien, want die keken naar en waren verliefd op Giulia. En het klopte helemaal, want op diezelfde ellendige foto – die trouwens niet eens zou bestaan als hij het niet nodig had gevonden hoffelijk te zijn tegen een stuk addergebroed -, op die ellendige foto die hij eigenlijk zou moeten verbranden, keek ook Giulia niet in de lens, maar naar Leni. Die kilheid van niet meer aantrekkelijk worden gevonden was niets vergeleken bij het besef onzichtbaar te zijn.

Giulia bonkte met haar vuisten tegen de deur. Ze leek absoluut niet van plan te zijn het op te geven. Marco wist dat Giulia niet zou weggaan. Hij haatte Leni. Leni had hem gebruikt om bij Giulia te komen. Leni had hem nooit verteld of ze echt van mannen hield. Leni had hem nooit verteld wat ze was geweest en waar ze had gewoond voor ze naar Italië kwam. Leni was nooit in detail getreden over die Irene die haar dat studentenvisum had afgestaan. Marco wist eigenlijk niets van Leni en hij voelde boze spijt dat hij haar nooit iets had gevraagd. En nog meer spijt had hij ervan dat hij haar onderdak had aangeboden. Hoe vaak had Leni hem niet zo grondig afgewerkt dat hij erna als een leeg vel op het bed achterbleef? En zij ging dan rustig een sigaretje roken, alsof ze niet meer had gedaan dan hem een beetje kietelen. Leni was weggelopen zonder melk te drinken, terwijl ze daar toch zo van hield. Het was allemaal nep. Allemaal nep.

Allemaal nep.

Hij was naar de huisdeur gelopen, had zijn handen en voorhoofd ertegenaan gelegd en het op een schreeuwen gezet.

Ga weg, je moet weggaan, we kunnen niet praten, tussen jou en mij verandert er niks, maar we kunnen nu niet praten! Wij tweeën gaan samen zo lang terug dat dit er niks aan kan veranderen. Maar ga nu weg!

Marco hoorde haar huilen. Giulia fluisterde dat hij open moest doen, omdat ze dit probleem niet voor zich uit moesten schuiven.

Ik ben niet kwaad op jou, maar ik kan je nu niet zien.

Doe open. Ik weet het, ik weet dat je mij niets verwijt, maar je moet het ook haar niet kwalijk nemen. We zijn gewoon op elkaar verliefd geworden.

Giulia, ik kan je niet zomaar mijn leven geven.

Terwijl hij dit zei, gaf Marco zo'n harde stomp tegen de deur dat Giulia dacht dat hij zijn hand had gebroken.

Ga maar naar d'r toe, ga hier weg! Maar pas op: het is er eentje die over je heen rolt als een tandwiel. Ze kan je alles vertellen over pikken, met dezelfde deskundigheid als ik dat kan over cement en kabels, en jij over zijrivieren van de Mississippi, en over zijrivieren van zijrivieren van de Mississippi, of wat voor water dan ook. Ga weg nu, oké?

Giulia legde haar hoofd tegen de deur. Giulia de zielenpiet.

Maar wat verandert er nu tussen jou en mij?

Weet ik veel! Jij wordt verliefd op die meid, jij slikt de woorden weer in waarmee je had gezworen. Ik heb alleen nog de schamele hoop dat er zo toch nog een stukje van mij bij jou komt, dat het binnen in je komt. Want je kunt van mij aannemen dat die slet me alles heeft gegeven wat ze te bieden had.

Maar wat verandert er nu tussen jou en mij?

Dat heb ik je al gezegd, waarom moet ik nog woorden vuilmaken aan iemand die gewoon iets gaat opzoeken wat ze een thuis kan noemen, daar bij jou dus? Maar kijk uit, Giulia, ze heeft mij gebruikt om bij jou te komen, en nu wil ze jou gebruiken om ons uit elkaar te drijven. Ik kan je wel vertellen dat als het omgekeerde was gebeurd, ik haar zeker niet in huis had genomen. Ik ben namelijk een man, ik ben een man, begrijp je dat?

Marco hoopt dat Giulia hem zal herinneren aan die vrouw toen, met de mosselen, zodat hij de deur voor haar open kan doen en haar een paar klappen kan geven, waarna ze dan koffie kan zetten. Maar er gebeurt niets, misschien omdat hij te veel heeft gezegd.

Giulia was stil geworden. Met ingehouden adem luisterde Marco hoe ze wegliep. Hij nam een aanloop en sprong in de lucht, naakt en met zijn voeten bij elkaar. Achter zijn rug pakte hij met beide handen zijn onderbenen vast en trok die met kracht omhoog. Zo kon hij niet toegeven aan de reflex om zijn voeten op de grond te laten neerkomen. Hij kwam neer op zijn knieschijven en voelde niets anders dan pijn. De pijn waaraan hij behoefte had.

Hij doet zijn ogen open. Voor hem de kast, achter hem Leni's lege plek. Het scherm van zijn mobieltje is nog verlicht van Giulia's berichtje. Ze wil hem om negen uur ontmoeten bij de spoorbrug. Marco is zeker van plan ernaartoe te gaan en om te stoppen met dat obsessieve geloer door die telescoop. Om te stoppen met het observeren van het huis waar Giulia woont met haar oma en met Leni. Alsof dat huis mijlenver weg is, of net zo minuscuul klein als een van de Legowijken die ze bouwden toen ze klein waren en waarin nooit iemand woonde.

Vanaf het moment dat Leni is verhuisd naar de woning van Agata, vanaf het moment dat Leni is gaan slapen in het eenpersoonsbed uit Giulia's kindertijd, droomt hij elke nacht over die regenachtige ochtend, en elke nacht lukt het hem weer niet de ontbrekende schakel te vinden.

Het enige wat hij kan schakelen is de versnelling van zijn nieuwe motor.

Het duurt even voor postbode Umberto de hele zaak op een rijtje heeft gezet. Ergens aan het eind van een ochtend in oktober zag hij die hoer de straatdeur uit komen van het huis waar ze woonde met Marco. Ze had duidelijk haast, en ze had blote benen, terwijl het toch regende. Hij had er verder geen aandacht aan besteed en was een pand binnengegaan waarin vier verschillende hallen met brievenbussen waren. Toen hij na zo'n tien minuten weer naar buiten kwam, zei hij Giulia gedag, die op haar hurken zat en tegen een hoek van het huis leunde waarin ze woonde met haar oma. Umberto probeerde er iets van te begrijpen, maar hij had geen post om bij haar te bezorgen en het leek hem wat te intiem om botweg te vragen of ze iets wist van die Poolse. Dus was hij maar naar de bar gegaan. Daar probeerde hij Augusto te polsen, maar die zwijgt altijd als het graf, vooral als het gaat om mevrouw Agata. Misschien had, toen haar man was overleden, Augusto wel met haar willen trouwen. Maar zij had besloten om het huis en het land van haar ouders weg te doen en een paar appartementen in het centrum te kopen. Op die manier wilde ze haar hoofd boven water houden. Wel had Agata altijd gezegd dat als ze een man zou nemen, het zeker Augusto zou zijn.

En Augusto wachtte nog steeds. Voor de zekerheid was Agata daarna niet meer alleen in de bar gekomen. Eerst kwam ze er met de kleine meid Lucia, toen met het schoolmeisje Lucia, toen met Lucia die getrouwd was met dat onzichtbare spook, en na verloop van tijd met Giulia. Maar alleen kwam ze er nooit meer. Behalve dus op de dag dat ze kwam vragen waar die buitenlandse thuishulpen altijd bij elkaar kwamen. Toen iedereen zo moest lachen. En twee weken daarna wilden ze allemaal het liefst de lucht die ze hadden uitgestoten bij dat lachen weer naar binnen zuigen. Augusto had zich geschaard bij de mensen die niet deden aan roddelen over Agata of Giulia, omdat ze vonden dat ze daarboven stonden. Een laffe en afzijdige houding, eigenlijk. Umberto had van alles geprobeerd bij Augusto, ook door hem eraan te herinneren hoe lang ze al bevriend waren, maar niks hoor. En nu – nadat er een maand lang enveloppen en pakjes uit en naar Polen door zijn handen zijn gegaan – heeft hij besloten om met Giacomo te gaan praten. Die is zo betrokken bij de hele affaire dat hij wel zal weten hoe het precies zit.

Giacomo vertelt dat hij laatst bij dat kantoor van Leni is langsgegaan en heeft aangebeld. Deur op de knip. Maar nadat hij goed over alles had nagedacht – hij had niet gereserveerd en was zomaar verschenen, in de hoop dat hij zou worden binnengelaten –, had hij nog een paar uur gewacht. Daarna was hij, met een pijnlijke kont van de kokosmat, opgestaan en op weg gegaan naar de bar. Maar toen hij daar zo liep met zijn hoofd naar beneden, kwam hij Marco tegen. En ook al wist hij eigenlijk wel dat het geen goed idee was, toch vroeg hij naar Leni. Marco vertelde dat Leni ermee gestopt was, of misschien alleen tijdelijk, zoals zwaar verslaafde rokers dat soms doen. En dat zij in dat huis daar – hij had gewezen naar het balkon met de rode bloemen – niet meer te vinden zou zijn. Die bloemen zouden binnenkort trouwens ook verdwijnen. Waarna Marco hem op zijn schouder sloeg, een sigaret tussen zijn lippen stak en een vuurtje gaf. Zet haar maar uit je hoofd, ik heb haar ook uit mijn hoofd gezet, had hij gezegd. Dat uit zijn hoofd zetten had Giacomo niet zomaar voor zoete koek aangenomen. Want ook al leek Marco het wel echt te menen, iedereen kon zien dat Leni nog steeds in de buurt rondliep. Misschien had ze wel een ander gevonden.

Umberto schudt zijn hoofd en vraagt aan Augusto of hij die jongen even mag meenemen om buiten een sigaretje te roken. Augusto slaat zijn ogen ten hemel. Hij zegt: Roddelen is nog slechter voor je dan tabak. Kijk maar uit dat jullie niet verslaafd raken. Dan gaat hij weer door met zijn glazen. Hij haalt zijn vinger langs de randen en zet ze dan in de afwasmachine. Elke keer droogt hij even zijn handen af aan zijn schort. Umberto vraagt of Giacomo denkt dat Leni verhuisd zou kunnen zijn naar de woning van mevrouw Agata om daar te werken als thuishulp. Giacomo wil er alles onder verwedden dat dat niet het geval kan zijn. Volgens hem zou dat zoiets zijn als een hazewind als waakhond gebruiken bij een akker met artisjokken. Maar Umberto houdt vol en zegt dat de laatste brieven uit Polen alleen maar een ander huisnummer in de adressering hadden, het nummer namelijk van mevrouw Agata's woning. Giacomo staat op en neemt een sigaret. Hij schuift een beetje uit zicht achter een pilaar van de patio en begint dan hartgrondig te vloeken.

Augusto ziet dat de jongen nogal nerveus staat te doen bij het roken, maar hij roept hem niet terug, omdat het geval van de Poolse meid die bij Marco woont, en die zo'n beetje iedereen van dienst is, toch wel zijn nieuwsgierigheid heeft gewekt. Hij vindt die Leni wel sympathiek, en ze heeft op hem nooit de indruk gemaakt van iemand die mensen uitbuit met dat werk van haar. Het komt erop neer dat ze iets van zichzelf aanbiedt, dat is alles. Hij roept de jongen nog maar niet terug, ook al is glazen schoonmaken eigenlijk geen werk voor de baas. Het is duidelijk, zegt Umberto – die al een heel leven lang stiekem rookt –, die hoer heeft zich met een zielig verhaal opgedrongen aan die twee lieve vrouwen. Zou kunnen, snuift Giacomo. Of misschien – en daar wil hij niet eens aan denken, want dan trekt hij spontaan de haren uit zijn hoofd en zijn zak – is er nu een ander die zich te goed mag doen aan dat lekkertje Leni, iemand die geen recht op haar heeft, en zeker niet over de juiste instrumenten beschikt.

Voor knapperig brood heb je goeie tanden nodig, begrijp je wat ik bedoel, Umberto? Knapperig brood voor iemand zonder tanden – ik moet er niet aan denken. En tanden kun je dan altijd nog kopen, als je bereid bent er wat geld voor neer te leggen. Maar dat andere niet.

Giacomo moet denken aan de dochter van de gordijnen. Die is van plan van geslacht te veranderen en zal dus vroeg of laat haar eigen speelgoedpistool hebben.

Nou, je hebt fijn mijn ochtend verziekt, dus ik ga maar weer aan het werk.

Giacomo laat hem achter aan een tafeltje, zonder consumptie. Augusto lacht en brult hem uit het halfduister achter de bar toe: Umberto, je zit niet op het bankje voor de rokers. Umberto neemt zijn postbodepet af en veegt het zweet van zijn voorhoofd. Alleen al bij het beeld van Leni en Giulia voelt hij koorts opkomen. Hij roept bedankt naar Giacomo en gaat door met zijn ronde door de buurt.

Umberto weet niet hoe hij de gloeiende aardappel moet wegkrijgen die Giacomo hem te slikken heeft gegeven. Giacomo heeft zijn hele dág verziekt, dat is wel wat erger dan een ochtend. Giulia is altijd nogal vreemd geweest. Maar Umberto heeft dat gedrag altijd toegeschreven aan alle narigheid waarin ze is terechtgekomen na haar zesde, toen haar vader is verdwenen. Hij heeft er nooit veel achter gezocht dat het meisje hele middagen in de bar zat om te kaarten met oude mannen, of dat ze op een bepaald moment in de middag, als ze genoeg had gewonnen, van tafel opstond, een rondje betaalde en dan rustig naar de zee liep om daar verse vis te kopen. Helemaal alleen, haar handen met het geld in haar zakken, af en toe een lachje en dan weer helemaal stil, elke dag precies hetzelfde. Umberto en de andere mannen beschouwden haar een beetje als een cadeau. Hun koffie betaalde ze, een verrassing was ze. En ze hadden zich geen zorgen gemaakt toen ze opeens groot bleek te zijn en een vrouw was geworden, terwijl duidelijk werd dat die vriendschap met Marco nooit zou opbloeien tot iets anders. In het begin dachten ze dat het was omdat hij de grote versierder uithing met alle meisjes die voorbijkwamen, en dat zij dat niet leuk vond. Maar ze zagen ook dat ze dan met z'n drieën of vieren uitgingen: Marco, Giulia en nog twee meisjes. Een pizza eten, en daarna weg met de auto – dansen misschien. Iedereen dacht toen dat Giulia zo aan Marco gehecht was en dat ze zoveel van hem hield dat ze al die vriendinnetjes op de koop toe nam. Het bekende verhaal van de man is de jager en de vrouw staat in de keuken. Iedereen geloofde daarin omdat dat een beeld was dat ze kenden, dat ze graag wilden zien, dat ze voor zichzelf konden verklaren en dat, omdat er op de wereld dus niet echt veel leek te veranderen, hun een beetje troost kon bieden.

Ook de vrouw van de gordijnen had zoiets wel eens gezegd, voor ze met pensioen ging en de zaak overliet aan haar dochter. Haar dochter die, via eindeloze vervormingen van haar lichaam en geest, haar zoon aan het worden was. Om authentiek te zijn, om door de grijze lijn heen te springen waarvoor zoveel meisjes uit de streek, de zogenaamde nette meisjes, bleven hangen. Van die meisjes die door iedereen aardig gevonden werden, en voor wie het toppunt van vrouwelijkheid bestond uit kaarten met een paar oude mannetjes in de bar. Umberto had haar wel willen antwoorden dat geen van die oude mannetjes in de bar, en trouwens niemand die een beetje gezond verstand had, ook maar iets gaf om tatoeages of gaatjes in je oren. En dat het ook niemand iets kon schelen of een meisjesnaam een jongensnaam werd. Dat, met alle geslachtsaanpassingen, of hoe je dat ook noemde, die je kon bedenken, de mensen nog steeds maar uit twee categorieën bestaan: degenen met wie je een praatje kunt maken, en degenen die alleen maar gif in hun mond hebben.

De vrouw van de gordijnen had toen nadrukkelijk gesteld dat het toch altijd nog beter was om gif in je mond te hebben dan allemaal zwarte tanden. En ze had Umberto haar kin toegestoken, als om te zeggen: je begrijpt wel dat ik het over jou heb. Umberto had de brieven vastgegrepen die hij bij haar moest bezorgen en die voor haar voeten neergelegd. Zo moest ze zich tenminste even inspannen bij het bukken, want dat gif kwam vast en zeker doordat ze de hele dag niets uitvoerde. Ze verkocht dan wel een paar gordijnen, maar de luiheid droop van haar af. Vanaf die keer kon hij, als hij Marco en Giulia met nog twee andere meisjes zag uitgaan, Giulia niet meer zien als het meisje dat op Marco wachtte. Niet dat ze daarna niet meer zijn maatje kon zijn bij het kaarten – natuurlijk wel. Zaken zijn zaken.

Godzijdank hoefde hij de vrouw van de gordijnen later nooit meer recht in haar gezicht te kijken. Ten eerste omdat ze de winkel overdroeg aan haar dochter, en ten tweede omdat haar dochter een postbus nam.

Toen was Giulia naar Londen gegaan. Na haar terugkomst had hij haar in de bar niet meer gezien. Misschien omdat het steeds slechter ging met mevrouw Agata. Of misschien omdat Marco die nogal onduidelijke verhouding had met de Poolse hoer. Umberto was zijn maatje kwijt, en de anderen waren maar weer gaan spelen met een dooie vierde.

Als Marco terugkomt van de bouwplaats, stopt hij even bij de bar en geeft een rondje om zijn nieuwe motor te vieren. Umberto vertrouwt dat niet erg. Giulia en Marco hebben altijd samen één enkele motor gehad en één auto. Het is inderdaad een heel mooie motor, een luxe ding, waarmee je zonder pech te krijgen naar de Noordpool kunt rijden. Marco loopt niet meteen terug naar de zwarte schicht die voor de ingang geparkeerd staat, maar komt bij het tafeltje staan. Hebben jullie een vierde man nodig? vraagt hij. Ik heb wel zin in een spelletje.

Umberto kijkt naar de andere twee, maar die vertrekken onder hun strooien hoedjes geen spier van hun pokerface. Marco is altijd een volslagen kruk geweest met kaarten, maar hij heeft er wel plezier in. En Umberto en de anderen kunnen het wel waarderen als ze het vak kunnen leren aan iemand die – met zekere beperkingen, natuurlijk – de traditie kan voortzetten.

Als haar moeder niet op die manier, en zo jong, was doodgegaan, of op welke manier dan ook, zouden ze Giulia misschien wel nooit hebben laten meedoen met het kaarten in de bar. Dan had ze nooit na haar huiswerk bij hen mogen aanschuiven, om daarna haar winst op te strijken en vis te gaan kopen, die haar oma dan klaarmaakte. Dan zou Giulia een meisje geweest zijn als elk ander. Dan hadden ze haar natuurlijk ook wel lief gevonden, maar hadden ze haar geen spel kaarten of een bakje gefrituurde visjes toegestopt. Een lolly, misschien. Bijzonder was ze in elk geval wel, want welk kind verruilt later de slimmigheidjes die horen bij het kaarten, bij de ervaren kroegtijger, voor een hoofd vol namen van rivieren en meren en steden, voor lange rijen van miljoenen inwoners, voor vierkante kilometers, afstanden, diepten en hoogten? Allemaal dingen die, als je erover vertelt, die doodsaaie landkaarten omtoveren in een wereld waarin je naar binnen wilt gaan, die je wilt ontdekken.

Alles had z'n voor en z'n tegen, maar als Giulia nu echt dat meisje in huis had gehaald, en met haar leefde alsof de een het mannetje was en de ander het vrouwtje, dan gaf dat toch wel te denken. Ook al omdat mevrouw Agata altijd weinig op had gehad met die Leni. En nu had ze haar zomaar in huis gekregen, terwijl ze niet meer in staat was om er ook maar iets tegen in te brengen. Kaarten kon die Marco dus echt niet, dat was duidelijk.

Hebben jullie een andere motor genomen of zo?

Nee, deze is van mij.

Aha. Hoe gaat het eigenlijk met Giulia?

Die zie ik vanavond. Wie moet er gooien?

Marina had hem leren kennen toen ze boodschappen deed in de winkel naast de bar van Augusto. Hij vroeg haar om een vuurtje. Ik rook niet, antwoordde ze. Waarop hij haar, om het goed te maken dat hij haar had gestoord, een kopje koffie aanbood. Marina was erop ingegaan, omdat het haar geen armoedzaaier leek. En het was een Italiaan. Dus precies waarnaar zij op zoek was: een Italiaan die geen armoedzaaier is. Ze ging met hem mee naar de bar van Augusto, waar ze nog nooit binnen was geweest. Glimlachend zat ze haar koffie te drinken. Ze ging naar huis terug, naar Giulia, drukte een kus op mevrouw Agata's voorhoofd en zei toen: Ik volgend week ga wonen bij een man. Giulia glimlachte. Ik ben blij voor je, ik hoop dat je gelukkig zult zijn. Ze kuste haar. Marina had zich voorbereid op enige tegenstand, of misschien wel een klein drama. Maar even later stond ze weer gewoon de boodschappen in de koelkast te leggen. Dezelfde avond nog begon ze haar koffers in te pakken. Giulia drukte haar op het hart van haar oma's kleren vooral alles mee te nemen wat ze kon gebruiken. Er waren heel mooie kleren bij, die nu vast van verveling zouden omkomen in al die kasten. Het was goed als Marina naar haar nieuwe leven ook iets nieuws zou meebrengen. En nieuw is ook iets dat je meebrengt uit het leven van een ander. Marina begreep niets van al die edelmoedigheid. Mevrouw Agata was misschien gek geworden, maar haar kleindochter was gek geboren, vond ze. 's Avonds vroeg Giulia of ze even onder vier ogen mocht praten met haar oma. Marina trok zich terug in de huiskamer. Eerst belde ze met haar nieuwe vrijer, daarna keek ze naar een lachfilm in zwartwit over een gezin dat bezig was een grote kerststal te bouwen. Maar dat bouwen was meer een hobby van de vader dan een echte religieuze traditie, en iedereen vond het stomvervelend. Marina begreep er niet veel van. Ze wist bijvoorbeeld al niet hoeveel vijfhonderd lire waard was, en van godsdienst had ze te weinig verstand om de film te kunnen volgen. Veel meer belangstelling had ze voor wat Giulia met haar oma aan het bespreken was. Ook vroeg ze zich af hoe Giulia er zeker van kon zijn dat haar oma zou begrijpen wat ze tegen haar wilde zeggen. In elk geval had ze Agata al een paar uur niet horen krijsen, en af en toe, in het korte moment van stilte tussen film en reclame, hoorde ze het vrolijke gebrom van Giulia's stem, en soms ook een vaag gelach. Het was maar goed dat Marina weg kon uit dit huis.

De laatste maand ging Giulia elke keer dat Marco de deur uit was naar Leni. Mevrouw Agata was sterk afgevallen, en de dokter zei dat het echt slechter ging. Hij had gezien dat ze nu niet eens meer het ene blok in het andere kon krijgen.

Marina vond dat geen overtuigend bewijs: haar dochter had dat ook nooit gekund, en die was nu ingenieur bij de havendienst van Varna. Maar de dokter was nou eenmaal de dokter, en voor mevrouw Agata was zij nu niet meer verantwoordelijk. Toch vond ze het wel moeilijk om weg te gaan. Mevrouw Agata was altijd heel aardig en inschikkelijk voor haar geweest. En ook Giulia had, nadat ze was teruggekomen en bij hen was komen wonen, er steeds alles aan gedaan om haar zich thuis te laten voelen. Ook dat gebaar met die kleding van haar oma was toch wel heel aardig. Je kon er eigenlijk geen nee op zeggen. Maar Marina zag nu eenmaal in alles iets treurigs. Misschien omdat ze uit een land kwam dat, nadat eerst alles vol kleur was, langzaam grijs was geworden. Giulia had gezegd dat ze die kleren kon meenemen, omdat zijzelf er toch niets aan had. Ze waren veel te elegant, en er zaten te veel rokken bij. Giulia had haar toevertrouwd dat ze lelijke, kromme benen had. Waarna Marina op haar toe was gelopen en in haar kuiten had geknepen.

Niet waar. Jij benen net als anderen en jij goed loop.

Giulia was in de lach geschoten, en Marina had gezien dat ze niet lachte als een vrouw, en ook niet als een kind. Het leek wel of ze een masker van klei op had, waarin een brede lach was uitgesneden. Ze schrok ervan, deinsde achteruit en had de neiging zich te verschuilen. Giulia zei dat ze altijd een hekel had gehad aan rokken. Misschien dat ze op een keurige manier met mes en vork haar fruit kon snijden, en misschien was ze in staat om de tafel een beetje netjes te dekken, of de boorden van haar bloesjes mooi recht te houden. Maar met haar benen bij elkaar zitten, of die elegant over elkaar slaan, dat had ze nooit gekund. Beter geen rokjes dus, anders zou er zeker schande van gesproken worden. En broeken zaten trouwens ook veel prettiger. Het was erop uitgedraaid dat Marina toch heel wat mantelpakjes en een paar lange jurken had genomen. Giulia had gevraagd of ze niet meteen alles uit het linkerdeel van de kast wilde meenemen, of ze niet in één keer alle kleerhangers wilde leegmaken van toen Agata nog een stralende zestiger was, want de gelegenheid dat haar oma iets moois kon aantrekken zou zich zeker niet meer voordoen.

Toch was Marina wel even bang. Toen háár oma op sterven lag, had haar opa – een brombeer van een man, die zou achterblijven met drie kinderen en twaalf kleinkinderen – alle kleren en kammen van zijn vrouw bij elkaar gezocht. Hij had alles in zakken en dozen gedaan, en de hele boel verstuurd naar een staatsinstelling, waar dat soort spullen weer gedistribueerd werden. Haar opa was geen domme man. Eerst had hij dus toestemming gevraagd aan zijn vrouw, en die had ja geantwoord. Omdat ze niet een vrouw wilde lijken die als ze doodgaat haar oude troep bij zich wil houden – alsof ze er dan nog iets aan zou hebben. Haar opa had de spullen ingepakt met een doortastendheid waarbij partijfunctionarissen, als die toevallig in de buurt waren geweest, bleek zouden afsteken. Haar oma had, voor zover dat mogelijk was, de zaak nog wat begeleid. Daarna nam ze in stilte afscheid van haar enige paar fluwelen handschoenen. Ze probeerde nog haar man ertoe over te halen toch iets te bewaren voor hun kleindochters, want die werden jongedames, en als ze dan naar een feest gingen, zouden ze niets hebben voor aan hun handen. Handschoenen kan een vrouw nooit genoeg hebben, maar als ze zich maar één paar kan veroorloven, moet dat natuurlijk heel mooi zijn. Haar oma was zeer gehecht aan die handschoenen. Marina was naar haar opa gerend en had hem gesmeekt om ze niet in te pakken. Tot stof zult gij wederkeren, antwoordde hij. Huilend ging Marina weer terug naar haar oma.

Door de injecties die ze kreeg tegen de pijn, sliep haar oma het grootste deel van de dag. Toen haar opa op een ochtend voor zijn werk vroeg de deur uit was gegaan, werd haar oma wakker en begon meteen te huilen. Omdat ze een lege kamer om zich heen zag, dacht ze dat ze al dood was. Marina was bij haar, en probeerde het haar uit het hoofd te praten.

Oma, je bent helemaal niet dood, echt niet.

Maar haar oma hiéld maar aan, en toen barstte ook Marina in tranen uit. Door het gehuil van Marina en het geweeklaag van haar oma werd Marina's broer Jan wakker. Zonder te kloppen kwam hij op zijn tenen de kamer binnen. Toen Marina hem zo plotseling uit de schemering tevoorschijn zag komen, dacht ze even dat het haar oom Adam was, de jong gestorven broer van haar oma. Jan greep haar bij de schouders en zei: Ik ben Jan, ik ben Jan. Pas toen deed haar oma haar ogen weer open. Misschien heeft opa het gas wel open laten staan en zijn we allemaal dood, zei ze. Maar niemand moest lachen. Toen liet ze haar hoofd weer terugzakken in de kussens. Dat waren er zoveel dat het wel leek of ze rechtop sliep. Zoals paarden, die gewoon op hun benen blijven staan. Jan begon te lachen. Hij spreidde zijn armen en zei dat er helemaal niemand dood was, en dat de kamer leeg was omdat opa nogal flink had opgeruimd. Hij pakte Marina's hand en kuste oma. Toen gingen ze terug naar hun eigen slaapkamer. Maar Marina kon niet in slaap komen, en toen Jan een beetje was ingedommeld, ging ze terug naar haar oma.

Oma lag om zich heen te kijken alsof ze alles voor het eerst zag. Op een bepaald moment was ze, met grote krachtsinspanning, en met nog groter gevaar, uit bed opgestaan. De dokter had gezegd dat ze dat niet mocht doen, omdat de ziekte ook in haar botten zat, en die als biscuitjes aan het verkruimelen waren. Maar Marina zag hoe haar oma steunend op twee stokken alle lades afging. Telkens moest ze constateren dat zo'n la helemaal leeg was, en tikte ze even ongelovig op de bodem. Ze keek in de spiegel en herkende zichzelf niet. Toen haar opa terugkwam van het land, stapte Marina op hem af en vertelde wat er was gebeurd. Uit spijt om de haast die hij had gehad met het wegdoen van oma's spullen, bonkte hij met zijn hoofd tegen de muur; hij verweet zichzelf dat hij zijn vrouw daarmee had vermoord. Nog duizelig van de klap stond hij daar. Op haar kousen klom Marina langs zijn benen omhoog, zodat ze hem beter kon omhelzen. Toen hoorden ze een enorm kabaal. Oma was gevallen, en ze zou niet meer opstaan. Ze was overleden doordat er een bot in haar dijbeen was gespleten en een ader had opengesneden. Marina had toen begrepen dat oude mensen lijken op bomen: hoe ouder ze worden, des te langer worden hun wortels. En eigenlijk geldt zoiets voor alle mensen. We zijn net als planten: we kunnen groeien omdat we steeds langere wortels krijgen. En daarom moet je, als mensen oud worden, ze op hun plek laten, en om hen heen alles laten zoals het was. Want anders raken ze in de war, dan herkennen ze zichzelf niet meer en gaan ze dood. Dan verdrogen ze.

Om die reden had Marina, toen Giulia haar dat aanbod deed van die kleren, eerst geweigerd. Maar even later had ze het toch geaccepteerd. Mevrouw Agata deed haar kast nooit open, en ook als ze die kleren zou zien, zou zij ze niet herkennen. In elk geval niet lang genoeg om er verdrietig door te worden. Trouwens, als mevrouw Agata verstandig was, kon ze maar beter al haar energie aanwenden om weerstand te bieden aan het gevlei van de slechte meid die ze nu in huis had als gezelschapsdame. Want Marina woont dan nu wel in een andere buurt, maar ze komt nog steeds af en toe in de bar van Augusto. En vandaag heeft ze Giacomo en de postbode dat hele geval van a tot z horen bespreken. Geen goed teken.

Agata kijkt in de blauwe ogen van het meisje dat haar gezicht wast met een washandje dat naar lavendel ruikt. Het is een heel knap meisje, en lavendel vindt ze lekker ruiken. Met die onbeweeglijke aangezichtsspieren van haar weet ze niet hoe ze haar waardering voor zoveel toewijding kan laten blijken. Af en toe probeert ze iets te zeggen. Ze herinnert zich dat ze een vrouw is geweest met een ijzeren karakter, een vrouw van willen is kunnen. Maar de enige klank die ze weet voort te brengen, is de z. Dat heeft ertoe geleid dat ze de dokter een keer tegen Giulia heeft horen zeggen: Net als kleine kinderen herhaalt je oma geluiden die haar hebben getroffen. Ze zal, net als iedereen, van de zomer wel last hebben gehad van muggen. Agata had gezien dat Giulia toen een hand had gelegd op de schouder van het blonde meisje dat haar helpt sinds Marina ervandoor is gegaan met een visser. Dat had ze namelijk heus wel begrepen. Haar neus werkt nog uitstekend, en Marina rook naar vis. Ze had toen Giulia op het hart willen drukken om wat die dokter allemaal zei met een korreltje zout te nemen. Maar al stond haar wil zo gespannen als een snaar, het enige wat uit haar mond kwam was: zzzz zzzz z z. Toen had ze haar hoofd maar weer laten hangen, haar blik gericht op haar handen, en die tot vuisten gebald.

Dat blonde meisje had het allemaal niet begrepen. Ze kwam snel naar haar toe, haalde haar vuisten weer los en legde haar handen open op haar knieën. Toen had ze Agata toegelachen. Agata zou die opmerking over muggen graag goed willen onthouden, maar hij schiet haar slechts af en toe te binnen. Hij komt kort even terug, en zakt dan weer weg – waarnaartoe weet ze niet. En de onderzeese stromingen zijn heel sterk en volkomen onvoorspelbaar. De eerste keren dat ze haar letters kwijtraakte, en de woorden die ze uitsprak vervormden tot een monotoon gejengel, had ze geprobeerd het op te schrijven. Maar de serie woorden die haar hersens bedachten, kreeg op papier de vorm van een krullende haarlok. Agata kijkt opnieuw in de blauwe ogen van het meisje en schiet dan onder het roepen van O, o, o... rechtop in haar stoel, waardoor de hand met het washandje met een schok omhooggaat. Het washandje valt, het meisje bukt zich om het op te rapen en Agata gaat staan. Nu herkent ze haar. Vanaf de preekstoel kan ze alles goed zien.

Het blonde meisje met de blauwe ogen dat daar voor haar voeten zit, is de duivel die met aders de bloemen begiet op het balkon aan de overkant. Met al die engelachtige kleurtjes van haar is ze gekomen om Agata mee te slepen in de vlammen van de hel. Agata weet niet wat ze moet doen. Ze probeert te gillen, maar die teef van satan, die het liefst op handen en voeten loopt, duwt een hand tegen haar mond om haar stil te krijgen. Of om haar te laten stikken. Agata ziet hoe ze glimlacht terwijl ze die hand op haar mond houdt. Agata weet dat ze haar wil vermoorden, maar dat laat ze niet zomaar gebeuren. Ze bijt in die hand, tot bloedens toe. Had ze maar zo'n gloeiend heet ijzeren stempel waarmee ze kalveren brandmerken. Nu moet ze het doen met haar tanden. Ze spuugt het beetje bloed uit dat in haar mond is achtergebleven; als ze het doorslikt, aanvaardt ze het pact. Het bloed van de duivel valt op de witte tegels van de badkamer. Het is niet rood, het is zwart. Agata zet het weer op een gillen. De deur vliegt open.

De vrouw die in de deuropening verschijnt ziet er moe uit. Als Agata even naar haar heeft gekeken, voelt ze zich rustiger worden. Ze weet dat ze haar lief vindt, maar ze herinnert zich niet meer waarom. Misschien houdt ze van haar omdat ze haar kent. Dus begeeft ze zich moeizaam naar de deur om zich in de armen te vlijen van die door haar zo beminde vrouw. Agata heeft het idee dat ze haar ook als kind heeft gezien, en nog eerder. Dat ze ook de moeder heeft gekend van deze vrouw, die nu op haar af komt en haar handen naar haar uitstrekt. Agata is nu bij haar en laat zich in die armen vallen. Het meisje met dat onvergetelijke groen in haar ogen pakt haar vast alsof ze met haar gaat dansen. Even laat Agata zich meevoeren in een voorzichtige zwaaibeweging. Dansen heeft ze altijd graag gedaan.

Onder de pergola van muskaatdruiven heeft Agata geen last van de hitte. Er zijn wel wat kleine vliegjes, maar omdat de pergola hoog is en ze de zoete druiven lekkerder vinden dan al dat heerlijke eten op tafel, heeft niemand last van ze. Agata draagt een witte jurk van geborduurde kant. Die heeft ze gemaakt van haar communiejurk. Ze is heel handig in vermaken. Het kraagje en de mouwen heeft ze eraf gehaald, zodat alleen het lijfje overbleef. Bij de taille heeft ze hem een klein beetje ingenomen. Met de stof die ze overhad, heeft ze een ceintuur gemaakt, die langs haar heup naar beneden hangt. Haar moeder, die haar bij het vermaken in de gaten had gehouden, heeft niet gezien dat ze het rokgedeelte iets korter heeft gemaakt. En nu, met die mouwloze jurk en haar houten muiltjes met hoge hak, voelt ze zich het mooiste meisje van het feest. Eigenlijk is dat niet zoals het hoort, dat weet ze. Tenslotte is niet zij de bruid. Ze is op de bruiloft van een nicht die is getrouwd met een ver familielid dat net terug is uit de Verenigde Staten. Iemand zegt dat hij daar rijk is geworden. Agata haalt haar schouders op en buigt haar hoofd naar achteren om de rijpe druiven boven haar te bewonderen. De anderen hier kunnen haar niets schelen, want te gast op de bruiloft is ook de dokter die jaren geleden haar dijbeen heeft gered. Agata weet dat ze eigenlijk meer aandacht zou moeten hebben voor Augusto of Filippo. Die zijn namelijk van haar eigen leeftijd, en zo sterk als een os. Ze werken al, en zouden, over zes maanden, of over een jaar, een goede partij voor haar zijn. Maar Agata ziet niemand anders dan die dokter. De ogen van die dokter zijn van een onvergetelijk groen. Dus heeft ze, om niet bij Augusto en Filippo te hoeven zitten, de smoes van haar hakken verzonnen. De grond is namelijk zacht, waardoor ze met die hakken te diep weg zou kunnen zakken. En met vuile enkels rondlopen getuigt niet echt van respect voor het bruidspaar. Op het verharde stuk van de tuin zijgt Agata, onder een geruis van kant, neer op een bank recht tegenover hem. De dokter rookt een pijp, puft en praat. Over politiek, over landbouwfondsen, over dat de sanering van het moerasgebied niet de malaria heeft doen verdwijnen, maar wel heel gunstig is geweest voor de teelt van een bepaald gewas. Agata steunt met haar kin op haar hand en kijkt zo intens naar hem dat hij zich na enige tijd met een glimlach op zijn gezicht naar haar toe draait. Agata vraagt of hij nog weet wie ze is. De dokter kan zijn ogen niet geloven. Hij maakt haar een compliment over hoe mooi ze is geworden en vraagt of ze hier vanavond alleen is, of met iemand samen. Agata weet niet hoe vlug ze hem moet vertellen dat ze op deze bruiloft is om haar familie te vertegenwoordigen; haar vader moet namelijk het bed houden na een nare val uit een olijfboom. De dokter zet zijn knokige vuisten op de tafel en vraagt of het misschien gewenst is dat hij zich onmiddellijk naar de vader van mejuffrouw begeeft. Agata bloost als hij haar mejuffrouw noemt. Ze verzekert hem dat het niets ernstigs is, dat ze gewoon kunnen blijven genieten van het bruiloftsfeest. Alsof het zo afgesproken is, zet bij het woord feest het orkest een deuntje in. De dokter staat al, en vraagt haar ten dans. Agata's tante komt erbij en sist haar toe dat ze niet zomaar in moet gaan op alle verzoeken. Maar Agata onttrekt zich aan haar door te zeggen dat dit de man is die haar leven heeft gered – en haar been – en dat ze die op z'n minst toch wel een walsje mag toestaan. Haar tante probeert haar toch nog op andere gedachten te brengen. Ze zegt dat die dokter de naam heeft een rokkenjager te zijn. Maar Agata haalt haar schouders op en trekt haar jurk een stukje omhoog. Niemand vindt het vreemd als een vrouw haar jurk een klein stukje optrekt om makkelijker te kunnen lopen. Maar Agata doet het niet omdat ze bang is om te struikelen. Zij doet het om zijn blik te sturen naar dat borduurwerkje op haar dij. Agata draagt hoge hakken, maar toch is de dokter bijna twee keer zo groot als zij. Onder haar handen voelt hij goed gevuld en taai aan, als een hazelaar. Agata zwiert en zwaait in de armen van de dokter en voelt zich gelukkig. En ook is ze gelukkig omdat ze weet dat iedereen naar hen kijkt en vindt dat ze een mooi paar vormen. Terwijl al die mensen een paar minuten geleden alleen maar bang waren dat hij haar eerbaarheid zou schenden en vonden dat zij en hij niet bij elkaar hoorden. Volgens Agata is de dokter geen schender, maar juist een toonbeeld van eerbaarheid. Hij heeft er immers voor gezorgd dat ze kon opgroeien met twee benen waar een filmster jaloers op zou zijn. Agata gooit haar hoofd naar achteren, maar dat ronddraaien is kennelijk wat te veel geweest, want ze voelt zich duizelig. Of misschien is het verliefdheid. In elk geval hebben de handen van de dokter haar stevig vast.

Oma, wat heb je nou gedaan bij Leni? Leni is lief, hoor.

Agata beseft nu dat ze heen en weer wordt gewiegd door Giulia, haar kleindochter, die precies zulke groene ogen heeft als haar man. Agata huilt. Giulia glimlacht en brengt haar terug naar de stoel. Ze gaat verder met het wassen van Agata's gezicht met een washandje. Het meisje met de blauwe ogen staat haar hand te desinfecteren. Agata vindt het vervelend dat ze haar pijn heeft gedaan. Giulia glimlacht naar haar, Agata glimlacht terug. Ze voelen zich fijn. Agata hoort dat Giulia zegt: Jouw sterke armen hebben de dwaze gang van mijn

waanzin stilgelegd. Ze herinnert zich dat zijzelf haar die vers-
regel heeft geleerd. Giulia declameert niet voor haar, maar
voor het blonde meisje met de blauwe ogen, dat met een verbonden hand vrolijk staat te lachen en haar spierballen laat
zien.

Ik heb sterk armen, jong spier.

Agata weet nu weer dat zij haar heeft verwond, en waarom. Om Giulia te beschermen. Ze weet heel goed dat de duivel niet in hun huis is gekomen om haarzelf te grijpen. Zelf
is ze al versleten en op. En ze is niet in staat gebleken om
haar dochter te beletten met een kind in haar buik een eind
aan haar leven te maken. Nee, de duivel is hier om haar kleindochter te pakken te krijgen. Die heeft groene ogen, en als
zij eenmaal in zijn macht is, zal ze met niets of niemand meer
mededogen hebben. Agata staat op en duikt op Leni af. Giulia houdt haar tegen, anders had ze zeker Leni's hoofd ver-
brijzeld tegen de wastafel. Agata glimlacht en haalt diep
adem. Ze weet dat het alleen maar een kwestie van tijd is.
Straks zal Giulia wel weggaan en kan zij het huis bevrijden
van kwade geesten. Waar een wil is, is een weg.

Toch maakt ze zich wel zorgen over wat er in de afgelopen tijd al gebeurd kan zijn. In plaats van bij haar te slapen,
zoals Marina deed, slaapt dit meisje in de kamer van haar
kleindochter. Het moet een duivel zijn die 's nachts zo dun
wordt als een naald en dan haar hart doorsteekt, want dat bed
van Giulia is smal en kort. Daar sliep ze in toen ze nog een
klein meisje was. Als in een nachtmerrie – en misschien is het
dat ook wel – ziet Agata het gezicht van een badgaste, die een
strandparasol had gehuurd vlak naast de hunne. Giulia ging
daar ook wel eens alleen naar toe. Het strand was toch eigenlijk het dorp in het klein, en zo kon Agata rustig thuis de boel
aan kant maken. Terwijl Giulia zandkastelen bouwde. Die
badgaste had haar gezegd dat Giulia verhalen vertelde over

dode mensen. Maar dat wist Agata al, omdat ze altijd haar opstellen las en avonturenverhalen en boeken over vampiers voor haar moest kopen. Die badgaste had er boos uitgeflapt dat Giulia zich gedroeg alsof ze verkering had met haar dochter, terwijl ze toch verkering had met Marco. Dat ze boos was als ze niet samen konden spelen, en dat ze er geen genoegen mee nam als het meisje even wilde slapen in plaats van op pad te gaan tijdens de heetste uren van de middag. Agata had er niet veel van gedacht. Alleen dat het haar niets kon schelen. Ze wilde alleen maar dat Giulia gelukkig was, op welke manier dan ook. Haar vader en moeder wilden niet dat ze trouwde met de dokter. Toch had ze hem genomen, en ze was gelukkig geworden. Ze werd bijna gek – of misschien was ze dat al – als ze bedacht dat alle ellende, en de dood, en het bloed, te wijten waren aan haar liefde voor de dokter. Ze zag dat Giulia zich koppig niet haar geluk liet afnemen, zonder te bedenken dat je voor alles een prijs betaalt en je later niets meer kunt goedmaken.

Maar nu is ze niet meer in staat om helder te denken. Haar begrip van de dingen heeft zich teruggetrokken in een soort geheime tuin waarin niemand kan binnenkomen, en die zijzelf soms ook niet meer kan vinden. De ene dag weet ze niet eens meer dat ze een geheime tuin heeft, en de volgende loopt ze er opeens rond zonder dat ze begrijpt hoe ze er is gekomen.

Die geheime tuin is een gevangenis.

Marco had het boek over de indianen in Amerika gelezen dat Giulia hem als kerstcadeau had gegeven. De dag voor oudjaar belde hij na het eten heel hard aan bij Agata.

Ik weet dat het laat is, maar ik moet heel even met Giulia praten, heel even maar.

Marco, lieve jongen, Giulia ligt al in bed.

Marco kneep zijn vuisten dicht en strekte toen een voor een zijn vingers. Hij telde er de seconden bij af die Giulia nodig zou hebben om op de drempel van haar kamertje te verschijnen. Acht vingers, en daar stond Giulia hem al aan te kijken vanuit de deuropening.

Agata trok zich terug, maar zei nog wel: Echt één minuutje, hoor, dan lees ik de *Ilias* nog even uit. Marco hield meer van de *Odyssee*. Giulia en Marco bedankten haar dolblij, want ze wisten dat als Agata de *Ilias* voor zich had, ze zo ongeveer het huis uit elkaar konden halen om daarna de stukken te verkopen – ze zou er niets van merken. Ze haastten zich naar de eetkeuken, zetten daar de televisie zachtjes aan op een of andere politieke discussie, en gingen toen naar buiten. De deur van de keuken hadden ze dichtgedaan en de buitendeur lieten ze op een kier. Om te controleren zou oma hoogstens een keer haar hoofd om de hoek van haar leeskamer steken. Dan zou ze de gesloten deur van de keuken zien en een zacht gepraat horen, waarna ze weer zou teruggaan om verder te lezen. En zij zouden dan allang buiten zijn. Giulia had een wollen muts op gezet. Ze vond het niet prettig om in het donker over straat te lopen en hield dan ook Marco's hand stevig vast. Marco had zijn vaders aansteker in zijn zak en het indianenboek onder zijn arm. Nog nooit had hij zich zo onverschrokken gevoeld. Een echte man voelde Marco zich, met Giulia's warme hand zo in de zijne. Hij had hem wel nooit meer willen loslaten.

Waar gaan we heen?

Kijken waar de buffelkuddes zijn.

Er zijn hier geen buffels.

O, dan de schapenkuddes.

Oké, maar waar dan?

Ga maar mee.

Ze sprongen door tuinen van buren, ze kropen onder het hek van een kippenren door – waarbij ze probeerden de kippen niet te storen, omdat die anders geen eieren zouden leggen, en zij die niet konden pikken –, staken een paar verlaten asfaltwegen over, en kwamen toen uit bij de spoorbrug.

Na de spoorbrug liepen de rails niet meer tussen huizen, maar door weilanden. En in weilanden grazen schapen. Marco zei dat hij in dat prachtige geïllustreerde boek dat Giulia voor hem onder de kerstboom had gelegd, had gelezen dat om te ontdekken waar de buffelkuddes zich bevinden, en ook om zich te beschermen tegen aanvallen van vijandige stammen of blanken, indianen hun oor op de naakte aarde leggen, en ook op de rails van de spoorweg. In het donker zag Marco dat Giulia haar muts van haar voorhoofd schoof en zich krabde. Marco legde haar uit dat als je de bewegingen van mensen of buffels wilt bepalen, je oor op de rails leggen het beste is, omdat ijzer geluid beter geleidt dan aarde. Ze klauterden over de betonnen muur en klommen omhoog naar de rails. De dwarsbalken op de brug waren nog van hout. Zijn vader had hem heel vaak gezegd dat hij die nooit moest aanraken, omdat het geen gewoon hout was. Het was hout dat was geïmpregneerd met heel giftige en kankerverwekkende stoffen. Marco herinnerde zich de waarschuwing van zijn vader. Wat betekent kankerverwekkend? vroeg hij. Giulia lag met één oor op de rails en gaapte. Schadelijk, gevaarlijk, dat je er niet aan mag komen, antwoordde ze. Marco wilde natuurlijk nog wel de leiderspositie blijven behouden in hun expeditie, dus had hij zich in een uiteenzetting gestort over de snelheid van het geluid door lucht, door water en door ijzer. Als argument voor zijn stelling dat die snelheid het grootst is in de meest massieve stoffen, voerde hij aan dat, zo lang de wereld bestond, illegale vissers altijd hadden gewerkt met granaten in het water, zodat ze een snelle vangst hadden, omdat de vissen in één keer dood bleven door de enorme knal. Nogal sceptisch – zo sceptisch als je kunt zijn met één oor – bracht Giulia ertegen in dat de doodsoorzaak misschien de schokgolf was. Maar Marco wilde geen aanmerkingen horen op een betoog waaraan hij een hele dag had gewerkt. Nogal ontmoedigd door Giulia's gebrek aan belangstelling voor de natuurwetten die ten grondslag liggen aan de blanke kolonisatie van de prairies en de technieken van de buffeljacht, liet ook Marco zich nu door zijn knieën zakken, waarna hij verbinding maakte met de omgeving.

Als het een telefoon was geweest, had hij het een waardeloos toestel gevonden, maar voor een stuk ijzer vond hij het uitstekend werken. Gefascineerd luisterden ze naar het geruis en de kleine stapjes, dichtbij en luid, naar hoefjes die ergens rondliepen, naar steentjes die over elkaar heen gleden. Marco voelde zich een Sioux, Giulia voelde zich een Linnaeus die geluiden verzamelt. Ze stelde zich een taxonomie voor van winternachtgeluiden, met als bron haar eigen oor op de rails. Ze keken elkaar in de ogen en glimlachten. Op een bepaald moment kregen ze het zo warm van alle opwinding dat ze begonnen te zweten. Giulia trok haar jack uit en deed haar muts af, Marco ook. Als iemand nu van boven op hen neer had gekeken, had hij een meisje in een witte pyjama met blauwe bloemetjes gezien, en een jongen met korte mouwen. Nu begon één bepaald geruis de andere geluiden steeds meer te overheersen. In het vuur van al die nieuwe ervaringen drukten ze zich nog dichter op de dwarsbalken. Dat geruis werd steeds luider, en het leek alsof de steentjes drukker gingen rollen, en de muizenpootjes, schapenpootjes, of van welk dier ze dan ook waren, zich steeds verder verwijderden. Marco grijnsde.

Dat is de trein.

Dat weet ik ook wel, ik ben niet doof.

Ze schoven achteruit en brachten zichzelf in veiligheid in een greppeltje. Marco voelde er eerst weinig voor om zich daarin te laten zakken, maar Giulia vertelde hem dat ze daar altijd in sprong als ze hier kwam om te rennen langs de spoorweg en in de verte een trein zag aankomen, en dan ging alles goed. En dus vluchtten ze weg – met hun jas in de hand en hun hart in de keel.

Het zit hier vol prikkels.

Misschien wordt het hier in de zomer beter schoongehouden.

Ze wachtten een minuut, twee minuten, drie minuten. Toen begon Giulia ongeduldig met haar voet te stampen.

Als je daarmee doorgaat, zijn we alle schapen kwijt.

Als we hier blijven, worden we platgereden door een trein.

Giulia plukte een paar doornen uit haar handen en klom weer naar boven. Ik blijf hier, zei Marco, en hij vouwde zijn armen voor zijn borst. Giulia legde haar oor weer op de rails en gaf een professioneel radioverslag van wat ze hoorde. Marco werd steeds chagrijniger. Hoe chagrijniger hij werd, des te dieper trok hij zijn hoofd tussen zijn schouders. Toen zag Giulia opeens dat in een oogwenk haar schaduw heel hard wegrende, naar de spoorkruising. Ze was verbaasd dat de maan zo laag stond. Op hetzelfde moment keek Marco omhoog en zei dat alleen de lichten van een rijdende trein op die manier over de rails kunnen schijnen. Giulia! riep hij, waarbij hij de a zo lang rekte dat die bij de spoorkruising de schaduw van Giulia's hoofd bereikte. Toen kwam de trein voorbijdenderen. De aarde beefde ervan. Door de luchtverplaatsing werd Marco op niet al te aangename wijze een braamstruik in gerold. Die was verdord, maar prikte nog behoorlijk. Hij kon zijn tranen niet meer inhouden en huilde hartgrondig. De aansteker kon hij niet vinden. En ook toen hij die wel had gevonden, bleef hij huilen. Hij klom weer naar de rails terug en legde, ter voorkoming van nieuwe verrassingen, zijn oor erop. Om te proberen haar weer in elkaar te zetten, begon hij stukjes van Giulia te zoeken.

Wat moest hij zeggen tegen Agata? Als hij snel genoeg terug was, kon hij zeggen dat hij in de keuken was blijven wachten op Giulia, die in de tuin een bal was gaan pakken. Als hij het overtuigend speelde, zou haar oma het geloven. Maar misschien had die trein niet álles platgereden. Dan zou hij het metalen zakasbakje mee terugnemen dat Giulia voor de zekerheid altijd bij zich droeg. Want dat had ze van haar vader. Giulia wist zeker dat ze vroeg of laat zou gaan roken. Dat zei ze al vanaf de kleuterklas.

Marco zou die vader van Giulia best willen leren kennen. Dan konden ze misschien een keer gaan vissen samen, of een stuk fietsen. En als hij eenmaal volwassen zou zijn, en ze samen gezellig hun peuken stonden uit te drukken in het asbakje, zou Marco hem om Giulia's hand vragen. Haar vader zou hem omhelzen en hem een stevige klap op zijn schouder geven. Welkom in de familie, jongen.

Terwijl hij aan het zoeken was, hoorde hij opeens geritsel in de struiken. Hij dacht aan een vos en riep: Wie is daar? Alsof een vos zou antwoorden, in plaats van grommend zijn tanden te laten zien en hem dan als een kip te verscheuren.

Het was Giulia.

Je leeft nog! Wat ben ik blij, je leeft nog! Ik dacht dat je dood was, en wat ik dan tegen je oma moest zeggen. Moet je horen wat ik verzonnen had. Ik wilde weer terugsluipen naar de keuken en tegen haar zeggen dat je naar buiten was ge-gaan om een bal te pakken, en niet meer was teruggekomen. Dat ik niet zelf naar je was gaan zoeken, omdat ik gehoor-zaam ben en niet in het donker naar buiten ga, en dat ik haar was komen halen om jou samen te gaan zoeken. Dan zouden we je natuurlijk niet vinden, en zou zij de politie bellen. Vroeg of laat zouden ze dan wel hier terechtkomen en een of ander stukje van je vinden. Ik zou dan vertellen dat je het steeds va-ker had gehad over het indianenboek dat ik je had geleend, en dan was ik uit de problemen.

Je bent een lafaard, weet je dat?

Vanbinnen zou ik natuurlijk doodgaan van verdriet, maar ik zou tenminste niet in de gevangenis terechtkomen voor medeplichtigheid aan moord.

Hoe kom je aan die woorden?

Van rechercheur Colombo.

Die vind ik leuk, Colombo.

Weet ik, door jou ken ik hem.

Zullen we naar huis teruggaan?

En de schapen dan?

Nu zijn er al wolven.

Bij het laatste woord rende Giulia huilend als een wolf halsoverkop de spoorhelling af. Marco in haar kielzog erachteraan. Als waanzinnigen gilden ze hun gevoel van bevrijding uit. Het kon hun niets meer schelen dat ze de kippen wakker maakten of dat iemand hen zou zien. Want de volgende dag zou het jaar voorbij zijn, en op oudejaarsdag is het enige wat je kunt doen rotjes afsteken. Jammer alleen dat Marco en Giulia die niet mochten kopen omdat ze nog geen zestien waren. Samen waren ze eenentwintig, maar dat telde niet voor de wet. En wat ook niet telde was dat er mensen zijn die als geheel worden geboren, en anderen die, om een geheel te worden, zich moeten optellen bij een ander. Dan pas komen ze tot rust en kunnen ze, met een oor op de rails, de schoonheid van de wereld afluisteren. Thuisgekomen slopen ze als twee slangen de keuken in en deden de televisie uit. Ze gingen zitten, legden hun gevouwen armen op tafel en hun hoofd erop. Toen vielen ze in slaap. Agata zat nog steeds de *Ilias* te lezen.

Giulia weet nog dat ze op een bepaald moment de bel hoorde. Haar oma ging opendoen, waarna zij haar tegen iemand excuses hoorde maken. Marco's vader kwam de keuken binnen. Met één hand pakte hij Marco op en met de andere aaide hij even over haar hoofd. Giulia bedacht hoe fijn het zou zijn om een vader te hebben die haar in zijn armen nam als ze te moe was om te lopen en bij wie ze dan, om lekker naar bed te worden gebracht en niet haar tanden te hoeven poetsen, net zou doen alsof ze sliep. Giulia keek hem aan en hij, meneer Aldo, haalde adem om haar iets te zeggen, maar deed dat toch niet, omdat het echt al heel laat was.

Giulia weet ook nog dat ze die avond weigerde om te gaan slapen. Ze bleef in de keuken zitten kijken naar een tekenfilm waarin Mickey Mouse tovenaarsleerling was. De muziek vond ze eng, maar ze wilde niet van haar plaats komen. Toen haar oma binnenkwam om haar te vertellen dat Troje ook die avond was gevallen, strekte Giulia haar armen naar haar uit.

Lieve schat, oma is niet sterk genoeg om je helemaal naar bed te dragen.

Alsjeblieft, oma, draag me, net als de vader van Marco.

Maar Marco's vader is sterk, ik red dat niet. Kom op, we gaan naar bed. Vanavond mag je bij mij slapen.

Giulia kwam overeind. Met haar ogen op de grond gericht stond ze haar vader te haten omdat hij was weggegaan, haar moeder omdat ze van het balkon was gesprongen, haar oma omdat ze oud was, en zichzelf omdat ze jaloers op Marco was geweest. Zo jaloers was ze geweest dat ze had gehoopt dat hij zijn ouders zou verliezen.

Giulia is niet jaloers meer. Omdat ze weer moest denken aan die indianen, heeft ze Marco gevraagd mee te gaan naar de spoorweg. Voorbij de brug.

Ze stappen over de omheining van een kippenren en sjokken lamlendig voort, als verzadigde roofdieren. Ze lijken een beetje op hun hoede voor elkaar. Op de spoorhelling glijden ze een paar keer uit. Nadat ze zich hebben vastgegrepen aan de dwarsbalken, lukt het hen op de rails te komen. Giulia gaat zitten en steekt een hand uit naar Marco. Giulia voelt hoe hij beeft. Ze geeft een ruk aan zijn arm en hij komt naast haar zitten.

We moeten praten.

Als Marco zit, gaat Giulia languit op de rails liggen en kijkt hem aan.

Kom hier.

Marco aarzelt, maar gehoorzaamt. Ze liggen tegen elkaar aan. Doordat de rails ijskoud zijn, begint het bloed in hun schouders en kuiten trager te stromen. Marco lijkt er geen last van te hebben, maar Giulia weet niet dat hij op temperatuur wordt gehouden door twee koude douches per dag. In de openlucht is het zes graden, misschien vijf.

Waarom zijn we hier?

Ik wilde je nog een keer zeggen dat bepaalde dingen altijd alleen voor ons tweeën zullen blijven.

Bepaalde dingen, maar niet het leven.

Je weet wie ik ben, vanaf mijn veertiende.

Ik mocht toch wel hopen dat je zou veranderen?

Meestal willen mannen dat vrouwen nooit veranderen, dat ze altijd achttien blijven, lekker stevig en zorgeloos. Toen wij achttien waren, wist je al wie ik was.

Misschien ben ik dan wel geen man. Jij bent degene van het graniet, ik die van het gipspoeder. Waarom moesten we hiernaartoe komen? Ons bloed bevriest zo ongeveer.

Omdat het een plek van ons is.

Aan de laatste plek van ons waar ik was, heb ik een foto overgehouden van jou en Leni. Ik was daar een toevallige voorbijganger aan wie jullie hadden gevraagd of hij even op het knopje wilde drukken. Laten we hier weggaan, het is gevaarlijk, er kan een trein komen.

Dan verplaatsen we ons, dat hebben we altijd gedaan.

Ik heb geen zin meer om me te verplaatsen.

Voel je je oud?

Ik voel me ongelukkig.

Giulia draait zich op haar zij, Marco ook. Ze legt haar handen op zijn gezicht en voelt zijn stoppelbaard van een paar dagen. Marco huilt een beetje, haalt een beetje zijn neus op, komt omhoog op een elleboog.

Jij kunt niks voor me doen, je moet gewoon je eigen leven leiden.

Maar jij bent ook mijn leven.

We willen verschillende dingen. Ik wil jou, en jij wilt een vrouw. Niet zomaar een vrouw, je wilt die hoer van een Leni, die je behekst heeft.

Ik wil niet dat je haar hoer noemt.

Schaam je je?

Ik kan me nergens meer voor schamen. Ik sta zo laag op de schaamteranglijst dat je onder mij alleen nog moordenaars, verkrachters, pedofielen en belastingadviseurs vindt.

Niet echt grappig, mijn belastingadviseur is een prima man.

Stuk voor stuk zijn we allemaal prima.

Ik ben niet prima. Vanaf het moment dat Leni is weggegaan en bij jou is ingetrokken, haat ik de hele wereld.

En als ze nou bij iemand anders was ingetrokken?

Er is niemand anders. Ik zit de hele dag maar te hopen dat ik plotseling in Leni verander.

Giulia glimlacht en drukt haar lippen even zacht tegen de zijne. Weer haalt Marco zijn neus op.

Je bent nog steeds verkouden.

Er is geen enkele hoop voor mij, maar het maakt me niks uit.

Giulia bedenkt dat er in alle sprookjes die ze als kind heeft gehoord en later zelf heeft gelezen dieren voorkomen die mensen worden, en vrouwen die na honderd jaar slapen toch ontwaken. Betoveringen die verbroken worden en beheksingen die hun kracht verliezen. Mensen die proberen terug te keren uit het dodenrijk. Veranderingen, omkeringen, slechte mensen die goed worden en omgekeerd – het gebeurt allemaal omdat de liefde bestaat. Maar in geen enkel sprookje dat ze heeft gelezen en dat haar heeft geamuseerd, bedroefd of getroost, is ze ooit een man tegengekomen die, uit liefde, een vrouw wilde worden, of omgekeerd. Voor dat soort ingewikkelde zaken is de liefde niet genoeg, zeker de liefde van anderen niet. Volgens Giulia kan die wens van Marco nooit in vervulling gaan. Ze kent geen eerdere gevallen met vergelijkbare omstandigheden die ze zou kunnen aanvoeren om hem enige hoop te geven.

Dat was de reden dat ze hem op zijn lippen heeft gekust, zoals de prins Doornroosje of Sneeuwwitje, zoals de prinses de kikker of het Beest. Maar Marco is niet in Leni veranderd. Giulia weet waarom het niet heeft gewerkt en dat het haar schuld is: haar bedoelingen zijn niet zuiver. Ze wil eigenlijk niet dat Marco Leni wordt, ze wil gewoon Leni.

Voor de zoveelste keer komen Marco en Giulia tot de conclusie dat je niet moet geloven in sprookjes, en dat het belangrijk is zuiver te zijn en je aandacht erbij te hebben, als je een happy end of een orgasme wilt bereiken. Marco haalt Giulia's handen van zijn gezicht.

De trein komt eraan.

Ik weet het, zoals we nu liggen kun je dat perfect horen.

Ze liggen erbij als indianen. Giulia noemt hem Rug-Met-Doornen en hij haar Springt-In-De-Wind. Ze grijnzen. Marco sist dat, omdat de laatste keer zij hém zich heeft laten doodschrikken, nu de beurt aan haar is. Hij gaat rechtop zitten en haalt een veter uit zijn bergschoen. Het ene uiteinde bindt hij vast aan zijn enkel, het andere aan de rails. Giulia trekt aan zijn pols, maar Marco knoopt gewoon door en negeert Giulia's gewicht aan zijn arm. En dat is net zo loodzwaar als de eerste keer. Dan zien ze op ooghoogte de lichten. Giulia springt over de rails en is in veiligheid. Marco draait zich om, kijkt haar aan en steek een sigaret op. Hij begint te praten over de tijd waarin hij geloofde dat ze altijd met z'n tweeën zouden blijven, altijd hij en zij. En als hij had geweten dat die vrouw een Grand Canyon tussen hen zou hebben gegraven, had hij haar nog geen dag in huis genomen. Nog geen uur. Dan had hij haar nooit geneukt, absoluut niet. Misschien is het wel omdat zij tweeën net zo zijn als Wile E. Coyote. Elke Grand Canyon kunnen ze overleven.

Ga daar weg! Maak je enkel los!

Keurig tipt Marco de as in zijn hand. Hij kijkt even naar zijn schaduw, die langzaam op weg is naar de spoorkruising. Rails zijn parallelle lijnen. Die lopen tot in het oneindige naast elkaar, en het is niet waar dat niemand onsterfelijk is. Als een schaduw reikt tot in het oneindige, dan ook de persoon die hem werpt. Kwestie van geometrie. Ik blijf heus niet zomaar toekijken hoe je daar doodgaat! roept Giulia. De trein passeert en de luchtverplaatsing blaast haar weg. Giulia gaat op haar hurken zitten om het stootoppervlak zo klein mogelijk te maken. Ze gaat weer staan en ziet alleen maar duisternis. Niemand gaat dood. Marco, roept ze. Niemand geeft antwoord. Ze pakt haar aansteker, klautert weer naar de rails. Precies zoals Marco het wilde: er is niets veranderd, de dingen zijn alleen omgedraaid. Marco is misschien dood. De vuurpunt van zijn sigaret zal, alhoewel niemand er meer aan trekt, misschien toch nog flauwtjes gloeien.

Daar ligt Marco, languit, onbeweeglijk. Met een arm onder zijn hoofd en een brandende sigaret. Hij kijkt naar de sterren alsof hij geen enkel gevaar heeft gelopen.

Weet je nog, die telescoop van mij? Daar heb ik nu andere lenzen bij, voor op het land. Ik wil niet meer naar de sterren kijken. Wat heb ik daaraan als ik niet weet hoe je een wens doet? Ik wil het leven van anderen bespioneren. Van degenen die weten hoe je moet zeggen: ik wil dit, dat bevalt me niet, ik mis je, ik haat je, ik ben alleen, dus ga ik de deur uit. Ik wil in jouw huis kijken terwijl je seks hebt. En dan in m'n eentje neuken, met mijn verrekijker en mijn machteloze verbittering. Ik ben alleen maar van die rails af gerold om daarmee verder te kunnen gaan.

Je bent stapelgek.

Dan staan we quitte.

Leni vraagt aan Giulia waar ze zo laat nog heen gaat. Glim-lachend geeft Giulia haar een kus onder haar oor.

Ik moet met Marco praten.

Ik denk jij en hij veel gepraat, altijd ik behandeld als hoer en nu hij doet moeilijk omdat hij denk hij raak kwijt jou.

Dat denkt hij dan verkeerd.

Jij hebt sterker met hem band.

Het is geen band, het is een betovering.

Heksen breken betovering.

Marco zegt inderdaad dat jij een heks bent.

Tuurlijk, ik heks, en jouw oma baas van druïden.

Leni gaat in het halfdonkere deel van de kamer staan en begint een deuntje te neuriën waar je kippenvel van krijgt. Giulia kijkt naar haar enkels, het enige deel van haar lichaam dat nog licht vangt. Leni weet dat ze volmaakte enkels heeft, en ze weet ook dat Giulia verslaafd is aan elke vouw in haar, aan elk gewricht, elk buigpunt. Alsof ze een pianola is met kant-en-klare partituren, zo kan Giulia van haar in ontroering raken. Giulia wil op haar af lopen, maar Leni vraagt haar dat niet te doen.

Jij moet gaan en ik blijven bij oude oma die ziet bloed. Jij maakt niet zorgen, ik doe niet kwaaie heksendingen voor jullie, praten maar jullie rustig, jij en vriend van je hart.

Leni doet onder haar gezicht een kleine zaklantaarn aan. Ze verwijdt haar neusgaten en ontbloot haar tanden.

Ik geen heks, ik monster.

Ze knipt de lantaarn weer uit, tilt een voet op, dan de andere, en werpt Giulia haar tennisshort toe. Giulia schiet in de lach.

Ik moet gaan.

Ga jij, maak geen zorgen, jij niks mist dat jij niet kent al.

En jij blijft naakt rondlopen?

Jij juist heb te veel kleren aan.

Leni komt weer in het licht staan. Ze draagt een blauwe trui van ruwe wol, die misschien is gekrompen, want de mouwen komen tot haar onderarmen. De trui reikt maar net tot haar heupen. Giulia draait zich snel om, maar kan toch haar lachen niet goed inhouden.

Ik moet de deur uit.

Ze schommelt wat heen en weer op haar voeten, alsof ze een beetje geërgerd is. Leni bespringt haar van achteren en geeft haar dat kusje onder het oor terug. Dan trekt ze het broekje uit haar handen en doet het aan.

Ga jij, anders jouw vriend doet heksending over mij en jou.

Niemand kan ons beheksen.

Jij heb gelijk, wij wonen met baas van druïden al.

Leni springt weg en steekt haar hoofd om de hoek bij mevrouw Agata. Die slaapt, en snurkt daar een beetje bij.

Hier goed alles, jij ga, ik nu lees Italiaans voor leren gebruik lidwoorden. Over drie maanden ik praat beter dan gestudeerd Italiaan.

Dat weet ik.

Ik weet dat jij weet.

Maar kunnen we allereerst niet een keer wat ondergoed gaan kopen?

Jij denkt ik heb geen slipjes en ander dingen. Ik kom van heel goede familie, mijn moeder genaaid uitzet, dacht je soms niet?

Maar je draagt het nooit.

Jij brutaal voor praten over slipjes. Jij bij eerste afspraak van ons gekomen zonder iets onder jouw broek. En zeggen ik naakt lopen?

Leni kijkt naar Giulia en volgt haar terwijl ze lachend de deur dichttrekt. Dan hoort ze de sleutel weer in het slot klikken. Giulia steekt haar hoofd nog even om de hoek en werpt haar een kushandje toe. Leni pakt het boek met de *Ilias* en gaat naast mevrouw Agata zitten. Ze leest hardop. Niet omdat er iemand luistert, maar alleen maar als huiswerk. Om haar oren de klank van de woorden aan te leren, om haar stembanden te laten wennen aan een andere taal.

Toen ze haar ouders had verteld dat ze naar Italië ging, heeft haar vader hemel en aarde bewogen om dat te voorkomen. Hij dreigde zelfs haar dat beetje spaargeld niet te geven. Hij zwoer dat als ze zou weggaan, hij iedereen heel verdrietig zou vertellen dat ze dood was, en als ze dan terugkwam, zou iedereen haar voor een spook aanzien. Haar vader zei dat het er in Italië zeker op uit ging draaien dat ze op bevel van Jan en alleman haar benen van elkaar moest doen. Want het klassieke ballet had haar niet alleen geleerd hard voor zichzelf te zijn, ze was er ook aantrekkelijker door geworden dan welke vrouw ook. Toen snoof hij minachtend door zijn neus en ging verder met het eten van zijn aardappels en het drinken van zijn wodka. Leni huilde uit bij haar moeder. Ze zei dat ze toch niet bij haar ouders kon blijven, dat ze toch weer terug moest naar haar grootouders in Warschau om te werken. En dat ze het dan net zo goed kon proberen: met de bus naar Rome en daar kijken wat er mogelijk was. Leni probeerde haar moeder zover te krijgen dat ze haar vader erop zou wijzen dat ze geld nodig hadden, en dat Leni dat kon opsturen uit Italië. Haar moeder aaide over haar hoofd. Ze vond dat een beetje verandering van lucht haar dochter geen kwaad kon doen. Of Leni dan alleen zou vertrekken, vroeg ze.

Wat bedoel je?

Ik bedoel helemaal niks. Ga je alleen, of met iemand samen?

Irene gaat niet.

Dat is maar beter ook.

Ongelooflijk ben jij. Je hebt liever dat ik in m'n eentje naar een volkomen onbekend land ga dan met haar.

Ik heb nog steeds twee heel goede ogen, waar ik alle vertrouwen in heb. En wat die zien, bevalt me niks.

Leni werd rood en liep de keuken uit. Ze ging naar de stal, om een beetje te kalmeren tussen de koeien. Op een melkkrukje gezeten, legde ze haar hoofd tegen de muur en zakte in slaap. 's Morgens hoorde ze haar moeder in het huis gillen dat Leni er niet meer was, dat ze misschien al was vertrokken. Daarna klonk er een doffe dreun. Ze dacht dat haar vader misschien was gestruikeld terwijl hij, al rennend, had geprobeerd zijn broek aan te trekken. En dat hij nu versuft op de grond lag te worstelen om die broek van zijn enkels te krijgen, zodat hij weer verder kon rennen. Leni, die een klein beetje pijn in haar rug had, pakte twee zinken emmers, zette het krukje onder een koe, en begon te melken. Het zachte contact met al dat roze was de ultieme vredigheid. Ze vulde twee emmers met melk, aaide de koeien om afscheid van ze te nemen, ging het huis binnen en zette alles in de keuken neer. Daarna ging ze zich wassen. Toen ze uit de badkamer kwam, zat haar vader zijn werkschoenen te strikken en stond haar moeder sneden brood in kleine stukjes te snijden, die ze in kommen deed voor het ontbijt. Haar vader zat te wachten, haar moeder maakte pap, en Leni huilde.

Na het ontbijt stopte Leni snel wat kleren in een tas. Haar boeken liet ze allemaal staan. Het waren er te veel, en er een paar kiezen zou verraad aan de andere betekenen. Alleen Emma Bovary nam ze mee, als gezelschap, en ook omdat je er baat bij kunt hebben als je soms, heel kort, onderweg even een willekeurige Homais ontmoet.

Leni hoort dat mevrouw Agata steeds van tevoren het woord mompelt dat zij moet voorlezen. Daarom streelt ze haar even over het hoofd – zorgzaam, maar niet echt met warmte. Mevrouw Agata doet haar ogen open en zegt iets over de lezers van een blinde schrijver. Leni denkt dat ze misschien die Zuid-Amerikaan bedoelt. Mevrouw Agata glimlacht. Ja, hij is Zuid-Amerikaans. Dan sluit ze haar ogen weer, maar onder haar oogleden begint geen enkele naam te knipperen. Zuid-Amerikaans is het eerste verstaanbare woord dat uit mevrouw Agata's mond komt, en dat Leni kan begrijpen. Meestal zijn het alleen klanken zonder betekenis. Wel kun je die betekenis soms halen uit haar gelaatsuitdrukking, uit de gebaren van haar handen, uit wat er in de diepte van haar ogen te zien is. Maar Zuid-Amerikaans heeft ze nu toch gezegd. Leni vouwt het laken goed over de dekens. Mevrouw Agata vraagt of ze wil doorlezen. Na Zuid-Amerikaans heeft Leni nu ook doorlezen verstaan. Ze verontschuldigt zich dat ze in het Italiaans niet zo goed kan lezen als zou moeten, en legt uit dat ze de *Ilias* heeft genomen omdat ze het verhaal al kende. Als je het verhaal kent, is het makkelijker om de woorden te begrijpen.

Terwijl ze dat zegt, realiseert ze zich dat mevrouw Agata het omgekeerde probleem heeft. Zij kent heel veel woorden, maar de verhalen zijn in haar hoofd in de war geraakt. Ze kan ze dus niet meer uit elkaar houden, ze liggen over elkaar heen, raken met elkaar vermengd, snijden elkaar. En als ze elkaar snijden, sijpelt er bloed uit. Het is geen taal meer, het is lava die uitholt en bedekt. Het is glasgruis dat schuurt en krast. Leni leest verder en mevrouw Agata gaat door met voorzeggen. Leni bedenkt dat op dit ene moment zij tweeën op elkaar lijken: ze kennen de klank van de woorden, maar niet altijd vatten ze de betekenis – in elk geval niet snel genoeg om ervan te kunnen genieten. Leni stopt met lezen en mevrouw Agata kijkt haar aan. Leni doet het boek dicht. Als ze opstaat, blijven haar billen even aan de stoel plakken. Ze gaat naast het bed staan en pakt mevrouw Agata's hand.

Die hand is warm, en haar drinkwaterkleurige ogen zijn doorzichtig. Op een bepaald moment beginnen ze blauw te worden, beetje bij beetje, met kleine wolkjes tegelijk; Blue Curaçao in gin. Giulia heeft Leni verteld dat ze weet wanneer haar oma naar haar luistert, dat ze dat ziet aan de kleur van haar ogen. Alsof er een schakelaar wordt omgezet. Als de ogen van mevrouw Agata helemaal blauw zijn geworden, weet Leni dat de geluidsinstallatie aan staat, en dat ze kan beginnen met praten. Ze verzamelt moed en haalt diep adem, alsof ze een duik in het water moet nemen.

Leni kan niet zwemmen. Toen ze een klein meisje was, haar vader nog werkte voor de Italiaanse autofabriek en haar moeder het kleine dagverblijf voor kinderen nog leidde, gingen ze, als het mooie weer begon, naar Gdańsk. De treinreis erheen was lang.

Mama, ik wil een nog langere reis maken dan deze trein.

Uit Giulia's landkaarten heeft ze begrepen dat die reis haar langer leek dan hij eigenlijk was. Maar waar het haar om gaat, is de indruk die zij ervan had toen ze in die trein zat. Haar ouders brachten brood, worst en radijssaus mee – pure vreugde waren die uitstapjes. Haar vader heeft toen geprobeerd haar zwemmen te leren. Het water was behoorlijk koud. Leni was niet bang voor de kou, maar wel om onder de oppervlakte te zakken. Haar vader hielp haar om, alsof het water een matras was, op haar buik te gaan liggen, en zei dat ze haar armen moest uitstrekken. Leni had er vertrouwen in en bleef stijf liggen, maar hield haar hoofd rechtop. Af en toe kreeg ze een beetje zout water binnen. Dat spuugde ze dan snel uit, waarna ze, alsof het ging om een serie balletposities aan de barre, weer stug doorging zichzelf te oefenen in drijven. Haar vader zei dat drijven iets natuurlijks is bij een mens, dat ze het niet moest doen alsof het een oefening was, maar alleen maar rustig hoefde adem te halen. Het lukte Leni niet, en zodra haar vader een van zijn grote handen onder haar weghaalde, ging ze kopje-onder. Dan moest hij haar weer naar boven trekken en haar ertoe overhalen het nog eens te proberen. Ze had best eens een keer willen duiken, maar omdat ze niet had leren zwemmen, kon dat niet. En iedere keer dus dat iemand haar uitdaagde voor wat dan ook, iedere keer dat het ging om een krachtmeting, maakte het niet uit hoe snel ze in een paal kon klimmen, of hoeveel belletjes ze durfde te trekken. Omdat daarna wie dan ook door haar was verslagen, zijn broek en trui uitdeed en zei: Laten we even een lekkere duik nemen, kijken wie er het hoogst durft.

Irene had ze in Gdańsk leren kennen kort voor ze zich inschreef aan de universiteit. Met een groep vrienden was ze weer eens naar zee gekomen. Ga mee even zwemmen, zei een van hen. Nee, zei Leni. Waarop de jongen haar als een lammetje over zijn schouder legde en in het water smeet. Ik kan niet zwemmen! riep Leni, terwijl iedereen stond te lachen. Leni kon op die plek net niet staan en moest telkens sprongetjes maken om lucht te krijgen. Ze ging ervan uit dat het pantomimespel niet al te lang zou duren, dat Jerzy wel achter haar aan zou komen duiken, en dat ze er dan met z'n allen bij een slok wodka om zouden lachen. Maar toen ze zo aan het springen was, bedacht ze dat Jerzy wel eens kwaad op haar kon zijn omdat ze in de trein had gezegd dat ze het uitmaakte, dat ze zich op haar studie moest richten, en werk moest vinden. Dus geen vaste relaties meer, alleen losse contacten. Misschien was Jerzy inderdaad wel kwaad geworden, en vond hij dat zij praatte en dacht als iemand wie het alleen maar om het lichamelijke ging, als iemand voor wie hij eigenlijk helemaal niet belangrijk was. Domme jongen, die Jerzy. Terwijl ze zo stond te springen en het ballet dankte dat het haar zulke sterke longen had bezorgd, zag ze een meisje op een luchtbed. Ze riep dat ze bijna verdronk, en of ze naar haar toe wilde komen en een beetje plaats voor haar wilde maken.

Ik weet niet of het dat houdt, ons allebei.

Dat houdt het best, we gaan erop zitten met onze benen elk aan een kant.

Het meisje probeerde haar aan een hand omhoog te hijsen, waarop ze hun evenwicht verloren en allebei in het water vielen. Leni kreeg zo de slappe lach dat ze nu echt dreigde te verdrinken. Jerzy dook in het water, maar Leni riep dat hij kon gaan fietsen stelen, want zoals altijd was hij weer te laat. Het lukte haar, en ook het andere meisje, om in zittende houding op het luchtbed te komen. Zeg maar waar je heen wilt, zei het meisje. Jerzy bekommerde zich verder niet meer om Leni. Tegelijk met het meisje bewoog ze haar armen en benen in het water, zodat ze een heel stuk van het strand verwijderd raakten. Toen draaide Leni zich om en keek het meisje aan.

Ik ben Leni.

Dat had ik al gehoord. En die kwaaie jongen van daarnet heet Jerzy, dat is je vriendje.

Nee, dat is mijn vriendje niet, we gaan alleen maar naar bed samen.

Zijn jullie zulke slaapkoppen dan?

Lachend begonnen ze te praten over Jerzy, en over seks. Tot er wind opstak en Irene, die sirene van het luchtbed, zei: We kunnen beter teruggaan. Irene draaide zich om. Tot aan het strand bleef Leni haar vasthouden. Zullen we een keertje afspreken? zei Irene. Leni ging op haar tenen staan om haar te kussen. En hoeveel zout ze ook in hun mond hadden, en hoe dorstig ze ook waren, ze bleven aan elkaar vastgeplakt tot Leni's vrienden kwamen en haar wegsleepten.

Wie is die meid?

Weet ik niet.

Ga je nou met meisjes staan zoenen?

En als ik dat nou lekker vind?

Zet het uit je hoofd, er spelen belangrijker zaken dan wat we allemaal lekker vinden.

Dat probeerde ik je vandaag nou juist duidelijk te maken. We kunnen geen vaste relatie hebben, we moeten studeren en werk vinden.

Wat heeft die stomme trut daarmee te maken?

Dat is geen relatie, haar vind ik interessant.

Leni besefte dat ook de prachtigste duik haar geen status meer kon geven in Jerzy's ogen, maar ze voelde zich gelukkig en dus sterk.

Kom op, we moeten gaan.

Voor Leni is heteroseksualiteit alleen begrijpelijk bij kunstschaatsen voor paren, of bij ballet.

Agata's hand is warmer dan Agata's voorhoofd. Leni slaat haar armen om haar heen en verontschuldigt zich voor de keer dat ze haar niet goed heeft behandeld. Ze zegt dat ze groot respect heeft voor oude mensen, en dat het haar spijt dat ze elkaar hebben ontmoet in een periode dat geen van tweeën kan zeggen dat ze geniet van het gezelschap van de ander, maar ze elkaars gezelschap alleen maar kunnen verdragen. Ze bekent dat ze, toen ze het bed opmaakte, een schrift heeft gevonden. Dat ze het is gaan lezen en dat ze, sinds haar vertrek uit Polen, voor het eerst heeft gehuild om iets waarbij ze zelf niet betrokken is. Ze verontschuldigt zich ervoor dat ze niets heeft begrepen van die bloemen, en zegt dat ze zal doen wat Giulia heeft voorgesteld: haar rode geraniums naar het park brengen, waar ze het zeker goed zullen doen, omdat de aarde daar beter is dan die in plantenbakken. Ze verontschuldigt zich ervoor dat ze zich niet goed heeft kunnen voorstellen wat er schuilging achter de nauwkeurige verslaglegging van Agata's dagen tijdens de drie maanden dat Giulia er niet was, waarin ze elke zucht, elk woord heeft geregistreerd. Waarin ze, met het minutieuze handschrift van een wiskundige, vele pagina's heeft gevuld met een kroniek van zichzelf. Tenminste, dat heeft ze geprobeerd. Alleen maar om een beeld van zichzelf te behouden. Zonder enige ijdelheid. Leni vindt het heel jammer dat ze het Italiaanse woord daarvoor niet kent. Dat zou ze graag tegen Agata zeggen. Had ze maar ja gezegd tegen Giulia toen die haar een Pools-Italiaans woordenboek cadeau wilde doen. Ze zou willen dat ze Giulia toen niet om haar hals was gevallen en voor de zoveelste keer dat nutteloze zinnetje tegen haar had uitgesproken: Kus me op m'n mond, dan kan ik andere talen spreken.

Leni's ogen zijn troebel van tranen. Op een bepaald moment ziet ze aan de geamuseerde maar aandachtige houding van Agata dat ze in het Pools aan het praten is. Ze herhaalt alles in dat Italiaans van haar, waarin lidwoorden en verbuigingen ontbreken, maar dat wel begrijpelijk is. Agata luistert met blauwe ogen. Ze lijkt het te begrijpen en maakt geen aanmerkingen. Leni huivert even, omdat Giulia's oma echt een heks lijkt te zijn. Leni hoopt maar dat het oude witte mens nooit iets over haar tegen Giulia zegt, dat ze Giulia er nooit van zal weten te overtuigen dat die Poolse hoer niet lief genoeg voor haar is. Dat het een slecht mens is. Ze wil graag dat Giulia's oma haar op z'n minst een beetje aardig vindt. Dus brengt ze haar gezicht naar voren, en haar lippen, en kust haar op het voorhoofd.

De ogen van mevrouw Agata worden weer kleurloos. Snel trekt Leni zich terug. Ze is bang dat ze een haal over haar gezicht krijgt, en dat Giula haar dan niet meer wil. Ze weet wel dat dit onbenullige gedachten zijn, dat ze eigenlijk alleen maar goed voor die oude dame zou moeten zorgen, dat ze zou moeten delen in haar lijden. De vrouw daar tegenover haar leeft namelijk met intervallen. Het ene moment is ze hier, en het andere wie weet waar. Leni staat op en loopt weg. Mevrouw Agata kijkt naar het plafond en zegt dan: Als de duivel je kust, wil hij je ziel. Ze zegt nog meer, maar dat zijn diepe zuchten, kreunen en kreten. Alsof ze haar tong wil uitbraken. Mevrouw Agata begint te krijsen. Leni verzamelt moed en stort zich midden in die waanzin daar. Met alle kracht die ze heeft, drukt ze Agata's polsen omlaag, zodat die zich in elk geval geen pijn kan doen. De oude vrouw spartelt als een vis op het droge, trapt met haar benen, slaat met haar hoofd tegen de muur. Leni wil haar koste wat het kost tegenhouden en klimt boven op haar. Mevrouw Agata probeert haar van zich af te werpen, maar geeft dat plotseling op en zakt ineen als een gewond beest.

Leni haalt opgelucht adem en gaat weer zitten. Ze pakt het boek en leest voor over Achilles, schoon als de zon, die Hector, verbrokkeld als marmer, aan zijn strijdwagen bindt, en hem blijft rondslepen tot er geen vezeltje van Hector over is. Ze leest over Achilles' strijdwagen, die uiteindelijk alleen nog maar een zwakke afspiegeling van Hector voortsleept, terwijl er niets meer over is om die enige vorm te geven. Leni moet aan rosbief denken. Mevrouw Agata ligt te huilen.

Wat een bloed, ook hier, wat een bloed.

Leni gaat rechtop zitten en slaat het boek dicht.

Zo kan niet eruit, zie je?

Agata kijkt haar aan. Haar ene oog is blauw, het andere melkkleurig. Een eenogige camee.

Als jij het bloed kan tegenhouden, mag je blijven.

Leni wist wel dat het pact met de duivel zich vroeg of laat zou aandienen.

Hier is het dan.

De eerste keer dat hij zijn kijker richtte op het huis van Agata, kon hij meteen de haartjes op haar bovenlip tellen. Wat was hij tevreden dat hij voor Zeiss-lenzen had gekozen. Hij wist niet goed of Agata altijd een snorretje had gehad, of dat ouderdom iedereen gelijkelijk met haar overdekt, zodat je geslacht niet meer uitmaakt. Hij zag hoe Leni Agata naar haar slaapkamer bracht en hoe Giulia de tafel afruimde, de glazen afwaste, het koffiepotje vulde en de kamer van haar oma binnenging om Leni te helpen haar in bed te leggen, of misschien om gewoon een babbeltje te maken. Giulia heeft haar oma altijd geadoreerd. Altijd heeft ze haar beschermd tegen haar schuldgevoelens over het feit dat ze iedereen was kwijtgeraakt en alleen was achtergebleven. Door altijd dicht bij haar te blijven en haar te behandelen als moeder, als zusje en als geest. Marco ziet dat Giulia haar bleekroze lippen beweegt en lacht en druk gebaart. Hij vindt dat ze in het verleden een vooruitziende blik heeft getoond door zich toen al te oefenen in het kibbelen met geesten. Agata heeft wit haar en ziet lijkbleek. Soms verblindt zij hem doordat zijn landkijker zo'n zuiver beeld geeft. Ze straalt licht uit, als ectoplasma in een horrorfilm uit de jaren tachtig. Marco schiet even in de lach, en gaat dan weer door met kijken. Als hij had geweten hoe leuk het is om met een poppenhuis te spelen, had hij er met kerst een gevraagd van zijn ouders.

Marco zegt tegen Giulia dat ze naar huis moet gaan. Dat hij nog even alleen wil blijven om zijn sigaret op te roken en daarna rustig naar huis te wandelen. Giulia is niet echt overtuigd. Ze is bang dat Marco onder een trein terechtkomt. Maar dan besluit ze voor zichzelf dat ze hem niet kan redden, en dat zijzelf niet mag doodgaan. Dat zou voor haar oma het zoveelste geval van desertie zijn. En ook omdat Leni er nu is. Of je hebt me lief, of je vermoordt me. Marco gaat zitten en jankt als een wolf.

Zie je nou, toen jouw moeder je zei dat je naar binnen moest gaan, heb je gehoorzaamd, en is zij naar beneden gesprongen. Nu zeg ik dat je weg moet gaan, en dat doe je dan ook. Jij hebt niets geleerd, jij geeft niet om mensen, jij geeft om één mens tegelijk, en nu heb je alleen die Poolse teef in je hoofd.

Als ze hem pijn zou willen doen. Als ze dat zou willen, zou ze nu iets zeggen.

Maar Giulia zwijgt. Ze kijkt naar hem. Het enige wat ze nu wil, is dat Marco geen eind aan zijn leven maakt. En dus gooit ze hem haar asbakje toe. Het glimt in het maanlicht en beschrijft een volmaakte baan: een zilverkleurige teugel tussen hun handen.

Dat wil ik morgen terug.

Ik dacht dat je me ermee wilde afkopen. Omdat je Leni hebt weggehaald.

Die is meer waard dan die asbak.

Jij weet tenminste wél hoe je tegen een vrouw moet praten.

Giulia draait zich om, richt haar blik op de grond en steekt ten afscheid haar hand op. Het bevalt Marco allerminst dat zij hem niet moedig genoeg acht zich te laten doodrijden door een trein. Of misschien bevalt het hem niet dat Giulia niet meer zo belangrijk voor hem is dat hij zich voor haar voor een trein wil gooien. Of hij beseft dat hij haar echt nog niet kwijt is, en dat hij haar nooit zal kunnen kwijtraken. Met zijn gezicht naar de sterren, duisternis om hem heen, droge bladeren die knisperen, konijnen die rondrennen en katten die op prooi loeren, voelt hij zich rustig en sterk. Hij zal niet op de rails gaan liggen, hij zal de trein niet in het holst van de nacht plotseling doen stoppen, en de passagiers met een schok doen opveren. Waarna iemand dan uit het raampje kijkt en de afgesneden, grijnzende kop ziet van weer zo'n mafkees die niks te doen en te verliezen had, of het lef niet kon opbrengen om zich vol te proppen met serotonine of psychofarmaca, en die, misschien bezopen, op de spoorbaan is gaat zitten om eindeloos het treinverkeer lam te leggen. Wie leeft, moet afbetalen. Wie dood is, is dood.

Hij voelt zich vrolijk, Giulia is er nog steeds, ondanks het kontje van Leni en de rest.

Marco vraagt zich af hoe iemand als Leni, die hem altijd zo diep mogelijk in zich wil hebben, iets kan voelen bij seks met Giulia. Marco probeert het voor zich te zien en schiet hard in de lach. Hij hoopt dat Giulia hem nog hoort, daar op de weg.

De avond dat hij Giulia vroeg om Leni mee uit te nemen en Giulia dat had toegezegd, besefte Marco dat zijn kerngezin drielobbig was geworden – als een klaverblad. Zo'n blaadje dat, ook als het geen geluk brengt, wel nog steeds zo zacht is als puur fluweel. Liever fluweel dan geluk. Nadat hij die drie idioten van leveranciers had afgezet bij hun hotel, ging hij naar huis. Omdat hij buiten zag dat er geen licht aan was, ging hij ervan uit dat hij daar niemand meer zou aantreffen. Maar toen hij naar binnen stapte, zag hij op het balkon de vuurpunten van twee peuken. Giulia stond op van de ligstoel om die aan hem af te staan en ging zelf onder de bloemen zitten.

Giulia heel mooi met bloemen op hoofd, ik heb gezegd ook vanmorgen.

Inderdaad, staat je goed, moet je vaker doen.

Niet plagen, Marco.

Leni moest lachen. Marco en Giulia keken elkaar aan alsof ze niet eerlijk tegen elkaar waren geweest. Marco bedacht dat zijn gebrek aan oprechtheid misschien wel werd geprojecteerd in haar ogen. Hij begon te vertellen over zijn dag, en over de leveranciers, en over wat ze hem hadden gevraagd over hoeren. Toen wendde hij zich tot Leni.

Ze wisten ook over jou, en laten ze nou juist bij míj komen om navraag te doen... Ik heb natuurlijk gezegd dat zoiets lekkers hier niet te krijgen was.

Giulia richtte haar blik op de grond. Ze zakte weg in de houding van een houten marionet waarvan iemand de touwtjes heeft losgelaten. Daardoor begreep Marco meteen dat de wijn in zijn lijf hem te loslippig had gemaakt, dat niet alles al helemaal duidelijk was, dat hij tegen Giulia nog niets had verteld over Leni, dat hij de onbehouwen man van de wereld had willen spelen en Leni zwaar beledigd had. Terwijl hij daarover zat na te denken, stond Leni op en ging een sweater en een joggingbroek aantrekken. Giulia keek hem aan met de wijsneuzige blik van een knuffeldier dat net in de kast met alle andere knuffeldieren is gegooid.

Door jou voelt ze zich nu vies, voelt ze zich naakt.

Hoor mevrouw de dronken psychiater 'ns... Sorry hoor, maar we hadden het zo gezellig met z'n drieën dat ik dacht dat ik je alles al had verteld.

Je hoeft mij niks te vertellen. Je moet haar je excuses gaan aanbieden.

Je hebt gelijk, ga ik nu doen.

Hij ging naar binnen. Voordat Leni in haar bokstraining-outfit naar buiten kon stappen, pakte hij haar bij de schouders, kuste haar en sprak zijn spijt uit. Leni zei iets waarvan hij eerst dacht dat hij het niet had verstaan, en dat in de dagen daarna in zijn hoofd macaber ging zoemen, als de lamp van een zonnebank. Marco hield niet van zonnebanken.

Uit mond van vrouw komt deze ding nooit.

Weet ik, maar vrouwen praten dan ook nooit over hoeren.

Jij tegenspreekt jezelf, weet jij, Marco? Als vrouwen hoeren, dan vrouwen praat over hoeren en met hoeren.

Giulia is geen hoer.

Nee, Giulia heilig, en ik hoer van allemaal.

Nee, jij bent alleen maar mijn hoertje.

Marco trok haar nog steviger tegen zich aan. Met mijn hoertje bedoelde hij iets liefs te zeggen, iets schaamteloos intiems. Maar Leni reageerde met een elleboogstoot in zijn buik, die de smaak van gebakken vis en wijn weer naar zijn mond terugstuwde. En misschien ook wel de graat die hij onopgemerkt had doorgeslikt.

Daarna zaten ze, alsof er niets was gebeurd, weer alle drie buiten, en gingen ze een spelletje kaarten. Iedereen wist dat Giulia, na jaren in de bar van Augusto, beter speelde dan hij. Maar dat ook Leni beter was met Napolitaanse kaarten, was te gek voor woorden. Toch voelde hij zich zo, met die twee meiden allebei binnen handbereik, een zondagskind. Omdat nu bleek dat niet alle mooie dingen altijd alleen maar kinderen van anderen overkomen. Dat die niet exclusief zijn gereserveerd voor kinderen die zijn opgegroeid met levende ouders, met bereikbare ouders, kinderen voor wie aandacht was, met wie werd gepraat – kinderen die de wereld recht in het gezicht durven te kijken. De mooie dingen zijn soms dus ook voor hen tweeën bestemd: voor Giulia, die altijd naar de grond kijkt, en voor hem, die altijd zijn blik omhoog heeft gericht.

Hij had het idee dat Leni graag zoals Giulia wilde zijn, omdat Giulia een evenwichtige vrouw leek, iemand zonder schaduwkanten, altijd bereid om hoffelijk toe te schieten. Toen Leni aanstalten maakte om op te staan, sprong Giulia dan ook inderdaad op en stak een arm uit om haar te helpen. Leni glimlachte naar haar, en voor ze helemaal overeind kwam, drukte ze een kus op Giulia's hand. Marco, halfdronken als hij was, sloeg er geen acht op. Maar hij had natuurlijk moeten bedenken dat Leni niet iemand was van gratuite liefkozingen, dat de liefkozingen van Leni duurder waren dan Leni zelf. Hoe vaak had ze hem al niet verteld dat ze onder haar kussen een puzzelboekje had klaarliggen voor het geval dat een klant, om klaar te komen op haar rug, meer tijd nodig had dan normaal. Marco lachte maar wat, en hij had niet door dat die handkus niet plagerig bedoeld was, of als handelswaar. Dat het gewoon de eerste van vele liefkozingen was, van vele tekenen van liefde, die hij in het vervolg van Leni zou zien. En allemaal waren ze voor Giulia.

Had hij nou maar niet tegen haar gelogen.

Had hij nou maar niet aan Giulia gevraagd om Leni mee uit te nemen.

Was hij maar niet zo'n lafaard geweest.

Dan zou Giulia er ook nog zijn, hier op die spoorbaan. Dan hadden ze samen een sigaret gerookt, in plaats van uit elkaar te gaan terwijl de helft van de nacht nog voor hen lag.

De tijd gaat voorbij en ik slaap alleen. Met mijn kont in de kou.

Marco staat op en slaat het stof van zijn broek. Hij hoort de trein aankomen; 's nachts fluiten treinen niet. Hij steekt het spoor over. De machinist heeft kennelijk in de verte iets zien passeren dat op een mens lijkt en laat een waarschuwingssignaal horen – één keer maar. Waarschijnlijk hoopt hij dat zijn sirene de geesten zal verjagen. Volgens Marco zou *Sirenes verjagen geesten* de titel kunnen zijn van een fantasyboek. Helaas is Giulia er niet om haar waardering te uiten voor deze grap. Hij voelt zich een idioot. Hij voelt zich altijd een idioot wanneer hij zich realiseert dat hij de verkeerde dingen heeft gezegd. Hij beseft dat hij nooit goed maat heeft kunnen houden. Ook niet die keer met dat briefje over Carmela. Giulia overkomt zoiets nooit.

Hij loopt de olijfbomen voorbij, klimt over de eenpersoonsbedspiralen die de boeren gebruiken om hun grond te omheinen en staat dan, ter hoogte van de spoorbrug, weer op de asfaltweg. Marco hoort nóg een trein aankomen en loopt naar de brug om eronder te gaan staan. De lerares Italiaans op de middelbare school zei altijd dat dat geluk brengt, en geluk kan Marco wel gebruiken. Op z'n minst een klein beetje. Hij probeert zo snel mogelijk onder de brug te komen – en daar is Giulia.

Ik dacht dat je naar huis was gegaan.

Nee, ik heb op je gewacht. Je weet dat ik er een hekel aan heb om in het donker te lopen.

Ben je nog steeds bang in het donker?

Sommige dingen gaan nooit over.

Sommige dingen die je het leven niet onmogelijk maken.

Jij houdt te veel van herhaling, als je een vrouw was geweest, kon je borduurster worden.

Als Agata me les wil geven, wil ik het nu ook wel leren.

Toen ze dat een keer probeerde, zei je dat je geen meisje was...

Toen was ik tien jaar, wat wist ik toen van vrouwtjes en mannetjes? En dan had ik ook nog 'ns jou als vriendinnetje.

Wat een stomme dingen heb je net allemaal gezegd...

Weet ik. Hoe wist je dat ik hier onder de brug zou komen?

Omdat dat malle mens van wie je op school Italiaans kreeg altijd tegen je zei dat dat geluk brengt.

Weet jij nog wat je daar altijd tegen inbracht?

Dat het geluk bracht toen bruggen nog wel 'ns instortten. Nu ze gewapend beton gebruiken, is het verspilde tijd.

Helemaal niet waar. Trouwens, het kan me geen moer schelen als ik mijn tijd verspil.

Mij ook niet, maar ga nu maar mee naar huis.

En hoe wist je dan dat er een trein voorbij zou komen?

Ik ken de tijden, je weet dat ik 's nachts niet slaap.

Nee, weten doe ik dat niet, ik heb het alleen maar van jou gehoord. En wat doe je dan, als je niet slaapt?

Vroeger bestudeerde ik blinde kaarten, nu kijk ik of naar slapende oma, of naar slapende Leni.

Ik vind het echt heel erg, dat van je oma.

Ik vind dat van ons veel erger – zoveel tijd als wij nog vóór ons hebben.

Met ons zit het goed.

Echt waar?

Echt waar.

Marco pakt haar hand en maakt aanstalten om naar huis terug te wandelen met Giulia achter zich aan, zoals ze het altijd hebben gedaan. Maar dan voelt hij zich opeens weer een idioot, iemand die achterloopt, en houdt hij halt.

Dat asbakje is van jou.

Weet ik.

Ik wil niks wat van jou is.

Dan wil je ook niks wat van jou is.

Wij zijn niet een en hetzelfde ding, Giulia.

Weet ik, maar ik weet ook dat als er op de wereld twee echt identieke dingen konden bestaan, dat jij en ik dat zouden zijn.

Marco spuugt op de grond en sprint dan weg als een honderdmeterloper.

Hij wil niet identiek aan Giulia zijn – hij wil Giulia.

Agata bevindt zich op een dakterras en het hoofd van Andromache rust tegen haar schouder. Er waait een heerlijke zeebries. Ze had niet willen indommelen terwijl Andromache aan het huilen was, maar dat is wel gebeurd, en de tijd staat stil, want Andromache huilt zoals ze elke keer doet, met dezelfde uithalen en dezelfde wanhoop. Het einde van Hector is het einde van Troje. Agata streelt haar krullen en troost haar omdat Hector dood is en die bedrieger van een Achilles hem aan zijn strijdwagen heeft gebonden en rondsleept. Agata kijkt eens beter naar die bedrieger van een Achilles en ziet dat hij heel gespierd is, en heel blond, en dat hij veel lijkt op een filmster uit Hollywood. Ze vindt het vreemd en schudt even aan Andromache, om haar erop te wijzen hoe schandelijk het lichaam van haar man onteerd wordt. De grote Hector rondgesleept door een filmster uit Hollywood. Een knappe kerel, maar toch gewoon een filmster. Terwijl ze aan haar schudt, wordt Agata zich ervan bewust dat het hoofd van Andromache niet op een romp rust, maar op iets mechanisch, dat Andromache op de plaats van haar benen twee krukken heeft, en dat het om Andromache heen heel rood, zanderig en vierkant is. Het enige wat wel in stand blijft, is het troosten van Andromache en de schanddaad aan het lichaam van haar man. Agata komt overeind en legt het hoofd van Andromache op een zilveren bord. Het doet haar denken aan Lina Wertmuller en aan de onthoofde Johannes de Doper. Ze hoopt maar dat ze het niet als onderpand aan iemand heeft gevraagd. Ze kijkt naar beneden en ziet die filmster uit Hollywood het lichaam van Hector dragen alsof het een rodeostier is. Ze zucht en slaat haar ogen ten hemel. De hemel is van een heel bijzonder blauw, nog nooit heeft ze dit met zwarte, gouden en platina lijnen doortrokken blauw gezien. Een prachtige hemel, de hemel van het einde der tijden. Agata heeft de indruk dat de hemel naar haar kijkt. Maar niet alsof God zich daar bevindt en ogen heeft.

Ze spert haar ogen wijder open en ontmoet de blauwe blik van het meisje dat vroeger op het balkon met de rode geraniums woonde. Zo'n balkon zie je niet eens in Tirol. Het meisje heeft de *Ilias* in haar hand. Agata herinnert zich dat ze, om zich een van de mooiste verhalen ter wereld te laten vertellen, hele avonden over dat boek gebogen heeft gezeten. De *Ilias* was Agata's tweede familie. Ze is opgegroeid met Hector, Achilles en Odysseus, ze had Helena en Andromache steeds om zich heen. Als Agata alles alleen had moeten doen, als ze niet had kunnen rekenen op die mysterieuze, nogal controversiële bijstand, had ze het niet gered. Zij die haar die hulp gaven, waren altijd sterk, figuren met besef van goed en kwaad, met een doel voor ogen. Onsterfelijk, maar met alle aandacht voor hun naaste. Dat meisje is geen Italiaanse, want ze leest zonder intonatie en met een vreselijk accent. Ze heeft zo'n Franse r, maar spreekt het Italiaans verder uit alsof het een soort Engels is. Agata heeft de neiging dat voor de grap tegen haar te zeggen, maar inmiddels is de onmogelijkheid tot spreken het enige wat haar maar niet lukt te vergeten. Het is een nachtmerrie, dat besef niet meer te kunnen praten. Het meisje stopt met lezen en laat haar het schrift zien. Agata glimlacht, omdat ze denkt dat ze haar wil aansporen wat te schrijven. Dan kijkt ze beter en herinnert zich dat ze al eerder heeft geschreven in dat schrift. En dat ze niet wil dat iemand dat leest. Het meisje gebruikt het schrift als een waaier en praat tegen haar in een onbekende, maar heel muzikale taal, die haar doet denken aan het *Lacrimosa* van Mozart. Ze glimlacht, want het *Lacrimosa* heeft ze altijd heel mooi gevonden, en ondanks de tranen waarnaar de titel verwijst, heeft het haar altijd een vrolijk gevoel gegeven. Maar ook al doet de stem van het meisje haar denken aan het *Lacrimosa*, en is het meisje zelf ook betraand, het doet Agata niet vergeten dat het schrift dat ze in haar hand heeft een ver- zameling geheimen, fouten en tekortkomingen bevat, dat daarin dingen staan die Giulia nooit mag weten. Als ze zich de exacte woorden zou kunnen herinneren, zou ze zichzelf vervloeken. Omdat ze bang was die woorden later niet meer tot haar beschikking te hebben, of zich misschien opeens te bedenken en het dan toch niet op te schrijven, omdat ze bang was dat Giulia haar vragen zou stellen waarop ze geen ant- woord meer kon geven, heeft ze namelijk het meest waar- schijnlijke verhaal achter Lucia's tweede zwangerschap aan dat schrift toevertrouwd – en misschien ook wel dat achter de eerste. Agata heeft altijd geloofd dat Aldo ook de vader van Giulia was, en dat hij het niet eens wist, omdat die doch- ter van haar zo'n wildebras was geweest.

Er belt iemand aan. Agata gaat terug, pakt het hoofd van Andromache weer en speldt het aan zich vast, als een vossen- bontje. Met het hoofd van Andromache voelt ze zich mooi- er. Aan de deur is Aldo, de vader van Marco. Hij draagt de broek van zijn kostuum, maar het jasje van zijn pyjama en is gekomen om zijn zoontje op te halen. Hij excuseert zich er- voor dat ze niet in de gaten hebben gehad dat het al zo laat is geworden. Ook Agata excuseert zich, maar als ze de *Ilias* leest, is ze even helemaal van de wereld. Inderdaad, want Aldo vertelt nu dat hij naar haar toe is gekomen omdat Umberto de postbode hem thuis had opgebeld om te zeggen dat hij Giulia en Marco bij de spoorbaan had gezien. Agata verzekert hem dat dat niet mogelijk is. Dat, ook als ze de *Ilias* leest, haar oren altijd openstaan, en dat ze vanuit de keuken steeds een druk gebabbel heeft gehoord. Met een arm onder hun gezicht en de tweede uitgestoken naar die van de ander, zitten de kinderen te slapen aan de eettafel. Aldo pakt Marco op en aait even over Giulia's hoofd. Agata heeft het idee dat hij haar iets wil zeggen, en dat hij dat ook zou doen als ze met z'n tweeën waren. Aldo kijkt haar aan.

Ik heb het altijd heel erg gevonden, dat van Lucia, ik mocht haar heel graag, en het kind dat ze in zich droeg was niet van mij.

Hoe kunt u dat weten?

Ik weet het gewoon, en ik moet het elke dag tegen mezelf zeggen, anders...

Agata legt een vinger tegen haar lippen en pakt hem even bij zijn schouder. Als ze haar hand liefkozend over Marco laat gaan, voelt ze dat zijn shirt vol doornen zit. Ze kijkt Aldo aan en zegt dat het haar spijt dat ze niet heeft gemerkt dat het gebrom uit de keuken van de televisie kwam. Geruststellend zegt Aldo dat er niets naars gebeurd is. Dan vraagt hij haar wat ze toch op haar schouder draagt. Agata draait haar hoofd zo dat ze op haar schouder kan kijken en ziet het gezicht van Andromache, die haar vraagt haar te troosten. Agata doet de buitendeur dicht en ziet Giulia. Die kijkt een beetje boos en mist een schoen. Agata heeft er een hekel aan Giulia zonder schoenen te zien rondlopen. Als Giulia haar schoen niet was kwijtgeraakt, zou volgens Agata die ellende andermans kind zijn overkomen, niet haar Lucia.

Ze gaat weer door met lezen. Andromache fluistert haar in het oor dat Giulia opgetild en naar bed gedragen wil worden. Agata beseft dat ze dat niet redt, want Giulia weegt inmiddels meer dan een zak aardappelen. In vergelijking met het vossenbontje staat Andromache haar mooier, maar die is wel wat opdringerig.

Agata kijkt weer naar het meisje naast haar bed, en naar het hoofd van Andromache, wier romp eigenlijk alleen maar een leeg blikje is. Andromache draaft er maar over door dat die blonde meid met Giulia zal doen wat Achilles met Hector heeft gedaan: ze zal van Giulia een vormeloos en bloedeloos stuk vlees maken. Met Giulia's bloed zal ze de weg naar de onderwereld rood kleuren. Agata probeert rechtop te komen om iets te gooien, maar om haar heen liggen alleen spullen waar ze hoogstens een kussengevecht mee kan beginnen. Daarom besluit ze maar het op een heel hard krijsen te zetten. De duivel die, in navolging van Achilles, het lichaam van Giulia wil verwoesten, pakt haar polsen om haar te kalmeren. Want als je van de duivel spreekt, trap je op zijn staart, en de duivel denkt dat je stem uit je vingers komt. Agata probeert zich los te wringen, ze beweegt met haar hele lichaam, maar de duivel springt boven op haar, en Agata voelt hoe die aanraking in haar lichaam brandt. Als het vel van de duivel haar vel raakt, is er geen hoop meer voor wie dan ook van haar nageslacht. Voor geen van hen, ook niet voor Giulia. Als de duivel haar aanraakt, gaat Giulia naar de hel. Ze knijpt haar oogleden samen om zich te concentreren, en tussen die oogleden ziet ze streepjes licht. En als er licht is, laat er dan licht zijn, en er was licht.

Het meisje dat naast haar zat, zit nu op haar. Agata hoest om haar te laten begrijpen dat ze ligt te stikken, dat ze er altijd een hekel aan heeft gehad iemand boven op zich te hebben. De eerste keren dat ze vrijde met haar man, wist ze niet hoe ze hem duidelijk kon maken dat zij bovenop wilde, omdat ze geen adem kreeg. Het meisje begrijpt het, of heeft er ook genoeg van. In elk geval gaat ze weer op haar stoel zitten en stopt ze het schrift weer onder het matras. Agata wordt rustig. Misschien is het wel geen slecht meisje. Ze wil haar vragen naar Giulia, maar het meisje leest verder over Hector. Nu hoeft Agata Andromache niet meer te troosten, en kan ze rustig luisteren. Eigenlijk is bloed niet iets slechts, maar is bloed leven. Natuurlijk, als je er te veel van verliest, betekent dat je dood. Agata weet niet goed hoe ze zich, wat bloed betreft, verder zal opstellen, en dus kijkt ze maar naar het meisje, dat bleek is, wijst ze naar het boek en zegt: Wat een bloed. Het meisje stopt met lezen en doet het boek heel stevig dicht, alsof Agata een kind is dat je kunt wijsmaken dat een boek echt kan bloeden. Agata wil haar eigenlijk zeggen dat ze haar wel wil vertrouwen. Als dat meisje met haar handen het bloed kan tegenhouden, mag ze van Agata net zo lang bij Giulia blijven als ze wil. Ze kijkt het meisje aan, opent haar mond en ontvangt als antwoord van Leni Italiaanse woorden zonder enig grammaticaal verband, alleen maar losse Italiaanse woorden, en het lukt haar niet om die aaneen te voegen. Helemaal zeker weet Agata het niet, maar ze heeft het sterke vermoeden dat de transactie is uitgevoerd, en dat het contract, bezegeld als het is met bloed, geldig is. Volgens Agata bestaat de duivel echt, want iedereen die zijn ziel te koop aanbiedt, vindt ten minste altijd één koper.

Toen Agata het lichaam van haar dochter zag liggen, met die rode lippen en die met een ziekelijk loodgrijs opgetutte wangen, barstte ze in huilen uit. Met de kracht van aartsengel Michaëls zwaard werd het verdriet haar hersens in gedreven. Aan het eind van de straat zag ze Augusto komen aanlopen met een kind op zijn arm dat vlagde met een vuil stuk katoen.

Toen Agata het lichaam van Lucia zag liggen met die door een elastiekje bijeengehouden haarstreng achter haar oor, vervloekte ze zichzelf en smeekte ze te mogen sterven. Net als haar dochter. Net als haar moeder bij haar tweede bevalling. In een meer van bloed.

Umberto de postbode stapt naar buiten om de hond uit te laten en nog een laatste sigaretje te roken voor hij naar bed gaat. Zijn vrouw vindt het niet goed dat hij rookt. Nu zijn kinderen groot zijn, is Umberto wel eens bang dat ze hem ooit de deur uit jaagt, en daarom gaat hij maar niet te veel buiten zijn boekje. In elk geval niet op momenten dat zij hem in de gaten kan houden. Umberto gaat naar beneden om met de hond zijn vaste rondje te lopen en ziet dan Marco als een bezetene naar huis rennen. Umberto vraagt zich maar niet meer af wat die jongelui allemaal doen in plaats van slapen, en hij heeft er ook genoeg van om over ze te waken. Ze zijn nu groot en als ze hun hoofd niet willen kwijtraken, is het nu dan toch wel tijd om het eens wat steviger op hun schouders te zetten. Zoals hun ouders dat ook hebben gedaan. Hij fluit zijn hond. Marco draait zich even om, maar laat dan meteen weer als een hardloper zijn hoofd naar voren hangen en rent verder. Hij verdwijnt om de hoek.

Marco komt thuis en richt zijn telescoop op de woning van Giulia's oma. Zoals hij al duizenden keren heeft gedaan sinds Leni daar is ingetrokken. Als hij hem richt op de ovale spiegel die bij Agata's kamer hangt, kan hij Leni's profiel zien. Ze zit met gebogen hoofd en beweegt haar mond. Marco vermoedt dat ze hardop leest om te oefenen met Italiaans. Dat deed ze ook vaak toen zij nog bij elkaar woonden. Leni leest, maar je kunt zien dat ze door iets wordt afgeleid. Marco weet dat het iets een iemand is. Het is Agata, die nu begint te krijsen.

Dat ziet Marco niet met zijn telescoop, hij hoort het met zijn oren. Hoewel het koud is, heeft iedereen wel een raam openstaan. Misschien omdat ze zich willen behoeden voor het lot van de dorpsgenoten die in de keuken een lekkende gasfles hadden en dood in hun huis zijn gevonden. Marco was begonnen Leni's geraniums uit de bakken te halen, omdat Leni die naar het park wil brengen. Leni, die tot kortgeleden aan niets anders dacht dan pijpen, is nu alleen maar bezig kleine attenties te bedenken om de hallucinaties van die stervende oma wat te beperken. Maar Marco heeft geen zin om Giulia of Leni te helpen hun ideale gezinnetje op te bouwen, waarin er voor hem niet eens slaapplaatsje op de bank af kan. Agata houdt nu op met gillen. Marco blijft kijken en heeft sterk de indruk dat Leni boven op Agata is gesprongen. Dat stelt Marco weer wat gerust. Leni die boven op Agata springt, past in het beeld van Leni die alles bespringt wat los- en vastzit. Hij laat de voorzichtigheid die hij altijd betracht als hij door de telescoop kijkt even varen, steekt een sigaret op en inhaleert. Het zou mooi zijn als Giulia nu thuiskwam en Leni aantrof terwijl die zich ligt klaar te wrijven op die oude oma met haar vel van perkament. Hij dooft zijn sigaret maar weer, want dit lijkt de avond van de verkeerde gedachten. Hij wil helemaal niet dat Leni Giulia bedriegt, hij wil niet dat Giulia lijdt.

Marco zou wel invalide willen zijn, dan kon hij zich in elk geval in die film van Hitchcock wanen. Hij vindt dat niet echt een goede film, maar hij heeft wel het idee dat het verhaal dat daarin wordt verteld minder treurig, minder richtingloos is dan wat hij nu beleeft. Als er iemand zou doodgaan en de politie een diepgaand onderzoek zou instellen, zou die vervangen lens zeker argwaan wekken. Een telescoop voor het heelal waarvan een dure verrekijker is gemaakt. Natuurlijk zouden ze nooit kunnen bewijzen dat hij ooggetuige was geweest, dat hij had verzuimd hulp te verlenen. Maar ze zouden wel denken dat hij een of andere afwijking had, dat hij een voyeur was. Ze zouden in zijn medicijnkastje gaan zoeken naar de bekende blauwe pillen, of naar Cialis-bestellingen in zijn e-mail. Ze zouden hem volkomen voor schut zetten. Marco ziet voor zich hoe Leni Agata vermoordt, de vrouw die als een oma voor hem is geweest. Die gedichten aan hem heeft voorgelezen en zijn zinsontledingen heeft nagekeken. Hij richt zijn kijker op het eind van het straatje en gaat staan wachten tot hij Giulia – heel klein, volmaakt en teer als een foetus – de omlijsting van zijn lens zal zien binnenkomen. Dat doet Marco heel vaak. Hij hoopt dat zij dan voelt dat er naar haar verlangd wordt.

Soms ziet hij haar naar beneden komen en weglopen om sigaretten of melk voor Leni te kopen, of de krant. Of hij ziet haar terugkomen, zwaar beladen met grote postpakketten, te vertalen boeken en kokers, van die anderhalve meter lange kartonnen buizen met landkaarten erin. Altijd laat Marco zijn kijker gericht staan op het punt waar ze is verdwenen en wacht dan tot ze weer verschijnt. Hij wedt dan met zichzelf.

Als ze weer verschijnt op hetzelfde punt, is ze van mij; zo niet, dan is ze van die hoer.

Zo is het spel. En de uitkomst is bepaald verrassend. Giulia verschijnt op volmaakte wijze voor zijn lens, maar loopt daarna dan altijd naar het huis aan de overkant.

Een volmaakte hel. Alhoewel hij het spel heel serieus neemt, als een soort tweede baan, weigert Marco te accepteren dat hij, wat de voor hem beschikbare hoeveelheid Giulia betreft, nu al aan het maximum zit, en dat het spel daarvoor het empirische bewijs levert. Dat het enige wat hij ooit van haar zal bezitten die kreupele verhouding van hen is.

Op de middelbare school waren ze in twee verschillende afdelingen terechtgekomen. Giulia had tot laat in de middag les. Marco kwam rond één uur thuis en dan had Carmela zijn eten klaar. Aan het begin van elk nieuw schooljaar vroeg hij aan zijn ouders om hem te laten overplaatsen naar Giulia's afdeling, maar zijn ouders wilden daar niets van weten, vooral zijn vader niet. Die zei dat het beter was om een beetje naar je te laten verlangen. Marco antwoordde dan dat het enige wat hij wilde juist zélf verlangen was. Zijn vader lachte, aaide over zijn hoofd en ging weer naar de bouwplaats. En Giulia kwam pas om vier of vijf uur thuis.

Ze kwam lopend naar huis, en het enige wat Marco kon doen was wachten. Als ze onderweg langsging bij de bar van Augusto om te kaarten, kwam ze zelfs nog later thuis. Toen Marco's moeder dat hoorde, verbood ze hem om nog bij die kleine gokster thuis te komen of met haar te spelen. Marco trok zich daarvan niets aan en bleef gewoon op haar wachten. Als hij Giulia aan het eind van de straat zag verschijnen, rende hij halsoverkop de trap af en verder naar haar huis. De rest van de middag bleven ze dan samen spelen, tot het etenstijd werd. Vaak bleef Marco ook eten, als Giulia van haar winst bij het kaarten vis had gekocht.

Marco en Giulia moeten samen wel een kilo of duizend vis hebben schoongemaakt. Een kilo vis met z'n tweeën, en dat maal tweeënvijftig weken, maal twintig jaar. Dan kom je op 1040 kilo, nog meer dan duizend dus.

Marco heeft Agata altijd oma genoemd. Als hij uit school kwam, was zij de eerste die hij, als hij haar voorbij zag komen, vanaf het balkon gedag zei. Eerder nog dan Carmela, die hij toch ook heel lief vond. Een probleem had hij als zijn moeder thuisbleef en niet tolereerde dat hij stond te wachten op het meisje dat zoiets naars had meegemaakt en dat op zo'n vreemde manier opgroeide. Marco probeerde onder die controle uit te komen, maar dat lukte niet. Om haar op een dwaalspoor te brengen, moest hij ophouden met dat wachten, net doen of het tijdstip waarop Giulia thuiskwam hem niet interesseerde, niet naar klokken kijken, niet telkens maar vragen hoe laat het was, niet de tv aanzetten. Hij moest proberen rond te drijven in een tijdloos domein.

Zo was hij op de strategie van de beker met ijs gekomen. Het kostte hem bijna een maand om het systeem te perfectioneren, maar uiteindelijk was het gelukt. Hij voelde zich een grote geest. Slim, intelligent, Giulia's snelheid waardig. Hij zette een plastic beker vol water in het vriesvak en liet dat bevriezen. Daarna plaatste hij de beker op de schrijftafel in zijn kamer en bepaalde hoe lang het duurde voor al het water was gesmolten. Twee uur. Te kort. Tussen het moment dat hij thuiskwam en dat waarop Giulia er weer was, zaten minsten vier uur. En dus zorgde hij dat er drie volle bekers ijs in het vriesvak stonden, die hij er een voor een uit haalde. Als zijn moeder haar hoofd om de hoek stak om te kijken wat hij uitvoerde, zag ze hoogstens een plastic beker, en dacht ze natuurlijk dat hij iets te drinken had genomen. Marco was een genie, en genieën hebben de vrijheid om te doen wat ze willen. Als er twee bekers gesmolten waren – op woensdag en vrijdag bijna drie, want dan ging Giulia kaarten – vroeg Marco zijn moeder of hij naar buiten mocht. Zij moest dan wel ja zeggen, want wat haar aanging, kon hij niet op de hoogte zijn van de juiste tijd.

Marco rende de straat op met zijn bal en in de verte kwam Giulia eraan met haar rugzak over de schouders. Giulia liet die rugzak vallen aan een kant van de straat, trok dan haar trui of jas uit en gooide die naar de andere kant. Dan riep ze tegen Marco: Schiet maar, ik houd 'm. Soms hield ze 'm, soms niet. Als hij scoorde, stak Marco zijn armen in de lucht en brulde: Goal! met een heel erg langgerekte o, zoals voetballers op de televisie.

Door het oculair van de telescoop lijkt het leven in Agata's huis een tv-programma. Marco is zich ervan bewust dat wat buiten het kader valt hem ontgaat. Daarom observeert hij wat hij wel ziet des te intensiever en probeert zich daarmee een beeld te vormen van wat hij niet kan zien. Hij is er heel handig in gebruik te maken van reflecterende oppervlakten. Zo bereikt hij steeds grotere gebieden van andermans dagelijks leven. Maar altijd blijft er iets voor hem afgesloten. Hij beseft dat dit iets te maken heeft met wat die mensen beweegt. Marco is zeer gehecht aan deze vage of juist ontzettend gedetailleerde figuurtjes, en hij beseft dat hij nooit goed heeft ingezien hoe onweerstaanbaar realityshows kunnen zijn waarin je iemand ziet die zijn leven leeft terwijl jij mag toekijken. Vrijwel zonder scenario. Marco zou graag volgen hoe ze zich ontwikkelen, hoe ze allerlei gewoontes krijgen, hoe ze nerveus worden. Hij zou zo aan hen verknocht raken dat ze van hem nooit meer naar buiten mochten. Hij zou hen willen voeden en wassen. Of nee, hij zou hen laten verhongeren tot ze dood waren. Dan kan niemand oud worden of weggaan. Marco zou Leni, Agata en Giulia alle voedsel onthouden en ze voor de eeuwigheid invriezen. Maar hij zou hen natuurlijk ook met hun hoofd naar beneden aan hun voeten kunnen ophangen en hen dan als rozen laten verdrogen. Bewaren in de kast. Voordat hij zijn oog van de telescoop haalt om te zien of Giulia al bij de buitendeur staat en haar sleutel in het slot steekt, draait Marco de kijker even naar de buren van Agata.

Die interesseren hem absoluut niet. Ze schreeuwen te veel, ze leven in het oranje licht van een stoffen lamp uit de jaren zestig en bakken zo vaak uien en lever dat je zou denken dat ze uit Veneto komen. Ze komen niet uit Veneto. Ze komen nergens vandaan, ze zijn van hier, en voorlopig blijven ze nog wel. Als Marco naar hen kijkt, doet hij dat alleen maar om hun angstige reacties te zien op de onbeheerste uitvallen van Agata. Sinds Leni er is, lijkt de man wat vrolijker. Marco heeft een keer gezien dat hij iets probeerde bij zijn vrouw, waarna die vrouw zich opsloot in de badkamer. Daar kon Marco haar niet meer volgen. Misschien was ze wel aan het overgeven. Die twee interesseren hem niet, naar anderen dan zijn drietal kijken interesseert hem niet.

Hij is een entomoloog die geheel geobsedeerd is door één bepaalde vlindersoort.

Een entomoloog zonder vlinderverzameling.

Een entomoloog wiens vlinderverzameling zich bevindt in die woning aan de overkant, en daar bellen alle meisjes dan ook aan. Hij focust op het eind van het straatje en ziet Giulia die praat met Umberto de postbode. Umberto staat druk te gebaren, maar ook met de vergroting op het maximum kan Marco niet van zijn lippen lezen wat hij zegt. Hij begrijpt absoluut niet waarom Umberto zijn wandelingetje heeft onderbroken om met Giulia te praten. Die laatste staat, terwijl ze naar de grond kijkend luistert, de hond te aaien. Dat beest is altijd de schrik van de buurt geweest, zo sluw en vals was hij. Nu hij oud is, loopt hij slecht en is hij stil geworden, alsof ook hij inmiddels de beschikking over zijn woorden heeft verloren. Volgens Marco zou het goed zijn hem, voor zijn achterlijf helemaal vast komt te zitten, een kogel door zijn kop te schieten, maar hij heeft geen geweer. Zelfs zijn speelgoedgeweer heeft hij niet meer.

Giulia en hij zijn het heel lang oneens geweest over wat beter was: een indiaan zijn of een piraat. Giulia hield meer van piraten, ook natuurlijk door dat oude verhaal van de schat die haar vader was gaan zoeken. Marco hield vol dat het beter was om een indiaan te zijn. Om de geheimen van de aarde en de jaargetijden te kennen. Om met kruiden te kunnen omgaan en magische krachten te hebben, om de dingen een naam te geven en ze daarmee aan te roepen. Om het te laten regenen. Alleen al de regendans zette de stand tussen indianen en piraten op 4-3. Het enige wat indianen niet hadden, was kruit om mee te schieten. Maar Marco bracht een correctie aan in de geschiedenis. De omstandigheden die hadden geleid tot de onafwendbare ondergang van de roodhuiden, keerde hij om. Marco was de roodhuid met een winchester. Maar Giulia zei dat ze een piraat was en bleef. Ook al kon ze best inzien dat die regendans fascinerend was, ze kon zichzelf niet zomaar veranderen.

Waarom niet? Dan mag je lid van mijn stam worden!

Zoals alle piraten die kapitein zijn van een schip, heb ik mijn hart uitgerukt en in een brandkast gelegd. Die brandkast ligt op de bodem van de zee.

Waar?

Op de bodem van de zee.

Marco moest even slikken. Hij keek naar zijn speelgoedgeweer.

Marco had helemaal niets op de bodem van de zee, en ook niet in het binnenste van de aarde, zelfs geen sok. Als je hart daar was, betekende dat vast iets belangrijks. Ook al was het dan een hart van ijs, zoals dat van die komeet van een Giulia.

Eén ding had hij tot zijn grote spijt verkeerd gedaan. Dat besefte hij toen Giulia voor het eerst dat verhaal vertelde van die brandkast en dat hart. Als hij eraan had gedacht in die Legowijken een afgesloten nis of een hermetische brandkast te bouwen die Giulia kon overtuigen, had hij tegen haar kunnen zeggen: Bewaar je hart daarin, naast dat van mij. Niemand zal ze vinden, niemand zal weten waar hij ze moet zoeken. En jij kunt dan gewoon kapitein van een schip blijven, zonder je hart heel diep in de zee te hoeven gooien. Dat kun je dan gewoon op je nachtkastje leggen. Naast dat van mij. Jij en ik tussen alle kleuren van het Lego. Ik heb een vrieskast van Lego voor jouw hart van ijs.

Maar hij had er toen niet aan gedacht, en dus liet hij zich de volgende dag door een visser naar het eind van het rotsstrand varen. Toen ze daar waren, vroeg Marco of de man zich even wilde omdraaien. De visser blies rook en ergernis uit, maar draaide zich toch om. Terwijl de boot even wiebelde, gooide Marco zijn speelgoedgeweer in het water.

Dat was net zoiets als je hart erin gooien. Want zonder wapens gaan indianen hun ondergang tegemoet.

Dat bewees de geschiedenis.

Giulia geeft Umberto een kus en loopt verder naar huis. Marco volgt haar nog even, maar richt zijn kijker dan weer op haar oma's keuken. Leni staat zich uit te kleden met haar lichaam buiten, en haar hoofd nog binnen de kamer van Agata. Via de spiegel lukt het Marco om haar tepels te zien. In het schemerlicht lijkt Leni jonger. Kennelijk bestaat verleiding uit beweging, en in deze kleine handelingen, dit alledaagse gebruik van het lichaam, is geen enkele andere bedoeling te onderkennen dan zo min mogelijk geluid te maken. Marco denkt het ruisen van Leni's vallende kleren te kunnen horen. Het geluid vermengt zich met dat van Giulia's voetstappen in het trappenhuis en de astmatische ademhaling van de buurman. Even wordt hij erdoor van zijn stuk gebracht. Maar dan moet hij glimlachen, omdat hij over informatie beschikt die Leni ontbeert. Hij ziet Giulia thuiskomen.

Nadat ze haar kleren op een hoop heeft geveegd, stapt Leni naakt de badkamer in. Een brandstapel naast de badkamerdeur. Marco hoort het water lopen en ziet dat Giulia even stilstaat om een sms'je te versturen. Marco vraagt zich af aan wie, maar dat duurt niet lang, want in zijn broekzak voelt hij meteen iets trillen. Een directe uitzending. Hij legt zijn hand erop, om geen last te hebben van het gebrom. Marco hoort het water stromen en ziet Giulia de woning binnengaan.

Eigenlijk ziet hij Giulia niet, maar het licht van het trappenhuis dat in de gang valt, en een vertrouwde schim in een aureool van licht. Dan valt het licht weg en verdwijnt de schim, waarna Giulia weer verschijnt en de kamer van haar oma binnengaat. Marco richt zijn kijker op de spiegel en ziet dat ze iets in haar hand heeft wat op een boek lijkt, en iets zegt. Misschien staat ze te lezen, misschien niet. Wel is zeker dat ze nu haar tranen wegveegt. Marco beleeft de scène alsof er een sepiafilter op zijn lens zit. Dan geeft Giulia haar oma een kus op het voorhoofd.

Dat leidt Marco althans af uit haar naar voren gebogen en wankelende houding. Giulia loopt naar haar slaapkamer, naar de huiskamer, en dan naar de keuken. Marco ziet dat ze naar de deur van de badkamer kijkt. Hij heeft het gevoel dat ze staat te glimlachen, maar Giulia beweegt zich in het donker. De enig lichtbron is een schemerlampje dat Agata nooit uitdoet.

Dat was ook altijd aan toen we nog kinderen waren.

Giulia begint zich uit te kleden. Ze bukt zich, ze maakt haar schoenen los, trekt haar sokken uit, en legt alles keurig bij elkaar, alsof ze een dode heeft afgelegd. Dan doet ze haar broek uit, vouwt die in vieren en legt hem op een keukenstoel. Dezelfde operatie met haar blouse, slipje, hemdje. Dezelfde pietluttigheid. Marco verliest haar uit zicht en beseft dat er voorlopig niets te zien zal zijn, omdat ze minstens een uur in die badkamer zich zullen blijven poedelen als nimfen. En een Pan die ze kan komen storen is er niet. Maar dan verschijnt Giulia plotseling weer in de deuropening van de keuken. Ze loopt naar het aanrecht en neemt een glas water. Twee. Hij is blij dat ze het groene gordijn hebben weggehaald. Met dat groene gordijn zou het huis voor hem altijd de verborgenheid van een harem hebben behouden. Giulia kijkt in de richting van Marco, maar zijn huis is helemaal donker en de ramen aan de straatkant zijn gesloten. Marco is onzichtbaar. Giulia is naakt en broodmager. Toen ze bij hem was, had Marco dat niet opgemerkt en hij heeft dan ook al heel lang zijn armen niet om haar heen geslagen.

Die Poolse hoer laat haar niet eten.

Ze is ziek. Dat heeft ze voor hem verzwegen om hem niet te belasten. Leni is de laatste wens van een terdoodveroordeelde.

Marco staat op het punt de balkondeur open te gooien, op die balustrade met geraniums te klimmen – er in één moeite door een paar uit te trekken –, over te springen naar het balkon van Giulia, haar naar zich toe te trekken, haar in zijn armen te nemen, een deken om haar heen te slaan en haar naar de dokter te brengen. Hij geeft een stomp op zijn dij. Het is niet zíjn leven, het is een andere film of iets dergelijks. Te veel televisie, Giulia heeft altijd gelijk.

Marco bekijkt haar en profil, dan van voren, dan van achteren. Hij begrijpt waarom hij, als hij haar naakt zag, nooit enige emotie heeft gevoeld. Waarom hij geen ander verlangen voelde dan haar toe te dekken. Giulia stapt de keuken uit en doet de deur van de badkamer open. Marco ziet niet haar, maar alleen – en opnieuw – het licht dat de gang overspoelt, en een hem bekende schim die wordt omgeven door licht. Ook de wolkjes stoom worden geprojecteerd op de vloer en zorgen voor clair-obscur-effecten. Arabesken. Dan is het afgelopen. Weer alleen het lichtje in de kamer van Agata. Marco steekt een sigaret op en gaat zitten op het lage fauteuiltje dat Leni per se wilde kopen en dat daar nu voor niets staat. Voor Marco is het te laag, het is een stoeltje voor poppen. Of voor een hoer die met haar handen tegen de muur moet steunen en dan voor haar knieën een zacht plekje wil.

Hij dooft zijn sigaret tegen zijn spijkerbroek, omdat hij geen zin heeft om een asbak te zoeken. Omdat morgen toch de schoonmaakster komt. Omdat hij spijkerbroeken met brandplekken heel mooi vindt en de jongens op de bouwplaats hem erom bewonderen – alsof hij een door cowboys gemartelde indiaan is. Zijn probleem is dat hij nooit heeft gekozen tussen indianen en cowboys. Dus martelt hij zich maar zelf, zoals hij dat altijd gedaan heeft. Hij gaat staan en geeft een stomp tegen de muur. Niet om zichzelf pijn te doen, alleen maar als tijdverdrijf. Hij maakt een pirouette en staat dan opeens met het oculair van de kijker precies onder zijn oksel. Het lijkt wel of hij moet vuren met een winchester. Cowboy. Met slappe lippen en geklak van zijn tong brengt hij het geluid van een schot voort. Als hij omhoogkijkt om te zien of hij goed had gericht, ziet hij Agata. Hij schrikt, springt achteruit, en staat dan met zijn rug tegen de muur. De hand waarmee hij net tegen het stucwerk heeft geslagen, klopt alsof zijn pink is gebroken. Hij bevoelt zijn pink, die warm en stijf is: een pook waarmee je net in het houtvuur bent geweest. Het enige wat hij mist van het huis waarin hij met zijn ouders woonde, is de open haard. In plaats van Giulia, haar oma en die teef te bespieden, moest hij misschien maar weer daar gaan wonen. Misschien is dat moment gekomen.

Marco kijkt naar Agata. Opeens beseft hij hoe idioot het is te denken dat zij hem zou kunnen zien. Maar als Agata een groetende hand opsteekt, trekt zijn maag samen en stijgt er, in plaats van woorden, een zure smaak naar zijn mond. Hij slikt speeksel weg. Hij pakt zijn mobieltje en wil Giulia bellen, maar ziet een sms'je met: Welterusten, je bent lief, je bent mijn schat. Nog meer zuur in zijn mond. Hij is te zenuwachtig. Hij moet weg van deze plek, maar het lukt hem niet. Door de kijker volgt hij Agata. Eén hoek van de huiskamer kan hij goed overzien, en door gebruik te maken van de weerspiegeling in de televisie vrijwel de hele ruimte. Agata heeft haar kunstgebit uitgedaan en het ver onder de bank geschoven. Misschien is Agata gek geworden en denkt ze dat het niet-bestaande, ondenkbare tandenmuisje haar in ruil voor dat bovengebit een cadeautje komt brengen. Als er wel tandenmuisjes zouden bestaan, kunnen die goed verdienen aan seniele oudjes. Die kunstgebitten kosten tegenwoordig heel wat, en als je ze tweedehands verkoopt, vang je zo drie- of vierhonderd euro. Misschien wel meer. Even denkt Marco erover kunstgebitten te gaan stelen, maar dan wordt zijn aandacht weer getrokken door wat Agata doet. Hij ziet hoe ze met een engelachtig gezicht de deur van de badkamer groet. Zoals ze zo-even hem groette. Marco begrijpt dat het huis lekker ruikt door de compacte stoom die onder de badkamerdeur vandaan komt. Agata pakt het speelgoed op dat de dokter haar heeft gegeven. Ze brengt het naar de huiskamer en laat het op de bank vallen. Marco heeft dat speelgoed vaak gezien. Agata lijkt haar best te doen om geen lawaai te maken. Marco betwijfelt of, als ze wel lawaai zou maken, Giulia en Leni iets zouden horen, want dat geklater uit de badkamer lijkt uit de film *Niagara* te komen. Alweer te veel televisie: een snorretje op Giulia's gezicht, platinablond haar op Leni's hoofd. In de doffe weerspiegeling van het tv-toestel volgt Marco Agata terwijl ze de blokken een voor een in elkaar doet en de metalen hoorntjes op een rij legt. Het lijkt de verbeterde versie van een hanenkam. Marco begrijpt er niets van en schiet in de lach. Opnieuw zondigend tegen zijn eigen spionageregels, steekt hij nog een sigaret op. Nog steeds heeft hij de kijker gericht op de televisie. Hij ziet Agata op de bank klimmen, dan er weer af stappen. Als een onervaren fakir probeert ze een voet op de hoorntjes te zetten. Ze doet een stapje, struikelt, slaat met haar hoofd tegen de hoek van het dressoir – altijd maar dat ding –, valt op de grond. Er trekken schokken door haar heen. Ze siddert nog even na en ligt dan stil. Marco brult met alle lucht die hij in zijn longen heeft. En door al die training in zijn adem inhouden klinkt het als een orkaan die door een spelonk loeit.

Wat is er in godsnaam gebeurd?

Ik ben gestruikeld, niets om je druk over te maken. Hoe vaak struikelde jij niet toen je een kleine jongen was? En hoe vaak zul je nog struikelen? Ik wilde een boek pakken van een van die planken. Dus was ik even op de bank gaan staan, zoals ik dat altijd doe.

Ik ben zo snel mogelijk gekomen.

Dat was niet nodig. Kijk maar, er is niets met me aan de hand.

Waarom heb je Marina dan mijn nummer gegeven?

Voor de zekerheid, voor als er iets ernstigs zou gebeuren.

Wat noem jij dan iets ernstigs, Agata? Mag ik dat weten?

Iets met de dood.

Marco had haar een beetje boos aangekeken, misschien iets langer dan gewoonlijk. Agata lachte hem toe en aaide even over zijn voorhoofd. Marco herhaalde voor de zoveelste keer dat ze op deze manier wel een been of een arm kon breken. Of allebei. En dan zou Giulia hem nooit vergeven. En hij zichzelf ook niet. Of misschien juist wel; dat zou nog erger zijn. Zijn tijd was hij aan het verknoeien, met die Leni. Giulia had hem bij vertrek helemaal niets gevraagd. Dus had hij op het laatste moment nog snel gezegd: Ik let wel op Agata. Stom. Opletten had Agata altijd zelf heel goed gekund, op alles en iedereen. Marina was er dan ook eerder bij dan hij, met al zijn nutteloze bezorgdheid. Als Agata niet zelf had bedacht om Marina in huis te nemen, waren er misschien uren verstreken voor ze na die val had weten op te krabbelen.

Waar denk je aan?

Ik heb gezien dat dat huis aan de overkant te huur is. Misschien kom ik wel hiernaartoe.

Want geld heb je genoeg.

Zeker weten.

Heeft Giulia je dat gevraagd?

Giulia vraagt nooit iets.

Je moet het niet doen.

De dokter zei dat je je bovenbeen wel had kunnen breken.

Maar dat is niet gebeurd. Alles kan, Marco, we kunnen ook de hemel op onze kop krijgen.

Agata, het zit hier vol gemene randen. Wat jij doet is geen wonen, maar Russische roulette spelen. Reken maar dat ik vanaf overmorgen daar aan de overkant woon.

Ik heb gehoord dat je nieuwe vriendinnetje, dat meisje uit Oost-Europa, heel knap is.

Wat wordt er toch veel gekletst.

Jij hebt echt geld genoeg.

Zeker weten.

De dokter heeft een lijstje gemaakt van dingen die ik moet kopen. Medicijnen en speelgoed. Misschien denkt hij dat mijn geheugen alleen in mijn hoofd blijft zitten, als ik het leuk bezighoud.

Dat koop ik allemaal wel.

Umberto vertelt Giulia dat hij Marco als een dolleman naar huis zag rennen. Giulia glimlacht Umberto toe en biedt hem het zakasbakje aan, zodat hij zijn peuk kwijt kan. Die is namelijk zijn vingers geel aan het maken en dan valt hij door de mand bij zijn vrouw. Umberto doet zijn hoedje af en roept dan zijn hond door drie keer met zijn handpalm tegen zijn dijbeen te slaan.

Hij is oud aan het worden.

Wij zijn ook oud aan het worden.

Nou, zeker. Ik ben al dertig.

Jou en Marco bedoel ik natuurlijk niet. Jullie moeten nog beginnen met leven, en kinderen krijgen.

Nou, Umberto, ik denk niet dat Marco en ik samen een kind zullen krijgen.

Als God het wil, dan wel, hoor.

God wil het niet.

Wat weet jij daar nou van?

Als God van alles en nog wat zou willen, dan zou ik moeten geloven dat hij ook de dood van mijn moeder heeft gewild, en wie weet van mijn vader, en dat mijn oma van God zo ongelukkig moet zijn om oud te worden met een lichaam dat sterker is dan haar hoofd. Terwijl je hersens toch een spier zijn net als alle andere, en mijn oma haar hele leven de grammatica heeft bestudeerd.

Wat Agata voor de kost deed, heb ik nooit begrepen.

Ze schreef schoolboeken over Italiaanse, Latijnse en Griekse grammatica.

Daarom kon ze dus altijd thuisblijven.

Ze is gestopt met lesgeven toen mijn moeder doodging.

Inderdaad, dat klopt. Daarvóór ging ze elke ochtend de deur uit.

En daarna is ze de deur niet meer uit gegaan.

Giulia aait de hond, gaat op haar hurken zitten en knuffelt hem een beetje. Umberto neemt zijn hoedje weer af en houdt het met twee handen voor zijn borst. Hij lijkt zich een beetje ongemakkelijk te voelen. Giulia kijkt even omhoog en ziet door de kam van haar ongelijke pony hoe Umberto daar staat als een schuchter boertje bij de pastoor.

Alles goed, Umberto?

Dat wilde ik jou net vragen, of alles goed is.

Vraag maar.

Gaat alles wel goed met die nieuwe in huis?

Met Leni?

Met die Poolse, ja.

Ja, hoor, we zijn gek op elkaar, alles gaat goed.

Dan ben ik blij voor je, ook al begrijp ik er niks van.

Wat valt er te begrijpen?

Ik weet niet, misschien komt het doordat je geen vader hebt gehad.

Ik heb heel veel vaders gehad, jou heb ik ook gehad.

Dan weet ik het niet, hoor, laat maar. In elk geval zijn we in de bar allemaal nog gek op je.

Ik ook op jullie. Zo gauw het met oma weer een beetje rustig is, kom ik een kaartje leggen.

Moet je zeker doen. Nu Marco met alle geweld vierde man wil zijn, is er niks meer aan.

Marco is een kruk.

Erger dan een kruk, hij ziet een aas nog niet eens als je hem ermee om z'n oren slaat.

Umberto en Giulia lachen. Dan loopt Giulia met snelle passen weg.

Terwijl ze loopt, besluit ze om Marco een sms'je te sturen. Ze stapt de hal in, gaat één trap op, blijft staan, schrijft het sms'je, en vervolgt dan met een lichter gevoel haar weg. Als ze het huis binnenkomt, is het enige wat ze hoort het stromen van water en het rochelen van haar oma. Ze stapt haar oma's kamer binnen en vindt daar de *Ilias*. Ze weet niet of ze moet huilen of lachen bij het idee dat Leni haar oma nou juist uit dat boek heeft voorgelezen. Volgens Giulia is het toeval zachtaardiger dan God. Het toeval bestaat tenminste. Ze wrijft even langs haar ogen en drukt dan een kusje op het voorhoofd van haar oma, die twee groene ogen opent en op Giulia's gezicht richt. Giulia beseft dat ze veel van haar oma houdt. Dat zij haar hele familie is. Maar ze spreekt het niet uit. Want toen ze ooit zei: Ik hou heel veel van je, mama, was dat lint van asfalt als een slang omhooggekomen. Het had zich in kronkels om haar moeder heen geslingerd en haar gewurgd.

Giulia weet nog heel goed hoeveel plezier ze altijd heeft gehad met Agata. En nu is haar oma ergens volkomen verdwaald, en niemand weet waar. Hoeveel Giulia ook weet van aardrijkskunde, met alle geografische projecties die ze kent en die ze heeft zien uitvoeren, ze is niet in staat een kaart te schetsen die haar de weg kan wijzen in het hoofd van haar oma. Dat is nog onontgonnen gebied. Al op de middelbare school was Giulia begonnen haar eigen aardrijkskundeboeken te verbeteren. De mensen van uitgeverijen die bij hen thuis kwamen voor de boeken van haar oma waren vol bewondering over haar kennis van moeilijke termen, topologie en statistische gegevens. Daarna was het haar beroep geworden. Van haar oma had ze altijd mogen leven zoals ze dat het liefst wilde: niet op de voorgrond treden, wat van de wereld zien, seks beleven zonder je veel vragen te stellen en zonder er een probleem van te maken. Giulia luistert eens goed naar de geluiden om haar heen en moet dan glimlachen. Misschien is dit wel de eerste keer dat Leni de kraan heeft opengedraaid en ook echt staat te douchen. Meestal laat ze alleen maar het water stromen voor Agata.

Ze kleedt zich uit en vouwt haar kleren op. Ze staat in de donkere kamer en merkt dat ze dorst heeft. Maar ze wil niet de keuken in lopen, want daar is geen gordijn meer en dan zou Marco haar naakt kunnen zien. Voor het eerst heeft ze het idee dat al die keren dat ze samen bloot zijn geweest hen alleen maar op een dwaalspoor hebben gebracht. Of misschien denkt ze dat door wat er vandaag is gebeurd. Ze weet het niet precies, maar ze heeft wel dorst. Bij het aanrecht drinkt ze twee glazen water. Dan begeeft ze zich in het stoombad dat Leni heeft aangericht door het douchewater zo heet te maken. Leni is schitterend, ze lijkt wel een nimf. Giulia zet haar voeten in de douchebak, kust haar. Dan wordt alles – geluiden en onbegrip – overstemd door het geraas van water.

Leni kleedt zich uit met haar rug naar het balkon, maar ze is toch niet zeker van haar zaak. Ze heeft zoveel telescopen en verrekijkers gezien, dat het wel eens zo zou kunnen zijn dat Marco wraak op hen neemt door hun intimiteit te roven. Leni weet eigenlijk niets van Marco. Dat vindt ze wel een beetje jammer, maar ze begint er de laatste tijd achter te komen dat volwassen worden betekent leren je aan te passen aan de omstandigheden. Ze gooit haar kleren op een hoop naast de deur van de badkamer. Zo kan Giulia zien dat ze naakt is en water over zich heen laat stromen. Dan zal Giulia meteen naar haar toe komen en kunnen ze wat spelen. En kan Giulia huilen zonder bang te zijn dat ze raar gevonden wordt. Leni wil haar zo graag duidelijk maken dat huilen helemaal niet raar is. Maar Giulia is hard als staal en zwaar als lood. Daar heeft Marco gelijk in. Leni stapt de douchecabine in. Het water is heet, de stoom stijgt op. Ze voelt zich goed, heel goed, want ze weet dat Giulia straks de deur door zal komen, haar op de mond zal kussen, en dat dan alles vloeibaar zal worden. Ze denkt aan mevrouw Agata en aan het bloed. Leni beseft dat Agata haar heeft gevraagd haar te helpen om te sterven. Leni was bang geworden. Ze heeft gewacht tot Agata in slaap viel, tot het lichaam van Hector weer was teruggegeven. Toen had ze behoefte aan een douche.

Water wast slecht gevoel weg.

Als ze kon zwemmen, zou ze gelukkiger zijn. Misschien kan Giulia het haar leren. Ook toen ze Irene vroeg om haar studentenvisum, stonden ze onder de douche. Misschien huilde Irene, misschien was het water dat over haar gezicht stroomde. Sinds ze aan de andere kant van de geraniums Giulia heeft leren kennen, beseft Leni dat het soms beter is om je maar niet te veel af te vragen. Ze heeft niet veel nodig om gelukkig te zijn. En als Giulia naakt de badkamer binnenkomt, verschijnt er een brede lach op Leni's gezicht – alsof niet de badkamerdeur, maar een groot paasei is opengegaan.

Ook Giulia lacht, als een kind dat een nieuw stuk speelgoed heeft uitgepakt, en kust haar. Leni ruikt de geur van gras en van roet in Giulia's haar. Ook heeft ze het idee dat ze de smaak van Marco proeft op Giulia's lippen. Leni verstijft even. Als ze niet zo ontspannen was door die stroom warm water, had ze nu misschien iets verkeerds gezegd. Maar ze gaat gewoon door met kussen, alsof ze tussen hun lichamen niets anders dan heerlijke vochtigheid ervaart – die van de stoom en die van henzelf.

Giulia legt een hand op Leni's heup. Leni gooit haar hoofd naar achteren.

Giulia draait de kraan dicht. Het geluid van de wereld komt weer de badkamer binnen.

Het geluid van de wereld is Marco die als een waanzinnige staat te brullen in het huis aan de overkant. Maar dat huis aan de overkant lijkt nu wel de kamer naast hen.

Agata, ik ben blij dat u hebt besloten om iemand als gezelschap te nemen in de maanden dat Giulia afwezig is, maar ik heb liever niet dat u op een stoel klimt, en ook niet op de bank of op een fauteuil.

Ja maar, dokter, ik moest even een boek pakken. De mevrouw die bij me woont kan nog geen Italiaans lezen.

Laten we hopen dat ze dat snel leert. U moet aan uw kleindochter denken.

Waar hebt u het over? Ik ben degene met wie het slecht gaat. Ik ben degene die niets meer kan onthouden. Met Giulia gaat het godzijdank goed. Ze is intelligent, en zorgen heeft ze ook niet, want ze is niet hier.

Ik wil u wat extra's geven bij de medicijnen. Hier is het recept.

Wat hebt u nou opgeschreven? Dat is speelgoed... Ben ik weer kind geworden?

Dat zijn spelletjes om het ruimtelijk geheugen te trainen, dat is goed voor u.

Agata besefte dat geen enkele magische kubus, dat geen enkele puzzel, dat helemaal niets haar zou kunnen redden van het onuitwisbare feit dat ze haar armen de opdracht had gegeven om haar gezicht te beschermen, en dat die armen zich niet hadden verroerd.

Agata komt moeizaam uit bed. Haar benen zijn zwaar, maar ze wil geen acht slaan op haar fysieke symptomen. Ze wil het schrift pakken dat verstopt zit onder haar matras en er wat in opschrijven. Ze is bang dat het haar niet zal lukken het matras op te tillen. Ze is bang dat als het marmer eenmaal aan haar voeten informatie over de kou heeft kunnen doorgeven, haar zenuwen die zullen overbrengen naar haar hoofd, en dat hoofd dan weer tot stilstand komt. Het zal dan alleen maar echoënde commando's kunnen geven in de niet-aangesloten telefoon waarin, maanden geleden al, haar lichaam is veranderd. Als dat lichaam zich daartegen had verzet, zou Agata nu dood zijn, dan zou ze rust hebben. Maar nee hoor, alleen maar stemmen, alleen maar bloed. Ze zet haar voeten op de grond met alle behoedzaamheid die de geringe controle over haar benen haar toestaat. De boodschap die haar hersens haar toeschreeuwen is: Pak dat schrift. Agata zou wel willen weten of die gedachte er al was vóór ze haar voeten op de grond zette. Maar daar zal ze nooit achter komen, en dus doet ze wat haar wordt gezegd door de stem die in haar oren spreekt en die ze herkent als haar eigen. Ze knielt neer. Het matras is zwaar, maar ze slaagt erin haar vingers eronder te krijgen en het schrift te pakken. Ze is blij. Ze zou de reden van die blijdschap wel willen weten, maar er is alleen maar een gewaarwording van vreugde in haar, met niets erachter. Het is een onverklaarbare blijdschap. Agata heeft zin om als een tol rond te draaien.

Ze steekt haar hoofd om de hoek van de deur en ziet op de planken van het kastje een paar voorwerpen die lijken op kinderspeelgoed. Gekleurde doosjes zonder deksel, van klein naar groter. Glimmende ijshoorntjes die op hun brede kant staan en dus niet kunnen omvallen. Misschien is Agata een klein meisje. Ze slaat het schrift open en voelt meteen teleurstelling. Dit is niet haar schrift. Er is met een overdreven keurig handschrift in geschreven, en ook met hanenpoten. Als dit haar schrift was, zou ze kunnen lezen wat erin staat. Het is dus niet van haar, en die speeldingen moeten van een of ander klein schepseltje zijn. Ze komt overeind en bedenkt dat ze iets moet opschrijven. Of nee, eigenlijk wordt haar door de stem in haar oren gezegd: Je moet tenminste iets opschrijven. Agata begrijpt niet waarom er tenminste wordt gebruikt in een dergelijk zinnetje. Maar ze wil zich nu niet bezighouden met grammaticale kwesties, ze wil iets opschrijven. Agata zoekt om zich heen naar een pen en steekt dan haar hand uit naar een vorm waarvan ze de functie nog paraat heeft. Het is een potlood. Ze slaat het schrift open. Wat zou ze graag de datum van vandaag willen weten. Het nummer van de dag, zoals Giulia zei toen ze op de kleuterschool zat. Agata weet het nummer van de dag niet. En als het haar is gelukt zich naar de huiskamer te slepen en voor een kalender te gaan staan, weet ze niet meer welke informatie ze wilde achterhalen.

Lijstjes van cijfers die heus wel iets zullen betekenen.

Aftellen.

Stat rosa pristina numero.

Ze moet haast maken. Het water stroomt, en door de stoom die uit de spleten komt, begrijpt Agata dat het heet is. Ze weet niet waarom ze dat denkt, en ook niet waarom ze in de huiskamer is. Ze kijkt naar haar handen. Met een daarvan houdt ze een schrift vast, met de andere een schrijfpotlood. Schrijfpotlood. Zo noemde ze zo'n ding toen ze een klein meisje was.

Misschien is ze een klein meisje.

Ze legt schrift en schrijfpotlood op het salontafeltje en gaat dan de gekleurde doosjes zonder deksel en de hoorntjes halen. Haar rok als schort gebruikend, alsof ze kersen bij zich heeft, komt ze weer de huiskamer binnen. Altijd heeft ze op die manier spullen gedragen. Ook omdat ze het fijn vindt als haar dijbenen bloot zijn.

Haar moeder doet de deur open en schiet in de lach. Agata begrijpt niet waarom haar moeder zo'n pret heeft, maar ze wordt er wel door aangestoken. Terwijl ze staat te schokken van het lachen, schiet een van de punten van haar schort uit haar vingers. Het kleurige fruit rolt over de vloer.

Mama, de kersen...!

Dat zijn geen kersen, schat, dat zijn jujubevruchtjes. Kijk maar, ze zijn niet rond.

Maar papa zegt dat als dingen zomaar vanzelf groeien, ze er nooit heel mooi uitzien.

Proef er maar 'ns een.

Nee, mama, proef jij eerst even of ze wel lekker zijn.

Agata volgt de hand van haar moeder die de jujube naar haar mond brengt. Het lijkt of haar moeder hem helemaal heeft doorgeslikt, maar het volgende moment spuugt ze hem weer uit in haar hand, nu zonder pit, en houdt hem Agata voor. Agata pakt hem aan en doet hem in haar mond. Meteen voelt zich blij worden vanbinnen. Ze weet niet of die jujube van zichzelf zo zoet is of dat de mond van haar moeder alles veel lekkerder kan maken. Agata maakt van haar schort weer een draagmand en begint de jujubes op te pakken.

Nu lijken de jujubes op stevige dingen. Hoorntjes en blokken. Tevreden somt ze de woorden voor zichzelf op. Ze heeft het altijd prettig gevonden te weten hoe de dingen heten. Ze brengt een hoorntje naar haar mond en bijt erop. Haar gebit kleppert. Dat ding is van metaal. Nog harder dan een blikje. Haar gebit valt uit haar mond. Agata schrikt en schuift het onder de bank. Daar vindt ze morgen vast een zakcentje. Ze wrijft haar handen over elkaar en probeert te bedenken wat ze met dat geld zal kopen. En nu ze toch al op de grond zit, doet ze de blokken een voor een in elkaar en maakt ze van de hoorntjes, door ze van klein naar groot te leggen, een nette rij die van de bank tot de leunstoel komt. Zo vormen de hoorntjes een lichtend pad. Tevreden staat ze op en loopt weer naar de gang. Met al die stoom eromheen lijkt de badkamerdeur het paradijs wel. Daar kan ze nog niet heen, maar ze moet wel ergens iets opschrijven. Ze kijkt om en ziet het schrift en het schrijfpotlood. Ze loopt ernaartoe, slaat het schrift open, en blijkt niet in staat ook maar iets te ontcijferen. Ze zou er graag een paar bladzijden uit scheuren en die opeten. Maar dat zou lawaai maken, en dan zou de deur naar het paradijs misschien eerder opengaan dan de bedoeling is.

Op een aantal bladzijden kalkt ze haakvormige tekens. Ze vindt ze mooi, omdat ze zo regelmatig zijn. Als ze bij een blanco pagina komt, begint ze te schrijven. Ze kijkt nog eens goed, en is ervan overtuigd dat ze heeft opgeschreven wat ze in haar hoofd had. Ze kijkt en herkent. Ze heeft opgeschreven wat ze in haar hoofd had. Dan doet ze het schrift dicht. Ze legt het in het midden van de tafel, met het potlood erbovenop. Dat was de manier waarop Giulia, om haar niet te storen, altijd duidelijk maakte dat ze klaar was met haar huiswerk en buiten ging spelen met Marco.

Ze loopt de huiskamer door en gaat naar het balkon in de keuken. De bloemen van de dochter van satan zijn bijna dood en de witte, reinigende stoom van het paradijs stijgt op achter haar rug. Agata beseft dat alles nu goed is. Van de geraniums kijkt ze omhoog naar het raam. Even heeft ze het idee dat ze daar Marco's hoofd ziet, gebogen over een geweer. Ze zwaait naar hem. Agata is erg gesteld op Marco, alsof hij haar eigen kleinzoon is. Maar hij is alleen maar de broer van het meisje dat het tweede kind van Lucia had moeten worden. Even heeft ze de neiging om de rol keukenpapier te pakken en er een stamboom op te tekenen. Maar als ze zich omdraait, ziet ze de rol keukenpapier en moet ze glimlachen. Omdat het ding haar doet denken aan Augusto: een knappe man, maar altijd zo wit als een doek.

Agata zit aan een tafeltje in de bar. Ze is in het zwart gekleed, omdat ze net haar man heeft begraven, en wil nu in alle rust een kruidenbittertje drinken. Als Augusto haar daar zo ziet, besluit hij even de glazen buitendeur op slot te doen; om vier uur 's middags komt er toch bijna nooit iemand langs. Hij wil nu even niets aan zijn hoofd hebben. Hij vraagt aan Agata hoe ze zich voelt. Alles goed hoor, ik heb mijn dochter, antwoordt Agata. Augusto kucht even, en zegt dan dat ze moet weten dat, als ze ergens mee zit, hij er altijd voor haar is. Agata antwoordt dat ze eigenlijk een man nodig heeft, maar dat zoiets natuurlijk niet kan. Augusto pakt een tweede glas en de fles kruidenbitter van de plank en komt dan met een verklaring. Agata weet niet wat ze moet doen: haar tranen laten stromen, op haar bruiloft het koude braadvlees eten dat bedoeld was voor de begrafenis van de dag ervoor, of het toverstokje waarmee ze verleidt morgen voor altijd begraven onder het zand van het leven.

Augusto, ook deze keer kan ik niet met je trouwen.

Dat had ik al begrepen, lieve Agata, maar ik voelde me toch verplicht het te vragen.

Daar heb je goed aan gedaan, want áls er een man in mijn leven zou kunnen zijn, dan was jij dat.

Je weet waar je me kunt vinden.

Agata drinkt haar glaasje kruidenbitter helemaal leeg en wordt een beetje draaierig. Ze probeert het kolken van de beelden in haar hoofd te stoppen. Ze zit alleen bij het salontafeltje en heeft het schrift voor zich. Het water van de douche blijft maar stromen. Agata hoopt dat er niemand aan het verdrinken is, maar nagaan kan ze het niet. Ze denkt aan het geweer van Marco, aan de treurigheid die Giulia uitstraalt, aan haar eigen rijke en volle jeugd. Volheid biedt geen garantie op geluk, niets biedt garantie op geluk. Zelfs andermans geluk niet. Agata heeft geen zin om epigrammen te schrijven. Ze wil haar doornenkroon afrukken. Ze schuift haar knieën op de lage bank, gaat rechtop staan en ziet dan een zeegezicht dat aan de muur hangt. Het is een foto die Lucia heeft gemaakt. Ze kijkt naar de puntige hoorntjes, stapt van de bank af en volgt ze. Een lichtend pad. De tovenaar van Oz. Giulia vond de vogelverschrikker het leukst. Ze struikelt en spant reflexmatig haar buikspieren aan. Ze moet denken aan de vrolijke stem van de buurman, die vader met het zoontje dat toen het al zes maanden was zijn hoofdje nog niet rechtop kon houden. Die vader zette de baby op zijn handpalm en zei dan: Volhouden, volhouden, volhouden... Agata struikelt en Giulia is er niet. Die is in de badkamer met haar nieuwe vogelverschrikker. Agata struikelt en realiseert zich dat er nu voor Giulia weer een probleem bij komt. Ze draait haar ogen rond om iets te vinden om vast te grijpen en zo haar val te breken. Maar haar armen slaan door de lucht, en haar hoofd tegen een hoek van het dressoir.

Een korte flits. Giulia rent weg omdat ze een reep witte chocola heeft gepikt. Ze kijkt achterom zonder haar pas in te houden. Agata brengt haar handen naar haar gezicht. Stop! roept ze. Giulia kijkt naar voren om te begrijpen wat ze bedoelt en slaat met haar hoofd tegen de hoek. Twee hechtingen in haar wenkbrauw, toen was er niets meer aan de hand. Ze had niet eens gehuild. Ze stond weer op en zei tegen Agata dat het echt helemaal niets was, dat ze in de klas allemaal wel een litteken op hun gezicht hadden.

Morgen laat ik hem afdekken.

Wat betekent dat, oma?

Dat ik er een ronde hoek van maak. Maar nu gaan we even naar de dokter.

Agata is niet bang voor die hoek. Na jaren van plastic en piepschuim is de hoek weer onbedekt. De hoek is volmaakt. Waar een hoek is, is ruimte. Waar ruimte is, is een plekje voor haar. Dan licht. Dan duisternis. Dan duisternis.

Toen Marina na die eerste val Marco had gebeld, voelde Agata zich kwetsbaar. En egoïstisch. En dat vond ze maar niets. Ze had er spijt van dat ze Marco's nummer aan Marina had gegeven. Ze had haar helemaal niets van wie dan ook moeten geven. Dat ze haar betaalde, betekende tenslotte dat zij met z'n tweeën de problemen moesten oplossen. Maar toen Marina bij haar in huis kwam, had Agata tegen haar gezegd: Dit is het nummer van Marco, voor noodgevallen. Noodgevallen... mompelde Marina met peinzende blik. Maar ze moest het woord toch begrepen hebben, want meteen nadat ze haar overeind had geholpen – getild eigenlijk –, had ze eerst de dokter gebeld, en daarna opnieuw de telefoon gepakt. Toen was Marco gekomen.

Agata zag hem binnenkomen en begreep dat het zo moest zijn. Als het om je eigen bloed gaat, kun je je bezorgdheid niet zomaar van je af zetten. Haar kleindochter was ver weg en had haar alleen gelaten. Dat had ze durven doen omdat Marco er was en Marco voor alles moest zorgen. Eigen bloed, dus. Toen had ze geprobeerd die gedachten uit haar hoofd te zetten. Ze vond het vervelend om net zo zwak te zijn als ieder ander. Ze vond het vervelend dat Marco zijn tijd aan haar moest besteden. En dat Giulia. Bloed van mijn bloed. Ze was in de war. Haar been deed pijn en met haar hoofd was ze langs die hoek gegaan. Ze dacht erover na dat zij op de leeftijd van Giulia en Marco al een dochter had. En die twee nog niets.

Jullie worden oud bij mij.

Als ze zich wat ernstiger had verstapt, was ze misschien niet met haar benen tegen de grond geslagen en met haar hoofd een beetje tegen de hoek. Dan had ze misschien alleen maar vol die hoek geraakt. Eén, twee, drie, buut vrij. Russische roulette.

Agata had even haar hand op zijn hoofd gelegd, omdat het waar is dat de dood soms een gokspel is. En dat de een wint omdat de ander verliest.

Maar het bloed van haar bloed zou verschalen waar zij bij was.

Zo zou het gaan.

Giulia schiet de douche uit, rent het balkon op en ziet Marco tussen de bloemen staan. Ik kan ook echt helemaal niemand redden...! brult hij. Giulia begrijpt wat er aan de hand is. Ze draait zich om. De buurman kijkt naar haar naakte en natte lichaam. Ze ziet eruit als een vrouw die haar geld verdient met zeepworstelen. Met kalme bewegingen pakt ze het hemdje dat, sinds Marina heeft vergeten het binnen te halen, door regen en zon zo goed als vergaan is. Ze doet het aan. Stijf als crêpepapier zakt het om haar heen. Haar natte huid maakt het wat soepeler. Giulia staat naakt in de december-kou. Ze kijkt naar Marco. Kom alsjeblieft hiernaartoe, zegt ze. Ze gaat weer naar binnen en vraagt Leni de deur open te doen, omdat hij eraan komt. Dan hoort ze getik op de glazen deur van het balkon en ziet ze Marco daar. Hij heeft een bezeten blik in zijn ogen en is buiten adem. Zijn spijkerbroek zit vol brandplekken van sigaretten. Met een handdoek om haar hoofd en een andere om haar lichaam doet Leni voor hem open. Leni blijft ook midden in een tragedie nog beeldschoon. Leni's ogen zijn zo blauw dat als je erin kijkt, de boodschap die je krijgt, altijd deze is: De hemel is voor jou. Misschien is seks met Leni nog wel niets vergeleken bij die ogen van haar.

Marco en Giulia lopen de huiskamer in. Niemand heeft haast, want Agata ligt stil. Het is allemaal zo rustig omdat het allemaal zo voorbij is. Marco omhelst Giulia en Giulia laat zich omhelzen. Marco buigt zich en pakt Agata op. Het lijkt wel een kruisafneming. Ze is zo licht en wit als een veertje van een tortelduif. De laatste veer van de vastentijdpop, en er zal geen enkele wederopstanding meer volgen. Marco legt haar op bed en belt de medische hulpdienst. Dan doet hij de deur dicht en klopt aan bij Giulia's kamer, waar Leni op bed zit alsof ze straf heeft gekregen.

Kleed je aan, de dokter komt zo.

Hij zoekt een linnen handdoek uit de stapel. Giulia is gek op linnen handdoeken, daar krijgt ze een goed humeur van. In de keuken doet hij het licht aan en pakt Giulia's kleren. Giulia zit met gespreide benen op een stoel en staart naar een verfomfaaid schrift. Marco neemt het haar uit handen. Hij doet haar hemdje uit en droogt haar af. Dan begint hij haar aan te kleden. Alsof hij met een pop bezig is, zo zorgvuldig doet hij dat. Tot slot zet hij haar bril op haar neus.

Waarom ben jij er altijd?

Omdat jij er bent.

Dan trekt hij de deur van de huiskamer dicht, loopt de keuken in, zet het koffiepotje op, neemt een sigaret, en gaat staan wachten op de dokter. Agata ligt stil, Giulia is aangekleed, Leni is gewaarschuwd, en hij is thuis.

Marina dacht dat mevrouw Agata dood was. Dat ze al na een week, terwijl ze nog niet eens de volgorde en de tijden van haar pillen had geleerd, haar baan kwijt was. Ze durfde nauwelijks te kijken. Ze was bang; ook haar man was overleden na een val. Misschien was het wel een vloek. Marina was niet bang voor dingen die niet bestaan, alleen maar voor dingen die zich herhalen, omdat die een beetje meer bestaan.

Ook mijn man is overleden na een val.

Maar mevrouw Agata was alleen maar flauwgevallen. Heel dun was ze. Marina pakte haar schouders vast en keerde haar om. Ze wist wel zeker dat mevrouw Agata haar armen niet had uitgestoken. Anders had ze nooit zo'n val kunnen maken.

Toen ze haar ogen opendeed, zag Agata Marina. Eigenlijk wilde ze natuurlijk dat Giulia bij haar was; dat, als ze dan toch zomaar zou doodgaan, in elk geval haar kleindochter erbij was. Maar toen glimlachte ze, een beetje omdat ze toch niet dood was, en een beetje omdat ze gelijk had gehad en het boek daar inderdaad stond. Dat betekende dat ze al met al toch nog iets kon onthouden.

Leni komt de huiskamer binnen en ziet Giulia met het schrift van haar oma. Giulia glimlacht, omdat haar oma met een potlood een hele rij vraagtekens heeft gemaakt. Giulia bladert door de dichtbeschreven pagina's met uitgaven, tijden van radioprogramma's, paginanummers uit gelezen boeken, personages uit de *Ilias* en de *Odyssee*, aantal en kleur van gekochte klossen katoen, doseringen van medicijnen, willekeurige getallen, misschien bedoeld als berekeningen. Giulia zit te huilen boven hanenpoten, boven dwangmatige schrijfoefeningen, waarachter van alles verborgen kan zijn. Kruimels. Als ze zeegezicht leest, kijkt ze even omhoog. Dan laat ze de bladzijden van het schrift als een spel kaarten langs haar vingers roetsjen. Met potlood en in een handschrift dat primitief lijkt, maar eigenlijk de uitgezakte vorm is van een zeer verzorgd handschrift, heeft haar oma geschreven: Jouw sterke armen.

Niet armen, niet elastiekjes. Niet liefde. Niet vergeetachtigheid. Alleen het hart, een spier, kan alles stilleggen. Kan zichzelf stilleggen.

Agata is stil.

3

HET KLEINE GELUK BIJNA VERLOST TE ZIJN

Giulia doet de deur open en kijkt naar de lakens op de meubels en de laag stof op de grond, die zo gaaf en compact is dat het een Perzisch tapijt lijkt. Giulia is nieuwsgierig, maar aarzelt zo lang op de drempel dat Marco haar een duwtje geeft. Net als toen ze nog kinderen waren en op het uiterste randje van een boot stonden. Dan deden ze wie het langst zijn evenwicht kon bewaren. Marco won altijd. Hij gaf haar onverwachts een vriendelijk klapje op haar schouder, of hij maakte een schijnbeweging, en dan dook Giulia in het water. En dat was eigenlijk een hele opluchting voor haar.

Dus gaat ze nu het huis van haar moeder binnen, het huis van het balkon. Haar eerste stap is die van de man op de maan.

Het huis is een maan die leeft door de weerkaatsing van verdriet. In elk geval sinds Giulia er voor het laatst is geweest en haar oma is begonnen het vele lange zomers te verhuren aan vreemden. Giulia steekt haar hand uit naar Marco.

O nee, geen denken aan. Je gaat alleen, het is niet donker.

Giulia loopt naar een raam. Vanuit de deuropening kijkt Marco naar de voetafdrukken die ze nalaat. Giulia hoopt maar dat niets dat pad zal uitwissen voor Marco. Ze doet het raam open en moet tegen de zon een hand boven haar ogen brengen. Onder zich ziet ze een vrouw met een strooien hoed die een sigaret rookt. Ze lijkt een filmster uit de jaren vijftig. Marco komt naast haar staan en buigt zich naar voren.

Wat een klotezooi, het is nog koud en dat soort figuren is al op zoek naar een huis voor het zomerseizoen.

Dit hier is niet te huur.

Nee, dat is niet meer te huur.

Giulia en Marco zetten alle ramen open. Het huis is enorm groot en leeg. Ze stappen naar buiten en gaan twee trappen op. Marco doet de deur open. De woning is smetteloos schoon en Giulia kijkt met grote ogen rond. Marco schiet in de lach; de schoonmaakster heeft echt goed werk verricht.

Een dochter van Carmela. Zo zit het dorp in elkaar, dat weet jij net zo goed als ik.

Giulia krabt even op haar hoofd en loopt dan snel naar de kamer van Marco. Op de drempel staat ze stil. De kamer van Marco is vuil en ligt vol prullen. De kamer van Marco van nu is de stoffige versie van de kamer van Marco zoals ze die de laatste keer heeft gezien.

Hoe komt het dat je zo'n nostalgisch type bent geworden?

Dat ben ik altijd geweest, ik wilde zelfs aan Agata vragen om me borduren te leren.

Komt-ie daar weer mee...

Inderdaad.

En waarom heb je hier niet laten schoonmaken?

Omdat hier dingen van jou zijn waarvan ik niet weet wat ik ermee moet doen.

Marco trek het bed van de muur. Giulia ziet het plastic zakje met de schoen erin. Ze glimlacht, maar huilen wil ze niet. Ze wil het zakje weggooien.

Je hebt het bewijsstuk bewaard.

Het bewijsstuk is de landkaart.

Je bent erger dan een vrouw.

Jij hebt er nooit iets van begrepen.

Kan zijn, maar wat maakt het voor verschil?

Giulia bukt om zich te bekijken in de spiegel, die zich nog altijd op de hoogte van de kleine Marco bevindt. Een meter twintig.

Denk je dat Leni me echt leuk vindt?

Die vindt elk ding dat een beetje ademt al echt leuk.

Jij hebt er nooit iets van begrepen.

Kan zijn, maar wat maakt het voor verschil?

Volgens Marco maakt het inderdaad geen verschil. Er zijn gelukkige, blije mensen en er zijn mensen die gelukkig zijn ondanks.

En vandaag is het een goede dag.